AF238692

Ella Cornelsen
Am Tag, bevor der Frühling kam

Ella Cornelsen

AM TAG, BEVOR DER FRÜHLING KAM

Roman

LIMES

Der Verlag behält sich die Verwertung des urheberrechtlich geschützten Inhalts dieses Werkes für Zwecke des Text- und Data-Minings nach § 44 b UrhG ausdrücklich vor. Jegliche unbefugte Nutzung ist hiermit ausgeschlossen.

Penguin Random House Verlagsgruppe FSC® N001967

1. Auflage
Copyright © 2024 by Ella Cornelsen
© 2024 by Limes
in der Penguin Random House Verlagsgruppe GmbH,
Neumarkter Str. 28, 81673 München
Redaktion: Angela Kuepper
Umschlaggestaltung und -motiv: www.buerosued.de
Bildnachweis Grafiken: Adobe Stock/Illustratoren Somjal King,
Nitinan, Tally 18
KW · Herstellung: DiMo
Satz: satz-bau Leingärtner, Nabburg
Druck und Bindung: Friedrich Pustet GmbH & Co. KG, Regensburg
Printed in Germany
ISBN 978-3-8090-2773-7

www.limes-verlag.de

Für alle, die an das Leben glauben,
besonders dann, wenn es anfängt zu enden.

Wenn mein Ende nicht mehr weit ist,
Ist der Anfang schon gemacht.
Weil's dann keine Kleinigkeit ist,
Ob die Zeit vertane Zeit ist,
Die man mit sich zugebracht.
Konstantin Wecker

PROLOG

Oktober 2001

»Du könntest meine große Liebe werden«, sagst du. »Vielleicht bist du es schon.«

Wir stehen nebeneinander auf der Cannstatter Holzbrücke. Haben die Arme aufs Geländer gestützt, unsere Ellbogen berühren sich. Hier auf dem Fußgängersteg über dem Neckar haben wir uns zum ersten Mal geküsst, es ist gerade mal drei Wochen her. Wir waren einen Wein trinken, ins Gespräch vertieft und noch nicht fertig damit, als die Kneipe schloss; ein Regenschauer ging nieder, doch hier auf der überdachten Neckarbrücke redeten wir weiter, im Stehen, im Geruch des Regens, die ganze Nacht, während der Fluss unter uns murmelte und das Weite suchte. Tod und Katastrophen hatten dich und mich zusammengebracht, in dieser kühlen Septembernacht blieben sie außen vor. Viel gelacht und gefroren haben wir. Als im Osten ein Streifen Morgenröte über den Horizont kroch, hast du mich angelächelt und gesagt: »Schöne Frau! Es ist, als würde ich dich schon ewig kennen.« Kein Wunder, in den vergangenen Stunden hatten wir erzählt und erzählt und dabei zwei Leben miteinander verwoben, deines und meines.

Der Fluss füllte sich als Erstes mit dem Licht eines Herbstmorgens.

Berufstätige auf dem Weg zur Frühschicht gingen über

die Brücke und hatten es eilig. Die Welt und die Holzbohlen unter unseren Füßen gerieten in Bewegung. Du neigtest dein Gesicht meinem entgegen und deine Lippen suchten meine.

Für gewöhnlich gehört ein erster Kuss zur Nacht. Dein Kinn am frühen Morgen war ein bisschen rau und stachlig, bereit zur Rasur, deine Lippen aber waren weich und jung. Keine Draufgängerlippen, und dennoch wussten sie, was sie wollten und wie es ging.

»Es soll nichts schwierig werden«, sagtest du nach den ersten Küssen, »ich mag keine Probleme«, und ich nickte, »nein, nein, ich will nichts Schweres zwischen uns«. Und dann sind wir zu mir gegangen, in meine Wohnung, und haben uns geliebt, schwierig ist nichts geworden, nicht bei diesem ersten Mal, auch nicht in den drei Nächten, die folgten.

Heute stehen wir also wieder auf der Brücke. Diesmal ist es mitten am Tag. Die Sonne hat sich auf Sommerwärme besonnen, ein letztes Mal, ehe die Farben sterben und die Hummeln und die Liebe. Wie vor drei Wochen blicken wir dem rasch fließenden Wasser nach, als schwömme dort unsere Zukunft, und wir trauten uns nicht, uns gegenseitig bei der Hand zu nehmen und hineinzuspringen.

Wie anders als neulich nachts ist unser Gespräch heute! Ein Rinnsal. Die Worte, die fallen, tun weh, deshalb wechseln wir wenige von ihnen.

Da sagst du diesen Satz. »Du könntest meine große Liebe werden.« Deine Stimme klingt nach einer großen Gefahr, trotzdem durchströmt mich einen Moment lang wilde Freude. »Vielleicht bist du es schon.«

»Und du meine.« Mein Herz tanzt.

Wir sind uns einig, auch in den Sätzen, die wir danach sagen. Jedenfalls rede ich mir das ein.

»Große Liebe – ach, sprechen wir lieber nicht davon. Große Lieben enden immer schlecht oder gar tödlich, also fangen wir besser erst gar nicht damit an. Wir müssen aufhören, bevor es ernst wird.« Dabei wissen wir, dass es das schon lange ist, ernst. Es wurde ernst, das Verhängnis nahm seinen Lauf – von dem Moment an, als wir uns zum ersten Mal gegenübersaßen. Ein schönes, ein wunderbares Verhängnis.

»Angelika, die Kinder …«, du schaust mich nicht an, während du sprichst, »Lars ist erst fünf.«

»Ja, ich weiß. Ich habe ja auch … jemanden.«

»Und dann ist da der Vertrag mit dem Sender. Die Reportage. Mitte November beginnen die Dreharbeiten. Zu Hause liegt der Mietvertrag für die Wohnung für uns vier in San José – alles ist vorbereitet.«

»Ja. Ja, ich weiß. Natürlich.« Mein Herz hat aufgehört zu tanzen.

San José – das ist auf der anderen Seite der Erde oder auch hinter dem Mond, was mehr oder weniger dasselbe ist.

Spaziergänger in kurzärmeligen Kleidern und Hemden flanieren ohne Eile an uns vorbei über die Brücke, sie bleiben neben uns in der Sonne stehen, die am Himmel festgeklebt ist und uns bescheint, als gäbe es weder Herbst noch Winter noch Tod. Ich hasse ihr Licht, ich ignoriere es und schaue auf den Fluss, in dem sich die am Ufer dümpelnden Ausflugsdampfer und unsere traurigen Köpfe verdoppeln.

Mich übers Geländer beugen, so weit, dass mein Wille nicht mehr ausreicht, um mich ans Leben zu klammern, und ich falle. Ich falle in unsere Zukunft, die nun nur noch meine ist. Die Ausflügler auf der Brücke, entsetzt, deuten aufs Wasser, auf mich, schreien: »Dort, dort!« Der Strom nimmt mich mit, spült mich aus dem Leben, meinem und deinem. Aber das tut man nicht – jemand mit meinem Beruf tut das nicht. Außerdem kann ich schwimmen.

Du als Kameramann hast es gut. Ich möchte diese Stadt verlassen wie du, um woanders ein neues Leben anzufangen. Aber ich bin gerade auf eine neue Stelle gewählt worden, im Stuttgarter Norden. Ich muss hierbleiben. Alles wird mich an dich erinnern.

»Es ist nicht die richtige Zeit für uns, Ellinor«, sagst du.

Wann ist denn die richtige Zeit?

»Offenbar soll es nicht sein zwischen uns, nicht jetzt.«

»Es ist besser, gute Freunde zu bleiben.«

»Ein furchtbarer Satz.«

»Fällt dir ein besserer ein?«

»Wir vergessen uns nicht.«

Als wäre das ein Trost.

»Nein, wir vergessen uns nicht.«

»Lass uns einander noch mal küssen.«

Dich küssen, Richard, noch mal und noch mal, und wissen, ich muss auf Vorrat küssen, denn es wird kein nächstes Mal geben. Die Gegenwart muss für die Zukunft vorhalten und dieser Kuss für die Ewigkeit reichen.

DER TAG

Freitag, 13. März 2020

Ein Tag, an dem alles auf einmal geschieht. Ein Tag wie ein Brennglas, das Strahlen sammelt und durch den Brennfleck Gegenstände in Brand setzt. Ein Tag, an dem der Abend ein Leben weit vom Morgen entfernt ist. Kann man solche Tage vorhersehen? Els konnte es.

1

Der Tag begann mit einer Beerdigung. Draußen war es kühl, der Himmel seit Wochen der Gleiche, ein gebrauchtes beige-graues Bettlaken, das man abzuziehen vergessen hatte. Ich konnte diesen tief hängenden Bettlakenhimmel mit seiner nichtssagenden Farbe inzwischen kaum mehr ertragen, war er doch das Markenzeichen jenes viel zu warmen und schneelosen Winters gewesen, der dafür aber jede Menge Regen und – für mich – sehr viele Beerdigungen im Gepäck gehabt hatte.

An diesem Morgen lehnte ich am Küchentisch, nippte an dem Cappuccino, der soeben aus der Espressomaschine in meine rote Lieblingstasse geflossen war, und blickte durchs Küchenfenster auf die Straße hinunter. Der Wind fegte altes Eichenlaub, vertrocknet wie zusammengeknülltes Packpapier, an der Sandsteinmauer um Els' Grundstück entlang und ließ die Blätter in Spiralen tanzen. Nichts unterschied diesen Morgen von einem anderen, drei Monate zuvor, der mir plötzlich in den Sinn kam.

Eines Vormittags kurz vor Weihnachten, als ich von einer Trauerfeier nach Hause zurückkehrte, winkte mich Els an das Mäuerchen ihres Gartens, in dem sie gerade Tannenreisig auf den Beeten verteilte, und erzählte mir ihren

Traum. Wir erzählten einander oft unsere Träume. Wobei Els stets mehr zu berichten hatte als ich, denn ich träume seit Jahren das Gleiche: von einer Reise nach Süden (Afrika) oder über die Meere in ein Land, das Amerika heißt, in dem ich aber nie ankomme. Ich sehe es von weit oben aus einem Flugzeug in seinem ganzen irren Ausmaß und mit den typischen Umrissen wie auf der Landkarte in meinem alten braunen Diercke-Weltatlas aus Schulzeiten und frage mich, was ich dort will. Ein Gefühl der Heimatlosigkeit verbindet sich mit meinem Traum und lässt mich stets mit einem Frösteln erwachen, noch bevor ich gelandet bin.

»Heute Nacht habe ich auch von einer Reise geträumt«, sagte Els an jenem Vormittag vor Weihnachten in ihrem Garten. Sie strich ihre verschossene eierschalenfarbene Lammfelljacke glatt, in der sie im vergangenen Jahr so dünn geworden war, und klemmte sich eine ihrer zinnfarbenen Strähnen hinters Ohr. »Von einer Seereise.« Dabei sah sie mich unter ihren langen gebogenen Wimpern an, die nicht wie ihr Haar ergraut, sondern schwarz geblieben waren, Wimpern einer Diva. Els war schön gewesen früher und war es immer noch, schön und ehrwürdig wie eine Schamanin mit ihren hohen Wangenknochen und der kompakten, wettergegerbten Stirn. In eine altertümliche Kogge mit vom Wind zu weißen Wolken geblähten Segeln sei sie gestiegen, erzählte sie.

»Du und Dean, ihr habt mich am Kai verabschiedet. Es war eine Reise über die Weltmeere.«

»Wohin bist du gesegelt?«, fragte ich neugierig, »Osterinsel, Australien, Hawaii?«

»Weiter«, erklärte Els, »viel weiter. Zu einem Ufer, so weit weg, als läge es am Rand des Universums. Ich wusste, wir würden uns lange nicht wiedersehen, sehr lange.«

»Warst du allein?« Ich wagte nicht, nach ihren Kindern zu fragen.

»Ich erinnere mich nicht genau«, Els stützte sich mit den Ellbogen auf das Mäuerchen. »Könnte sein, da war noch jemand. Eine Frau in einem langen Kleid mit langen dunklen Haaren und einer Krone. Ich sah sie nur von hinten.« Sie säuberte ihre Hände, an denen ein bisschen getrocknete Erde klebte, blickte auf und lächelte, wobei sich die Fältchen, die die Zeit und das Lachen um ihre Augen gegraben hatten, vertieften. »Aber Dean und du, ihr wart nicht allein«, sagte sie und wurde richtig lebhaft, »ihr wart zu viert, ein Mann und ein Mädchen waren bei euch.«

»Oh!« Ich kicherte. »Ein schöner Mann?«

Els wiegte den Kopf. »Ein … älterer Mann.«

»Älter als ich?« (Ich bin achtundfünfzig.)

»Ich glaube schon. Man weiß das ja nie so genau.« Els hielt inne. »Jung geblieben sah er aus, das schon. Aber eben nicht mehr jung, das ist nicht dasselbe.« Wieder unterbrach sie sich. »Größer als du.«

»Und das Mädchen?«

Els lächelte. »Klein. Kleiner als du.« Sie überlegte. »Hellblond. Blonder als du.«

»Ach, meine liebe Els!« Ich stellte den Korb mit meinem Talar und der Beerdigungsagende ab und schlang über das Gartenmäuerchen hinweg die Arme um sie. »Wie schön, dass du mir einen Mann träumst und Dean eine Freundin. Aber dass du ohne uns verreisen und uns so lange nicht wiedersehen willst, das gefällt mir gar nicht.«

»Von Wollen konnte keine Rede sein in dem Traum«, nuschelte Els. Sie drehte sich ein wenig zur Seite und umarmte ihren Garten mit einem Blick, als nähme sie Abschied. »Schade«, murmelte sie und dann etwas, was ich nicht verstand. Ihr Blick kehrte sich nach innen, ehe sie wiederholte: »Einfach schade.«

Els wohnte schon lange mit mir Tür an Tür. Oder besser, ich mit ihr, denn sie war bereits da, als ich ins Pfarrhaus zog, und bekam all meine Lebensphasen dort mit, zuerst mit Mann, dann mit Mann und Kind und schließlich nur noch mit Kind. Sie selbst lebte allein, in einem efeubewachsenen Häuschen gleich nebenan, all die Jahre nur mit einem Bild ihres verstorbenen Mannes auf dem Kaminsims und seit ein paar Monaten mit einem zugelaufenen Goldhamster. Manchmal wundere ich mich, wie man so wenig voneinander wissen und doch so vertraut miteinander sein kann, wie Els und ich es waren. Els' Leben war eine Art Blackbox für mich. Der Mann auf dem Kaminsims war ihr zweiter; sie hatte einen Sohn und eine Tochter aus erster Ehe, nur so viel hatte mir Els verraten. Wenn ich vorsichtig nachhakte, wurde sie einsilbig, weshalb ich bald aufhörte zu fragen. Auch meinem Sohn Dean, für den Els immer mehr Ersatzoma geworden war, seit mein Mann Andreas ausgezogen war, blieb sie Antworten schuldig. Ihre Kinder schienen ein heikles Thema zu sein; ich hatte sie nie kennengelernt und wüsste nicht, dass sie sie je besucht hätten, selbst Fotos von ihnen gab es keine in ihren vier Wänden.

Am Morgen jenes kühlen Märztags, von dem ich eigentlich erzählen will, trank ich meinen Cappuccino in kleinen Schlucken und genoss die heiße Süße auf meiner Zunge, während ich mit zwei Fingern am Radioknopf drehte und einen Sender suchte, der weniger rauschte.

Auf allen Kanälen ging es um »das Virus«. Seit Tagen schon ging es in den Medien um nichts anderes mehr als

»das Virus«. Anfangs war der neue Krankheitserreger, made in China, wie so viele vor ihm, weitgehend unbeachtet unter den Tisch gefallen. Bis vor ein paar Wochen war noch recht sorglos berichtet worden von Wuhan, Markt, Fledermäusen oder einer Laborpanne. Und selbst als das nachweihnachtliche Präsent aus Fernost in Italien anlandete, hielten wir das für ein Problem unserer südlichen Nachbarn, von denen uns zwei Grenzen trennten. Ich erinnerte mich an einen Witz, der im Internet und auf WhatsApp kursierte: »Der Chinese neben mir in der S-Bahn hustete und hustete. Zaghaft fragte ich: ›Wuhan?‹ Der Chinese antwortete: ›Zum Hauptbahnhof.‹« Wir schütteten uns aus vor Lachen, das uns erst bei der Heimkehr der deutschen Wintersportler aus dem Skiparadies Ischgl verging: Jeder Zweite hatte das Virus mit dem königlichen Namen, das sich schneller vermehrte als ein Stall Karnickel, im Gepäck oder bereits im Körper und verteilte es freigiebig an die Umgebung. Ab sofort war Corona im Land, auch von ersten Todesfällen hatten wir schon gehört.

»Am Mittag informiert die Landesregierung über weitere Maßnahmen zur Bekämpfung des Coronavirus.« Die Stimme der Radiomoderatorin war verschnupft, aber das war sie gerade bei vielen, auch ohne Erkältung. Die einen lamentierten von wegen Panikmache, die anderen, dass die Einschränkungen nicht weit genug gingen. Der Riss ratschte mitten durch die Familien, auch durch meine.

Dean hatte erst gestern gesagt: »Maßlos übertrieben, was die da alles beschließen! Keine Veranstaltungen mit über tausend Personen mehr. Jetzt haben sie sogar das Frühlingsfest abgesagt.« Er bedauerte, dass er derzeit nach der Schule nicht zu Els zum Mittagessen gehen konnte. »Aber vielleicht werden die Schulen ab kommender

Woche sowieso geschlossen«, meinte er mit einem Grinsen. In letzter Zeit kam es selten vor, dass er mich angrinste. Es lief nicht gut zwischen uns; es lief auch nicht gut in der Schule, die Dean hasste. Vor Kurzem hatte er mir eröffnet, dass er vorhabe, im Sommer vom Gymnasium abzugehen, jawohl, nach der elften, er pfeife auf sein Abitur. Zwischen Tür und Angel hatte er es mir gesagt, eines Nachmittags, als ich gerade gekommen und er gerade gegangen war. Wohin Dean unterwegs gewesen war, hatte ich nicht gewusst. Ich wusste wenig von ihm in letzter Zeit, und jener Schlagabtausch vor ein paar Tagen hatte mich ahnen lassen, *wie* abgrundtief wenig es war. Zuvor hatte er meine Versuche, an ein Gespräch anzuknüpfen, meist mit schnoddrigen Bemerkungen abgespeist, und ich hatte ratlos nach dem Schlüssel für sein abweisendes Verhalten gesucht, ohne fündig zu werden. Früher war er ein fröhlicher kleiner Junge gewesen, und zwischen ihn und mich hatte kein Blatt Papier gepasst. Vor dem jungen Mann, der mich behandelte, als hätte er mir etwas zu verzeihen, fremdelte ich, und er fremdelte vor mir.

Ich seufzte, nahm noch einen Schluck Kaffee und ging in Gedanken meinen Tag durch. Gleich war es Zeit, zu meiner Beerdigung am Pragfriedhof um zehn Uhr zu starten. Danach ein Treffen, bei dem ich nicht wusste, ob ich es Date nennen durfte, mit Joachim, dem Leader meiner Band, in der Stadt. Um vierzehn Uhr das nächste Beerdigungsgespräch. Der Nachmittag? Der Abend? Ich hatte eine Karte für eine Theaterpremiere im Alten Schauspielhaus, zweifelte aber daran, ob sie unter den gegebenen Umständen überhaupt stattfinden würde.

Der Wetterdienst sagte ein sonniges Wochenende voraus, und ich wusste nicht recht, ob ich mich freuen sollte und worauf. Feiern? Eher nicht. Radeln? Laufen? Leben? Lieben? Gerne! Aber mit wem?

Mit wem? Zwei kleine unschuldige Wörter, verziert mit der Garnitur einer beliebigen Anzahl von Fragezeichen. Viele meiner Gedanken landeten in letzter Zeit bei diesen beiden Wörtern und endeten auch dort. Wie auf einem Bahnhof, von dem schon lange kein Zug mehr abfuhr. Ich hatte Freundinnen, klar, aber sie hatten Familie oder Partner, besonders am Wochenende, und ich mochte nicht stören, nicht das fünfte Rad am Wagen sein. Bei mir war es lange her, dass ich mehr als ein paar Nächte mit einem Mann das Bett geteilt hatte, und noch länger, dass ich über das Bett hinaus noch wesentlich mehr mit einem geteilt hatte. Ein paar wenige Romanzen hatte es in den letzten sieben Jahren seit der Scheidung von Andreas gegeben, doch die Männer, mit denen ich mich traf, fürchteten sich nicht selten vor meinem Beruf, vor dem Rattenschwanz an schwer verdaulichem Existenziellem, den er hinter sich herzog. Einer reagierte mit Befremden, als ich an einem Tag, an dem ich eigentlich dienstfrei hatte, der Bitte einer Familie nachkam, am Sterbebett des Großvaters ein Gebet zu sprechen. Ein anderer zog sich zurück, nachdem ich einmal einem eritreischen Paar, dem die Abschiebung drohte, für zwei Wochen Obdach in meiner Wohnung gegeben hatte.

In meinem derzeitigen Leben waren die einzigen Männer außer Dean der Briefträger sowie eben Joachim, der Sologitarrist und Leader der Band, mit dem ich nach meiner Trauerfeier zum Frühstück verabredet war. Eine lockere Freundschaft verband mich mit ihm, und seit einem langsamen Walzer, den ich vor zwei Wochen auf einer Fete bei geschlossenen Augen mit ihm getanzt hatte, noch ein kleines bisschen mehr. Joachim war allerdings vergeben, und auch wenn es sich anders verhalten hätte, wäre er zehn Jahre zu jung für mich gewesen. Trotzdem freute ich mich auf das Treffen mit ihm, obwohl es nur ein läppisches Frühstück war, bei dem sich höchstens unsere Blicke berühren würden oder unsere Finger, wenn sie zufällig gleichzeitig nach der Zuckerdose griffen.

Ich will es noch mal wissen, dachte ich – bloß was?

Im Hausflur schlüpfte ich in meinen Mantel, natürlich schwarz, was sonst. Ich mag Schwarz nicht besonders, eigentlich mag ich es überhaupt nicht; im Gegenteil, ich liebe Farben, würde mich gerne bunt und fröhlich kleiden, so wie ich es zu Beginn meiner Laufbahn als Pastorin ganz arglos getan habe. Damals hatte ich eine grüne Lederjacke, die mir rasch den Spitznamen »Rockerpfarrerin« eintrug. Von meinem ersten Gehalt kaufte ich mir eine rosafarbene Vespa, mit der ich sonntags zur Kirche in Stuttgart-Ost fuhr.

Doch nachdem ich einmal im Gottesdienst unter dem Talar ein meerblaues Kostüm und korallenrote Stöckelschuhe getragen hatte, war meine Gemeinde in hellem Aufruhr. Jemand beschwerte sich bei meinem vorgesetzten Dekan, der fand, das Maß des Erträglichen sei überschritten, sodass mir nichts übrigblieb, als klein beizugeben. Seither trage ich im Dienst nie etwas anderes als Schwarz, Schwarz und noch mal Schwarz, auch bei den normalen Gottesdiensten oder bei freudigen Anlässen, denn Schwarz ist die Farbe, mit der man nichts falsch macht, das habe ich gelernt, mit Schwarz trifft man immer ins Schwarze. Jedenfalls in meinem Beruf.

Ich stellte mich vor den Flurspiegel und taxierte mein Spiegelbild. Eins zweiundsiebzig groß und immer noch schlank. Ebenmäßiges Gesicht, weit auseinanderstehende grüne Augen, gerade Nase, auf der Stirn ein paar Falten. Ich zog mir die Lippen nach. Lippenstift – der einzige Rottupfer, der sich auch nach über dreißig Berufsjahren noch in meinem Amts-Outfit erhalten hatte. Schüttelte mein Haar, das nicht sonderlich lang war, jedoch lang genug, um es mit einem Band oder einer Spange zu zähmen, was ich selten tat. Bei meinen Auftritten auf der Kanzel und selbst am Rednerpult der Aussegnungshalle lasse ich es wallen, wie es will. Nach einem Gottesdienst oder einer Trauerfeier sagt dann manchmal jemand zu mir: »So habe ich mir eine Pastorin aber nicht vorgestellt«, wobei die Nuancen des Tonfalls von anerkennend über freundlich staunend bis leise vorwurfsvoll variieren. Gott sei Dank, denke ich dann, denn ich habe mir geschworen: An dem Tag, an dem man mir die Pastorin ansieht, werde ich meinen Beruf an den Nagel hängen. Nicht, dass mich jemand falsch versteht – ich mag ihn, meinen Beruf, oder vielmehr habe ich ihn in den vielen Jahren, während deren ich ihn ausübte, mögen gelernt. Die Anfänge waren etwas ruppig, das stimmt. Studieren wäre nicht schlecht, hatten meine Eltern nach dem Abitur gemeint, und auch ich meinte es. Schlecht war jedoch mein Notendurchschnitt, und dieses Schlechte mit etwas Besserem zu kombinieren, erwies sich als Herausforderung. Schließlich trieben mich meine vielen Lebensfragen, die in der Schule unbeantwortet geblieben waren, in einen Studiengang, der an den Unis ein ebenso exotisches wie archaisches Nischendasein führte.

Wo war ich, bevor ich geboren wurde? War ich irgendwo? Warum und wozu bin ich überhaupt da? Und wo geht es hin, wenn ich sterbe? Geht es irgendwohin? Ich war allein mit diesen Fragen, die mich umtrieben, und suchte nach Antworten. Als hätte ich mich besser im Leben zurechtfinden können, wenn ich das alles gewusst hätte. Wenn ich mit dem Inseldasein meiner irdischen Existenz hätte andocken können an den festen Grund eines Davor und Danach und dessen, was man Lebenssinn nennt.

Um es vorwegzusagen: Mein Theologiestudium ließ mich nur beschränkt fündig werden. Jede Antwort zog hundert neue Fragen nach sich. Und als ich nach einer Anzahl Semester schließlich feststellte, dass zu meinem Studium auch ein Beruf gehörte, war es zu spät, um noch umzusatteln. Lehrerin oder Pastorin? Von den beiden Alternativen schien mir die Pfarrerin das kleinere Übel zu sein, obwohl ich mit dieser Arbeitsplatzwahl in meiner Familie vollkommen aus der Art schlug. Dort gab es einen Arzt und eine Apothekerin, zwei Anwälte, eine Architektin und in der weit verstreuten Verwandtschaft auch ein paar Studierte, deren Beruf nicht mit einem A begann. Zu Anfang meines Berufsalltags fühlte ich mich denn auch, als wäre ich auf einem fremden Planeten aufgeschlagen. Bibelstunde, Frauenkreis, Konfirmandenunterricht, Seniorennachmittag, das alles war ebenso Neuland für mich wie die mit Bibelzitaten gespickten Andachten und die Gebete, die damals in keiner Gemeindeveranstaltung fehlen durften. Mit den Fragen war es erst mal vorbei. Sonntags auf der Kanzel hatte ich Gewissheit zu verkündigen und Zuversicht auszustrahlen. Die kirchlichen Räume, in denen ich ein und aus ging, atmeten eine jahrhundertelang praktizierte naive Frömmigkeit, die man förmlich riechen konnte und der ich nicht anhing. Ich war eine moderne junge Frau und verabscheute Kompromisse an jener Grenze, an der es auf Fragen nur ungenaue oder keine Antworten mehr gab und stattdessen blinder Glaube verlangt wurde. Das sagte ich geradeheraus jedem, der es hören wollte, und erntete darauf die gleichen verwunderten Blicke wie auf mein Äußeres.

Dass ich mich mit der Zeit dennoch mit meinem Beruf arrangierte und in ihm Wurzeln schlug, lag und liegt vor allem an jenen Menschen meiner Gemeinde, die sich zur Kirche zählen, jedoch ihrem verstaubten, oft rückständigen Erscheinungsbild ebenso wenig abgewinnen können wie ich selbst und dankbar sind für frischen Wind. Sie besuchen den Sonntagsgottesdienst, wenn sie im Gemeindeblatt lesen, dass ich die Predigt halte und nicht mein älterer Kollege; sie suchen mich auf, wenn sie in schwierigen Lebenssituationen nicht mehr weiterwissen, und sind froh, dass sie sich vor mir nicht verstellen müssen, weil ich nicht heiliger bin als sie selbst.

Im Hausflur stieg ich in meine schwarzen Pumps, ausgetreten, aber geputzt. Talar über dem Arm, Ringbuch, Beerdigungsagende in meinen Korb. Bevor ich ging, klopfte ich an Deans Zimmertür und drückte, als er nicht reagierte, mit dem Ellbogen die Klinke herunter. Dean lag im Halbdunkel auf dem Rücken, die Hände über dem Kopf zu Fäusten geballt, als wäre ein Unsichtbarer dabei, ihn niederzuringen. Das Licht, das durch die Schlitze der heruntergelassenen Rollläden drängte, tupfte kleine milchige Sprenkel auf sein Gesicht und seine langen braunen Locken, die sternförmig auf dem grünen Kopfkissen lagen, als hätte sie jemand sorgfältig zum Trocknen und Bleichen in der Sonne ausgebreitet.

»Dean, wach auf! Du musst zur Schule!«

Dean seufzte, hustete, hustete sich wach. Raucherhusten – Dean qualmte seit Langem obwohl er es eigentlich nicht vertrug die Zigaretten schlugen ihm auf die Schleimhäute.

»Anklopfen, bevor du hier reinkommst«, murrte er, als er sprechen konnte.

»Ich habe geklopft. Und habe nicht die Absicht, reinzukommen, ich stehe nur in der Tür. Hast du deinen Wecker nicht gehört? Es ist kurz vor halb zehn.«

Er grummelte etwas wie: »Waschonschoschpät«, und hustete wieder.

»Ich hab Beerdigung.«

»Ist deine Gemeinde bald ausgestorben?« Er hüstelte.

»Danach treffe ich mich mit Joachim in der Stadt.«

»Mhm.«

»Um die Mittagszeit bin ich wieder da.«

»Mhm.« Er öffnete mühsam ein Auge.

Ich versuchte die Ungeduld zu zügeln, die in mir hochkroch.

Sind alle halbwüchsigen jungen Männer solche Schlafmützen wie mein Sohn?, fragte ich mich. Und müssen sie alle von ihrer Mutter geweckt werden, um rechtzeitig zur Schule zu gehen?

2

Ich ließ die Tür zu Deans Zimmer angelehnt und eilte die Treppe hinunter. Draußen fiel der Wind über mich her, als hätte er hinter der Haustür auf mich gelauert.

Els' Garten neben meinem wirkte nackt, seit sie letzte Woche die Tannenzweige von den Beeten genommen hatte.

»Dein Garten hat eine Glatze«, pflegte Dean früher immer zu ihr zu sagen.

Aus ihrem Hexenhäuschen, größer zwar, aber nicht viel höher als das Backhäuschen in ihrem Vorgarten, klang Musik. Es war etwas Klassisches, Beschwingtes, das wie Ofenwärme durch die Ritzen der Haustür und der kleinen Doppelfenster drängte. Unverkennbar Mozart. Eins seiner Lieder. Seit ich neben Els wohnte, hatte ich mehr oder weniger das ganze Köchelverzeichnis kennengelernt. Els hörte viel Musik, viel Mozart, viel Meditatives, immer Heiteres, nie Schweres, sie sagte, das Leben ist schon schwer genug. Seit sie so blass und dünn geworden war, hatte ich mir angewöhnt, alle zwei oder drei Tage bei ihr vorbeizuschauen, doch an diesem Morgen fehlte mir die Zeit.

In meinen Renault musste ich den Sitz weiter nach vorn stellen; Dean hatte als Letzter dort gesessen mit mir als Begleitung auf dem Beifahrersitz. Seit er am Tag seines siebzehnten Geburtstags die Führerscheinprüfung bestanden hatte, nahm er jede Gelegenheit zu fahren wahr und dafür in Kauf, dass ich als Aufpasserin neben ihm hockte.

Ich lenkte den Wagen aus dem Wohngebiet hinaus und fuhr stadteinwärts.

Kurz vor dem Nordbahnhof staute sich der Verkehr. Eine Fahrspur war gesperrt. Ich hatte ein bisschen Sorge, ob ich rechtzeitig zu meiner Trauerfeier kommen würde. Ein paar Minuten lang ging es bloß im Schritttempo voran. Ich lenkte mit nur einer Hand, ließ das Seitenfenster herunter, hängte meinen Arm in die Kälte und erhaschte einen Blick in die Einfahrt zur Rechten, an deren Ende der Schrebergarten mit dem Geräteschuppen lag, in dem unsere Band ihre Proben abhielt. Schrebergarten und Schuppen gehörten Joachim, und er hatte Letzteren zusammen mit Steffen, dem Bassisten, und Fränk, dem Schlagzeuger, so umgebaut und isoliert, dass er auch im Winter benutzbar war. Die Band, zu der ich vor zweieinhalb Jahren gestoßen war, hatte es damals schon länger gegeben. Außer Gitarre und Rhythmusgruppe gehörten Keyboard, Banjo und eine Sängerin dazu. Die Sängerin war gerade vom Team abgesprungen, als Joachim mich anrief, an einem Novembersamstag, an dem alle Leute ihre Winterreifen aufzogen.

»Wir suchen dringend eine Nachfolge«, sagte Joachim, »ich habe gehört, Sie singen und spielen außerdem Blues Harp.« »Von wem haben Sie das gehört?«, erkundigte ich mich neugierig, doch Joachim ignorierte die Frage und teilte mir stattdessen mit, die Band heiße Fortissimo, der Name sei Programm, ebenso wie Blues und Soul, die man spiele, und man könne sich schon in der nächsten Woche treffen, um Genaueres zu besprechen. Nie bekam ich heraus, wer ihn auf mich aufmerksam gemacht hatte, Joachim sagte mir nur vage, es sei jemand aus meiner

Gemeinde gewesen, was mich wunderte, weil er mit Religion nichts am Hut hatte, wie ich bald feststellte. Damals am Telefon wehrte ich mich eine Weile ziemlich standhaft; ich nahm Unterricht und sang seit Langem, hatte es aber noch nie in einer Band probiert. Ich fürchtete mich davor, dass ich Joachims Erwartungen nicht genügen würde, und war mir alles andere als sicher, ob ich imstande wäre, der Combo aus der Patsche zu helfen. Aber Joachim ließ nicht locker.

In der Woche nach seinem Anruf schlich ich mit Herzklopfen und meinem Mundharmonikakoffer die Einfahrt zum Gartenschuppen entlang, aus dem »Down in the Valley« tönte, ein Titel, den ich kannte und schon gesungen hatte, sodass ich mich nach einer Weile traute, die Tür aufzustoßen und einzutreten. Joachim war ein Mann Mitte vierzig, an dem alles dunkel, gut proportioniert und vollkommen war, ein Wurf des Schöpfers, an den er selbst allerdings nicht glaubte. Es ging mir mit ihm, wie es mir immer geht mit Männern, die mir gefallen: Anstatt mit ihm zu flirten, wurde ich schüchtern. So einsilbig, als müsste ich meine Worte einzeln von einem Konto abheben, auf dem ich sie gespart hatte, teilte ich dem oberen Knopf seines mondgelben Hemdes mit, dass es die Band ja mal mit mir versuchen könne, worauf mir Joachim die übrigen Mitglieder vorstellte. Kirsten hinter dem Keyboard winkte, und Kano, die Banjospielerin, streckte mir zur Begrüßung die Hand entgegen. Alle lächelten und hießen mich willkommen. Joachim warf sich eine vorwitzige Tolle seines tiefschwarzen Haars mit einer Kopfbewegung aus dem Gesicht und sagte dann: »Okay. Machen wir also weiter. Womit möchtest du anfangen?« Ich schlug den »Basin Street Blues« vor und brachte mit viel Aufregung meine Gesangspremiere samt

Harp Solo in einer Band hinter mich. Als wir mit dem Stück durch waren, schaute ich verlegen an Joachim vorbei, aber der nickte und sagte: »Nicht schlecht. Wird schon werden.« Das waren an diesem Tag die einzigen Worte, die er an mich richtete. Am Anfang war immer ein Graben aus Nichtgesagtem zwischen uns, den wir zunächst mit unserer Musik füllten und mit Worten nur sehr allmählich und zögerlich zuschütteten. Joachim war unser Primus inter Pares; äußerst ehrgeizig wollte er aus dem zusammengewürfelten Haufen unserer Band etwas Besonderes machen. Nach den Proben war er immer schnell weg, ohne Zeit, zu lächeln, in seinem Schrebergarten herumzustehen und zu reden. Zu unseren Auftritten reisten wir, um unser Equipment zu transportieren, mit verschiedenen Autos an, und hinterher nach dem Abbau war es meist zu spät für einen Umtrunk. Ich lernte, dass eine Band eine ziemlich nüchterne und pragmatische Angelegenheit ist, im seltensten Fall der Ort, an dem Liebesbeziehungen geknüpft werden. Vielleicht war es diese Erkenntnis, die mich Joachim gegenüber mit der Zeit lockerer werden ließ. Wir begannen uns zu necken und Witze zu machen; wir küssten links und rechts voneinander die Luft, wenn wir uns trafen, ohne dass ich mir etwas dabei dachte. Überdies hatte Joachim neben Tischmanieren, einer gut dotierten Stelle an der Uni und einer Eigentumswohnung im Stuttgarter Süden auch eine Freundin. Eine Freundin, die im Hintergrund blieb und bei unseren Gigs nie auftauchte, aber er hatte eine, Kirsten hatte es mir erzählt.

Ich bog in die Straße zum Pragfriedhof ein. Beerdigungen haben mein Leben als Pastorin von Anfang an geprägt: Meine erste Amtshandlung als Vikarin war die Bestattung eines einjährigen Mädchens gewesen, und manchmal kommt es mir so vor, als hätte diese Beerdigung die Marschrichtung für mein ganzes weiteres Arbeitsleben vorgegeben. Auch wenn Bestattungen von Kindern dabei die Ausnahme blieben, hat es eine Weile gedauert, bis ich mich mit der ständigen Anwesenheit des Todes in meinem Alltag arrangierte, abgefunden habe ich mich nie. Bis heute ist jede Beerdigung, die bei mir anlandet, eine Mahnung, eine Art blauer Brief mit Kündigungsschreiben an das Leben, der mich daran erinnert: Am Tod kommt niemand vorbei, niemand geht ihm durchs Netz, früher oder später greift er sich jeden, auch mich.

Noch habe ich eine Schonfrist, noch pflückt und erntet der Tod als Schnitter auf anderen Feldern, doch ich spüre bereits, dass er seine Kreise enger um mich zieht. Bald werde ich zu denen gehören, die mit dem Tod um die Wette laufen und es merken, dass sie um die Wette laufen, einen Wettlauf, den sie nicht gewinnen können und es trotzdem versuchen. Der Vorsprung schrumpft stetig, noch zwanzig, noch dreißig Jahre, *vielleicht,* wenn es gut geht. Bis dahin herrscht so etwas wie ein Nichtangriffspakt zwischen dem Tod und mir; er gebraucht mich, um sein Werk zu vollenden, indem ich die sterblichen Reste derer, die er geholt hat, unter die Erde bringe und tröstliche Worte finde. Zwischen den einzelnen Bestattungen lässt er mir meist Verschnaufpausen, so dick wie in der jetzigen Märzwoche kommt es selten.

Ich bin froh, wenn der Tod nicht mit der Tür ins Pfarrhaus fällt, sondern sich übers Bestattungsinstitut ordentlich und mit Anstand telefonisch bei mir anmeldet. Indizien, dass es sich um eine »leichte« Beerdigung handelt, sind das fortgeschrittene Alter des Verstorbenen, die Tatsache, dass schon am Telefon eine Portion Trost zu mir herüberschwappt (»Es war eine Erlösung für ihn«) und dass die Angehörigen den Tod haben kommen sehen. Ich bin froh, wenn der Tote es den Seinen leicht gemacht und sich weder bei Nacht und Nebel davongestohlen noch allzu lang Katz und Maus mit dem Unabwendbaren gespielt hat. Ich freue mich, wenn die Angehörigen es mir leicht machen, indem sie ein Bild des Verstorbenen in der Tasche und seine Geschichte auf der Zunge tragen, in besonderen Glücksfällen diese Geschichte gar auf einem Ringbuchblatt fein säuberlich für mich notiert haben. Eine Geschichte, die ich ihnen dann bei der Trauerfeier wieder erzählen kann, was meist das halbe, manchmal das ganze Geheimnis einer »guten« Beerdigung ist. Ich bin dankbar, wenn Angehörige mir beim Trauergespräch keine wesentliche Person unterschlagen etwa ein uneheliches Kind oder eine Geliebte, welche dann ungefragt bei der Trauerfeier auftauchen, die Gemeinde in Verlegenheitsstarre versetzen und hinterher einen Kübel voll Ärger und Enttäuschung über mir ausschütten, weil ich sie nicht erwähnt habe. Ich bin dankbar, wenn es überhaupt Angehörige gibt.

Bei der Trauerfeier, die ich an diesem Morgen zu halten hatte, war dies nicht der Fall. Ein älterer Mann, der vor ein paar Tagen in einer Stuttgarter Klinik verstorben war, ganz allein. Da kein Verwandter ausfindig gemacht werden konnte und sich nach fast einer Woche auch sonst niemand gemeldet und für zuständig erklärt hatte, hatte die Stadt die Einäscherung angeordnet. Da der Verstorbene Kirchenmitglied gewesen war, kam er in den Genuss, in einer geistlichen Zeremonie verabschiedet zu werden. Die Geschichte, die einzige, die ich am Sarg hätte erzählen können, hätte ich denn eine erzählen müssen, wäre die gewesen, dass dieser Mensch am Ende seines Lebens offenbar keinen anderen mehr gehabt hatte, der mir über seine Geschichte hätte Auskunft geben können oder wollen. Laut Auskunft des Beamten vom städtischen Bestattungsdienst nahmen solche Fälle drastisch zu.

Ich parkte vor dem Krematorium. Während ich die Treppen zur Aussegnungshalle hochstieg, dachte ich daran, wie ich mich einmal vor Beginn einer Trauerfeier ins falsche Stockwerk verirrt hatte. Während es oben in der Feierhalle gedämpft und passiv zuging, herrschte unten die Geschäftigkeit einer Fabrik. Männer in Arbeitsanzügen und mit Schaufeln liefen in kalten, weiß gekachelten Gängen herum, schoben Särge von A nach B, öffneten und schlossen Türen zu den Kammern, in denen sich die Muffelöfen befanden. Damals räusperte sich eine Stimme in mir und bestätigte nachdrücklich, was ich eh längst beschlossen hatte: kein Feuer am Ende meines Lebens. Erst Wasser, dann Luft, dann Liebe, dann Holz, dann Erde.

Im Hinterzimmer der Feierhalle empfing mich der Bestattungsbeamte, mit dem ich immer wieder zu tun hatte, ohne seinen Namen zu kennen. Ich mochte seine Art, mir die Hand zu geben, so als reiche er mir einen Strauß Blumen. Heute verzichtete er darauf und hob nur die Hand – »wegen Corona«, sagte er.

Außer ihm war niemand da.

Er händigte mir eine CD mit klassischer Musik aus und fragte mich, was er abspielen sollte. Ich wählte zwei Stücke aus, die ich kannte, den ersten Satz des ersten Brandenburgischen Konzerts und das »Ave Verum«, weil es von Mozart war und vorhin aus Els' Häuschen Mozart erklungen war. Ich schlüpfte in meinen Talar und ging in die Feierhalle, wo ich mich allein in die vorderste Reihe setzte. Der Sarg aus unbehandeltem Kiefernholz, der vor mir auf der Liftvorrichtung stand, bereit, auf

Knopfdruck versenkt zu werden, roch noch ein bisschen nach Wald. Während ich lauschte, wie die Violinen und die Bratschen im Anfangssatz von Bachs Brandenburgischem Konzert einander antworteten, fragte ich mich, was das für ein Mensch gewesen war, den ich da aussegnete und von dem ich nichts wusste außer seinem Namen und seinem Alter.

Wie kann es sein, dass jemand am Ende seines Lebens so allein ist?

Als Bach verklungen war, trat ich ans Stehpult, trug einem Halbkreis leerer Stühle, die sich mit Stoffpolstern schön gemacht hatten, Psalm 23 vor und sprach die Aussegnungsworte. Bernhard hieß er, Bernhard Hoffmeister. Sein Leben war zu Ende, aber war es auch fertig? In mein *Vater Unser,* eine einsame Litanei, fiel nicht wie sonst spätestens bei »Geheiligt werde dein Name« murmelnd eine Gemeinde ein und betete mit. Haben Worte einen Sinn, wenn niemand sie hört?

Nach dem Segen drückte ich auf den Knopf unter dem Stehpult, worauf sich der Lift in Bewegung setzte und der Sarg einen Stock tiefer schwebte. Ich saß nun, ganz allein mit dem Bestatter und Mozarts Musik, auf meinem Stuhl. Das Ganze hatte kaum zehn Minuten gedauert, das Längste daran waren die beiden Musikstücke gewesen. Dennoch hatte ich bei den Klängen des »Ave Verum« noch einmal Muße, mir zu überlegen, welcher Art von Leben wir da soeben den verordneten würdigen Abschluss verpasst hatten. Und ob der Verstorbene vielleicht doch lieber Jazzklänge zu seiner Aussegnung gehört hätte oder einen Schlager.

Als das »Ave Verum« in die Schlussakkorde einmündete, klingelte mein Handy. Obwohl die Melodie fast unterging in der CD-Musik und keiner da war, der sich hätte darüber ärgern oder mich rügen können, war es mir peinlich, dass ich vergessen hatte, es stumm zu schalten.

Nach der Aussegnung sagte der Aufseher: »Es ist immer ein bisschen traurig, wenn gar niemand da ist.« Vor Beginn der Feier war er extra noch mal vor die Tür gegangen, um nachzusehen, ob nicht vielleicht doch jemand gekommen wäre.

3

Draußen vor der Feierhalle hörte ich die Mailbox ab. Joachim entschuldigte sich und sagte unser Frühstück ab, ein Termin sei ihm dazwischengekommen. Eine Ausrede, dachte ich, in Wirklichkeit hat er Angst. Dabei musste er doch kaum damit rechnen, dass ich ihn verführen werde. Lachhafte Idee, morgens in einem Café! Ich hätte es neulich nach dem Fest bei Kano schon versuchen können, wenn ich gewollt hätte! Trotzdem hatte er kalte Füße bekommen. Es war zu viel, wie wir neulich getanzt hatten, es war wunderschön und doch zu viel gewesen, als dass wir uns heute wieder so hätten treffen können wie zuvor – als ob nichts geschehen wäre.

Bei jenem Tanzspiel vor zwei Wochen hatte ich mich zuerst gesträubt mitzumachen, ich fand es albern: Die Frauen hatten, ehe sie zum Tanzen geholt wurden, die Augen schließen und ihren Tanzpartner später erraten müssen. Mit zusammengekniffenen Augen stand ich da – es widerstrebte mir, mich blind einem Tänzer zu ergeben, den ich vielleicht nicht riechen konnte. Fast augenblicklich fasste mich jemand um Taille und Schulter, und an der Art und Weise, wie er das tat, wusste ich sofort, dass mir dieser Mann nicht unangenehm war. »Are You Lonesome Tonight?« ertönte, und ich dachte: Gibt es noch einen schmalzigeren langsamen Walzer?, während wir uns im Takt zu Elvis' schmelzender Stimme zu bewegen begannen. Ich hatte nicht mehr getanzt, seit mein Mann Andreas und ich uns getrennt hatten, und nun ging es so verblüffend leicht, als hätte ich all die Jahre Flügel gehabt und nur vergessen, sie zu benutzen. Ich hatte das Gefühl, als passte da etwas vollkommen, zwei Körper, die füreinander maßgeschneidert waren. Von der wahnwitzigen Hoffnung erfüllt, es wäre vielleicht Joachim, der mich führte, und überwältigt von Neugier, ob er es tatsächlich war, blinzelte ich und blickte auf das indiobraune Rechteck einer Stirn, freigegeben von einer nach links gekämmten Haartolle, die aussah wie schwarz lackiert. Ein unglaubliches Glücksgefühl überschwemmte mich. Joachims Gesicht, so nah! Er merkte, dass meine Augenlider zuckten, legte den Finger erst auf seine, dann auf meine Lippen, wobei ihm die Tolle über die Augen fiel, und zog mich etwas enger an sich. Seine Wange berührte meine, eine frisch rasierte Wange, glatt und warm, ohne weich zu sein. »Ich möchte, dass das nicht aufhört«, murmelte ich, womit ich den Walzer ebenso meinte wie das Gefühl von Samt an meiner Wange, aber beides war leider allzu schnell vorbei. Von den anderen befragt, wer mich geführt habe, krauste ich die Nase und zuckte die Schultern. Niemand glaubte mir meine Unwissenheit und Joachim versteckte sein Grinsen hinter seiner Haartolle.

Dies war bei Kano, unserer Banjospielerin, geschehen. Sie war mit ihren hennaroten Haaren und Ohrgehängen, die aussahen wie Regenwürmer, der Blickfang unserer Band. An jenem Tag lud sie uns zu ihrem Geburtstag ein. Eine Menge Leute, die ich von unseren Auftritten her kannte, waren da, und noch mehr, die ich nicht kannte. Joachim begrüßte mich, ein volles Sektglas in der Hand, das er, ohne daran genippt zu haben, auf das Tablett zu lauter leer getrunkenen Sektgläsern zurückstellte, als wir uns zu Tisch begaben. Nach dem Tanzspiel setzte er sich neben mich. Er fragte mich, wie Bending bei der Mundharmonika gehe.

»Man muss bestimmte Muskeln hinten im Gaumen betätigen«, erklärte ich ihm, »dann kann man beim Ziehen die Töne um einen Halbton nach unten biegen.«

Wir unterhielten uns über die Tonarten der Stücke, die wir gerade mit der Band einübten, darüber, dass keine Tonart klinge wie die andere, und was unsere Lieblingstonart sei. Für Joachim war es B-Dur, ich selbst plädierte für E-Dur. Dann tanzten wir noch einmal miteinander, diesmal mit offenen Augen in lachender Übereinkunft, und noch später verließen wir den Geburtstag, brachen gemeinsam auf, und Joachim ließ sein volles Weinglas stehen, wie er zuvor sein volles Sektglas hatte stehen lassen.

»Warum lässt du dir einschenken, wenn du nichts trinkst?«, fragte ich ihn, und er antwortete: »Ich weiß nicht«, überlegte, als hätte er noch nie darüber nachgedacht, und schob dann nach: »Ich mag kein Spielverderber sein.« Dazu grinste er und wirkte noch jünger, als er war. Draußen vor dem Haus standen wir etwas unschlüssig herum, als müsste noch etwas kommen, und Joachim fragte, als wäre es nicht kurz nach Mitternacht und Zeit, die letzte Straßenbahn zu erwischen: »Was hast du jetzt vor?« Dich küssen, antwortete ich im Stillen und ließ es dann doch bleiben, ich wollte nicht, dass er mich nur deshalb küssen würde, um kein Spielverderber zu sein. Wir setzten uns in Bewegung, langsam, unentschlossen, und gingen zur Haltestelle, wo Joachim mit der Schuhspitze unsichtbare Halbmonde auf den Asphalt malte und sich dabei zusah, so konzentriert, als wäre er sein eigener Schüler. In meinem Hirn lief eine Schallplatte mit einem sich ohne Liedstrophen wiederholenden Refrain ab, auch dann noch, als ich bereits in der Straßenbahn saß und Joachim in die eine und ich in die andere Richtung davongefahren waren: »Es ist besser so ... gute Freunde bleiben ...« Ich kannte diesen Refrain aus einer anderen Zeit, aus einer anderen Geschichte, lange her, hatte ihn seither verdrängt, und nun kam er wieder hoch. »Es ist besser so, lass uns gute Freunde bleiben.« Oder so ähnlich.

Fuck! Wir hatten uns verloren, die Geschichte hatte kein befriedigendes Ende gefunden, eigentlich gar keins, als hätte ein fremder Autor daran geschrieben und auf halbem Weg das Interesse daran verloren.

An jenem Abend nach der Episode mit Joachim auf dem Geburtstagsfest lag ich allein zu Hause in meinem Bett und verfluchte mich: Warum hast du nicht getan, was du wolltest, es war eine Gelegenheit, die Tür war offen, wie lang willst du noch warten, auf was eigentlich, auf wen eigentlich, du bist angezählt, du hast nicht ewig Zeit. Ich bereute, schmachtete und sehnte mich, fiel endlich, betäubt von einem Glas Muscat sec, in einen Schlaf, der nichts weniger als selig war und aus dem ich alle naselang erwachte. Dann stand mir sofort Joachims Indianergesicht vor Augen, die hohen Backenknochen, sein Mund in nächster Nähe zu meinem, ich spürte seine Wange an meiner, und das Sehnen, Schmachten und Bereuen ging von Neuem los.

Tage später beruhigte ich mich wieder, ja, es war eine Gelegenheit, aber Gelegenheit macht noch lange keine Liebe. Und selbst wenn doch, ist das kein Freifahrtschein ins Glück, im Gegenteil, oft genug endet es todtraurig, zerreißt dir das Herz, bevor es richtig begonnen hat, denk an damals, denk an früher.

Dass Joachim an diesem Morgen unser Frühstückstreffen

abgesagt hatte, zeigte mir, dass ich recht daran getan hatte, die Gelegenheit nach dem Geburtstagsfest bei Kano verstreichen zu lassen. Die traurigsten Liebesgeschichten sind diejenigen, die am Ende bereut werden, und ich wollte nicht, dass Joachim im Zusammenhang mit mir auch nur die kleinste Kleinigkeit zu bereuen hätte.

Ich stieg die Treppen am Ausgang der Aussegnungshalle hinunter und ging zu meinem Auto.

Dass im Leben nie etwas zusammenpasst, dachte ich, während ich meinen Korb und den Talar auf dem Rücksitz verstaute, dass entweder der eine zu alt und der andere zu jung, der eine frei und der andere vergeben ist oder beide in festen Händen sind. Oder man tut sich zusammen, weil man gleich alt und nicht vergeben ist, ohne sich darüber Gedanken zu machen, ob man zusammenpasst, dann geht es so wie zwischen mir und Andreas, meinem Ex-Mann. Dass Andreas und ich ein Paar wurden, beruhte eigentlich auf einem Missverständnis. Einer Verwechslung. Er sprach mich eines Tages an, mitten auf dem Schlossplatz, sagte, wie sehr er sich freue, mich wiederzusehen, und lud mich zu einem Drink ein.

»Kennen wir uns?«, fragte ich, und er meinte, na klar, von einem Fest bei Mahle, seinem Betrieb. Vor drei Jahren hätten wir einen Abend lang miteinander getanzt. Ich war niemals auf einem Betriebsfest bei Mahle gewesen, aber mir gefiel der Mann, und da in meinem damaligen Leben niemand war, den ich mit ihm betrügen würde, gab ich vor, mich dunkel zu erinnern. Während wir uns in einer Eisdiele gegenübersaßen, bemerkte Andreas wohlgefällig, wie gut mir das hellere Blond stehe, in dem ich mein Haar getönt hatte, und dass ich das Rauchen offenbar aufgegeben hätte. Ich ließ ihn in dem Glauben, klimperte mit den Wimpern und behauptete, eine anhaltende Bronchitis habe mich auf den rechten Weg gebracht.

Der Schwindel flog erst auf, als Andreas darauf bestand, an das Betriebsfest in seiner Firma anzuknüpfen und mit mir tanzen zu gehen. Ich beherrschte nicht die einfachsten Schritte, flog über Andreas' Beine statt übers Parkett und wäre einmal fast hingeschlagen.

»Na, hör mal«, wunderte er sich, »tanzen verlernt man doch nicht.«

»Nicht, wenn man es gelernt hat«, sagte ich verlegen, und so kam heraus, dass ich nicht diejenige welche war. Andreas nahm es mit Humor und meldete uns umgehend bei einer Tanzschule an.

Wir heirateten, kurz nachdem ich schwanger geworden war, damals war unsere Beziehung bereits sechs Jahre alt und mehr oder weniger ins Kameradschaftliche abgedriftet. Aber die Aussicht, allein mit einem Kind zu leben, war nicht sonderlich verlockend, schon gar nicht als Pastorin auf der neuen Stelle, auf die ich vor Kurzem gewählt worden war. Außerdem hatte Andreas gerade die Kündigung seiner Wohnung erhalten und er wusste nicht wohin. Was also lag näher, als mit mir zusammen ins Pfarrhaus zu ziehen, in dem eine wilde Ehe allerdings nicht vorgesehen war.

Es stellte sich schnell heraus, dass Andreas nicht zum Familienleben taugte. Er war ein unruhiger Geist, an Wochenenden gern auf seiner Kawasaki unterwegs, am liebsten allein, selten mit mir oder später mit Dean auf dem Sozius. Dennoch dauerte es weitere zehn Jahre, bis wir uns trennten. Ich wusste, dass es das Beste war, und fühlte mich dennoch schuldig. Oft lag ich nachts wach im Bett und grübelte; manchmal weinte ich und wusste nicht, ob ich es um mich selbst oder um Dean tat, der gerade aufs Gymnasium gekommen war und mehr unter der Trennung litt als ich.

Auch jetzt waren Tränen in mir, ein Bad, das in Höhe meines Brustkorbs zwischen dem zweiten und dritten Rippenbogen schwappte, und ich war fest entschlossen, es nicht höhersteigen zu lassen. Trotzig wischte ich mir ein bisschen Rotz von der Nase und beschloss, allein in die Stadt zu fahren. Nach der Trauerfeier ohne Trauer knurrte mein Magen, da ich zu Hause außer dem Cappuccino nichts zu mir genommen hatte. Außerdem war es vielleicht die letzte Gelegenheit für längere Zeit, in einem Café abzuhängen; man munkelte, dass wegen Corona schon bald alle Restaurationen geschlossen würden. Mit Joachim hatte ich mich in einer Bäckerei in der Unteren Königstraße verabredet, da zog mich nun nichts mehr hin. Ich parkte in der Tiefgarage unter dem Bahnhof. Auf meinem Weg zum Café gegenüber der Markthalle schlenderte ich durch den Schlossgarten.

Kastanien und Robinien griffen mit ihren Ästen fragend nach dem schmutzigen Himmel. Etwas Ungereimtes, Zweideutiges hing in der Luft. Als würde es nach Regen riechen, ohne dass es regnete. Oder nach Schnee, ohne dass eine Flocke fiel. Die wenigen Parkbesucher dieses Morgens sahen gesund aus und sorgten durch Bewegung dafür, dass es dabei blieb. Ein Jogger auf seinem Weg zum Abnehmen legte es darauf an, mit mir zusammenzustoßen; ich blieb stur in meiner Spur und schlenkerte mit meinem Korb, sodass er aufs Gras ausweichen musste. Auf der Stelle im Leerlauf weiterjoggend, drehte er sich nach mir um und japste: »He, du dumme Amsel, bist du etwa allein im Park?«

»Kannst du nicht auf zwei zählen?«, krähte ich. »Vergiss

das Atmen nicht, sonst kriegt dein Gehirn nicht genug Sauerstoff, und du verblödest.«

Enten tappten am Rand des Eckensees auf und ab, ein Schwan breitete die Schwingen aus wie ein Wappentier. Ein Mann mit schwarzer Wollmütze und drei Aldi-Tüten am Arm stöberte in einem Papierkorb nach Pfandflaschen. Unsere Blicke begegneten sich, und ich war froh, nicht mehr als dies mit ihm tauschen zu müssen, nicht seine Tüten, in denen es klirrte, gegen meinen Korb, nicht seinen schäbigen Anorak gegen meinen Mantel, nicht seine Existenz gegen meine. Der Adrenalinstoß, den mir die Kollision mit dem Jogger versetzt hatte, verflog, und ich war zum ersten Mal an diesem Morgen froh um mein Leben. Ich war froh, nicht joggen zu müssen, um Gewicht zu verlieren, meine Hand nicht in Mülleimer stecken zu müssen, um zu überdauern.

Das Café bei der Markthalle, das ich mir auserkoren hatte, war gut gefüllt mit Einkaufslustigen und Schnäppchenjägern. Ich nahm an einem Tisch Platz, an dem bereits jemand saß und an dem man sich alles teilte, Zuckerdose, Servietten, vielleicht auch das neue Virus. Der Jemand mir gegenüber war ein jüngerer Mann, der eine Cola vor sich stehen hatte, ein bunter Vogel mit stoppligem Kinn, speckigem Schlapphut, Nickelbrille und einem abgetragenen, blau-rot gestreiften Strickpullover. Er tippte etwas in sein Handy und hob kaum den Blick. Ich hätte lieber mit einer Frau am Tisch gesessen.

Die Bedienung trug ein Kurzarm-T-Shirt in einer Neonfarbe und hatte zwei lange geflochtene Zöpfe, die ihr über die Brust fielen. Eine schwarze Kunstlederschürze mit einem roten Schriftzug schlenkerte um ihre Hüften. Mir war, als hätte ich die Frau schon mal gesehen.

Aber wo? Mit reserviertem Blick nahm sie meine Bestellung auf, eine Butterbrezel und statt einem Cappuccino einen tröstlichen Kakao. Heiße süße Schokolade, aus der alle Bitterkeit gezogen war.

Das Handy in meinem Korb signalisierte den Eingang einer Nachricht. Eine winzige verrückte Hoffnung zuckte in mir. Joachim! *Joachim hat es sich doch noch überlegt, wartet in der Unteren Königstraße auf mich und fragt mich, wo ich bin ...*

Aber als ich aufs Display schaute, war es Dean, und er schrieb, es sei kein Klopapier mehr im Haus, ob ich welches mitbringen könnte.

Die Kellnerin in ihrem schrillen T-Shirt kam wieder, und nachdem sie mein Trostmahl auf den Tisch geknallt, nicht gestellt hatte, zischte sie mir ins Gesicht: »Lass gefälligst in Zukunft die Hände von Oliver, hast du verstanden?«

»Wie bitte?« Ich glaubte, nicht richtig gehört zu haben. »Kennen wir uns?«

»Ich kenne dich. Schämst du dich nicht? Du als Pastorin?« Ihr ungeschminkter Mund, der vielleicht nicht immer schmal wie ein mit dem Lineal gezogener Strich war, ließ ihr Gesicht kalt und fremd erscheinen.

»Kein Grund, mich zu duzen«, sagte ich. »Ich versteh nur Bahnhof.«

»Du verstehst sehr gut. Mag ja sein, dass du keinen Mann mehr abkriegst. Aber deshalb musst du noch lange nicht alles anbaggern, was nicht bei drei auf dem Baum ist.«

»Sie müssen mich verwechseln. Können Sie mir mal sagen, wovon Sie reden?«

»Für Oliver bist du viel zu alt«, sagte sie.

Da dämmerte es mir. Gleichzeitig wurde mir klar, wo

ich die Mädchenzöpfe schon einmal gesehen hatte. Es war vor ein paar Monaten bei einem Gig unserer Band gewesen. Oliver, ein Arbeitskollege von Fränk, unserem Schlagzeuger, hatte in Begleitung der Frau, die mich gerade bediente, bei der Bühne gestanden, bei meinen Gesangsnummern lauter und länger geklatscht als die anderen und mich nicht aus den Augen gelassen. Ein Mann in einem karierten Hemd, das er nicht in die Jeans gestopft hatte, ein paar Jahre jünger als ich.

Als ich am Ende des Abends unsere CD verkauft hatte, hatte er mich in ein Gespräch gezogen und mir unmissverständlich zu verstehen gegeben, dass ich ihm gefiel. Mit einem vielsagenden Lächeln hatte er angedeutet, dass man sich noch auf einen Drink in der Stadt treffen könnte. Die Frau mit den Zöpfen hatte eine Weile am Ausgang auf ihn gewartet, dann war sie verschwunden.

»Stimmt, da war was. Aber es war genau umgekehrt. Er hat mich angebaggert, nicht ich ihn.«

»Das kannst du deiner Oma erzählen«, sagte sie schneidend.

»Ich habe keine Oma mehr.«

»Natürlich hast du keine Oma mehr«, höhnte sie. »Bist ja selber fast eine.«

Mein Gott, war die in Fahrt! Dass ich mich auf einen kleinen Flirt mit Oliver eingelassen hatte, war vor allem dem Versuch geschuldet, Joachim eifersüchtig zu machen.

»Aber da war gar nichts zwischen uns«, verteidigte ich mich. Tatsächlich hatte ich an jenem Abend keinen Moment daran gedacht, Olivers Einladung anzunehmen.

»Wer's glaubt!«, giftete die Frau mit den Zöpfen. »Du als Pastorin. Du alte Schachtel. Pfui Teufel.«

Sie drehte auf dem Absatz eine wütende halbe Pirouette und marschierte davon.

»Scheiße«, sagte ich tonlos vor mich hin. *Du alte Schachtel,* hatte sie gesagt. Mein Gesicht brannte. Ich schielte zu meinem Tischgenossen hinüber, weil es mir unangenehm war, dass er dem Schlagabtausch vielleicht zugehört hatte, aber er spielte immer noch mit seinem Handy, ohne aufzublicken.

Während ich auf meiner Butterbrezel herumkaute, dachte ich an Oliver. Nachdem er am Abend jenes Gigs abgezogen war, hatte ich ihm ohne Bedauern hinterhergesehen. Zu jener Zeit war ich auf einem Dating-portal angemeldet gewesen, wohlweislich nicht unter meinem bürgerlichen Namen Ellinor Iffland, sondern unter einem Pseudonym, weil ich als Person des öffentlichen Lebens allzu leicht erkennbar gewesen wäre. Mit einigen Männern hatte ich mich verabredet, zweimal war es zu kurzen Liebeleien gekommen, die mich eher angestrengt hatten, als dass sie mir Vergnügen bereitet hätten. Mir war nicht nach der Sorte Abenteuer gewesen, wie es mit Oliver zweifellos eins geworden wäre. Mein Gewissen gegenüber dem Zopfmädchen war also vollkommen rein.

Das Handy meines Tischgenossen klingelte. Er presste es ans Ohr unter seinem Schlapphut und sagte: »Mhm. Die Pflanzen? Welche Pflanzen? Die Topfpflanzen? Wo? Im Wohnzimmer? Wie bitte? Gießen? Ach so. Nein. Nein, Mutti. Ja. Ja, Mutti. Ja, ich versuch, dran zu denken. Mhm.«

Das Gespräch endete grußlos, wie es begonnen hatte. Er steckte das Handy weg, als hätte er das längst tun sollen, wandte sich mir zu und sagte: »Pastorin bist du also?«

»Seit wann ist das Usus im Café, dass einen alle Menschen duzen?«, schnaubte ich.

Er überhörte meine Frage und sagte mit einer Kinnbewegung Richtung Tresen: »Die hat dich ja ganz schön runtergemacht.«

»Völlig grundlos«, beteuerte ich.

»Das will ich meinen«, sagte er. »Hast du wirklich keinen Mann?«

»Nö«, sagte ich verstockt zu meiner Kakaotasse, obwohl die nichts dafürkonnte.

»Ich habe gedacht, für Pfarrer geht Sex nur mit Liebe.«

»Nö«, sagte ich wieder und fügte hinzu: »Im Übrigen gab es keinen Sex.«

»Sex ist sowieso überbewertet«, nickte er und nahm einen Schluck Cola.

»Na ja«, sagte ich.

»Sex ist möglich, aber sinnlos«, beharrte er und nahm noch einen Schluck. »Aufeinander rumhüpfen und schwitzen. Also, ich bin weg davon.«

Da musste ich lachen.

»Liebe ist sinnvoll, aber unmöglich«, sagte er.

»Bist du Philosoph?«, fragte ich.

»Ich bin zufrieden«, sagte er. Er sprach den Satz wie Jubilare in meiner Gemeinde beim Geburtstagsbesuch, wenn ich sie fragte, wie es ihnen gesundheitlich gehe: »Im Großen und Ganzen bin ich zufrieden.« Oder: »In unserem Alter muss man zufrieden sein.« Er war noch keine dreißig und doch passte seine Stimme zu dem Satz, so wie sein abgetragener blau-roter Pullover dazu passte. In diesem Moment schwor ich mir, niemals im Leben einen alten verschossenen Strickpullover zu tragen, der mich einem solchen Satz, sollte ich ihn jemals äußern, ähnlicher machen würde.

Ich sagte: »Zufriedenheit reicht nicht. Ich möchte glücklich sein.«

»Glück«, sagte er. »Ein Wort aus einem Märchenbuch. Ein kitschiges Wort aus einem blöden Märchenbuch.«

Huch, dachte ich. In welcher Groteske spiele ich da mit? Schnell weg hier.

In einem Zug trank ich meinen Kakao leer und erhob mich.

»Vergiss die Topfpflanzen nicht!«, sagte ich. »Viel Spaß beim Gießen! Und pass auf, dass du niemanden mit deiner Zufriedenheit ansteckst. So eine Infektion möchte ich noch weniger bekommen als Corona.«

Ich wandte mich um und suchte mit den Augen Olivers Konzertbegleitung mit ihren Mädchenzöpfen. Sie stand beim Tresen und addierte etwas auf einem Blöckchen. Die Farbe ihres T-Shirts tat meinen Augen weh. Ich ging zu ihr hinüber, stellte mich neben sie und legte das Geld für mein Frühstück auf die Anrichte.

»Oliver passt nicht in mein Beuteschema«, sagte ich zu ihr. »Völlig uninteressant für mich. Da muss schon ein anderer kommen.«

Sie starrte mich an und fauchte: »Hau ab.«

Ich lächelte und wandte mich zum Gehen. Bevor ich die Treppe hinunterstieg, drehte ich noch einmal den Kopf und rief ihr über die Schulter zu: »Übrigens finde ich Männer mit karierten Hemden megaspießig.«

4

Bevor ich nach Hause fuhr, klapperte ich auf der Suche nach Toilettenpapier mehrere Läden ab. Gähnende Leere in den Regalen, überall das Gleiche.

Leider Fehlanzeige, simste ich an Dean. *Die Leute spinnen, sie haben offenbar vor, die drohende Quarantäne auf dem Klo zu verbringen.*

Im selben Moment ging eine WhatsApp ein. Ich hielt die Luft an. *Es tut mir wirklich leid*, schrieb Joachim, *vielleicht ein andermal. Wann bist du wieder in der Stadt?*

»Blödmann«, sagte ich laut zum Display.

Hin- und hergerissen zwischen Wut und Weinen, tigerte ich an den Regalen des Drogeriemarkts, in dem ich mich gerade aufhielt, entlang. Außer Klopapier war nichts ausverkauft. Ich packte Flüssigseife in den Einkaufswagen, weil es die noch gab und weil in letzter Zeit alle vom Händewaschen sprachen, Händewaschen nach dem Berühren von Klinken und vor dem Essen, nach dem Einkaufen und vor dem Kochen, nach Kontakten mit allem Öffentlichen, vor und nach, vor und nach. Aus der unerschöpflichen Auswahl von Tiegeln und Tuben mit Tropfendem, Cremigem, Wohlriechendem wählte ich ein neonfarbenes Duschgel »Pink Grapefruit«, das Glücksgefühle versprach, dazu Bodybutter und Pfirsichshampoo – Balsam für Haut und Seele, nicht lebensnotwendig, aber tröstlich, ein Hamsterkauf besonderer Art. Für Els besorgte ich Badeperlen in Frühlingsfarben und eine Handcreme mit Veilchenduftnote. Sie kam in letzter Zeit immer seltener in die Stadt, es strenge sie zu sehr an, sagte sie und ließ sich von mir erzählen, was sich Neues getan hatte. Ich brachte Els Dinge mit, um die sie mich gebeten hatte, oder, ungebeten, Dinge, die tönten, glänzten oder dufteten: eine Schallplatte mit Divertimenti von Mozart oder Schubertliedern, eine Hyazinthe, die ich aus einem Beet im Schlossgarten geklaut hatte, oder, wie jetzt, Handcreme mit Veilchenaroma, gekauft, nicht geklaut. Els revanchierte sich dafür mit selbst gemachten Marmeladen und Likören aus den Früchten der Pfarrhausbäume. Sie lud Dean und mich zum Essen ein und setzte uns Lasagne, Grießklößchensuppe und Germknödel vor, Kreationen ihrer Kochkunst, für die wir hätten sterben können. Sie selbst allerdings nahm so wenig davon, dass es nicht einmal für ein Kleinkind zum Sattwerden reiche. Selbst Dean fiel es auf.

»Du isst seit Neuestem wie ein Spatz«, sagte er zu ihr, »dabei bist du schon so dünn. Bist du magersüchtig? Oder krank?«

Els machte eine wegwerfende Handbewegung und schüttelte den Kopf.

»Lass mal«, sagte sie und strich Dean übers Haar, »das wird schon wieder.« Und als Dean sie skeptisch ansah, fügte sie hinzu: »Es ist noch nicht aller Tage Abend, gemach, gemach, das löst sich ganz von allein.«

Auf meiner Heimfahrt Richtung Pragsattel fuhr die Straßenbahn an meiner Seite wie eine ältere Schwester. *Nostalgie*, sagte eine weiße Schrift in einem Flicken Blau auf dem dottergelben Band, das neben mir her quietschte.

Im Radio kamen Nachrichten. Soeben war der Ministerpräsident vor die Presse getreten und hatte weitreichende Beschränkungen verkündet: Schulen und Kitas sollten ab kommender Woche dichtmachen, für Theater, Clubs und Bars galt die Zwangspause bereits ab morgen. Veranstaltungen mit mehr als einhundert Personen waren mit sofortiger Wirkung tabu.

Keine Theaterpremiere heute Abend also, dachte ich, während ich zügig den Pragsattel überquerte. Mein Gottesdienst am Sonntag würde demnach allerdings stattfinden, denn die Gefahr, dass sich dazu mehr als hundert Kirchgänger einfinden würden, war gering. Aber die Auftritte von Fortissimo waren angezählt. Und dabei ließ sich gerade unsere neue Spielsaison mit etlichen Gigs in Biergärten, Jazzcafés und bei Geburtstagen so vielversprechend an.

Was für Zeiten, dachte ich, in denen sich Wetterprognosen in den Nachrichten stabiler erweisen als alles andere! Denn einzig die Sonne blieb sich treu und wollte laut Ansagerin am Wochenende immer noch scheinen.

Vielleicht war ich durch die Nachrichten einen Moment lang abgelenkt. Die Ampel vor mir auf der Höhe der Esso-Tankstelle: gelb. Wie lange war sie das schon? Sollte ich bremsen oder Gas geben?

Ich gebe Gas, nein, ich bremse! Ich trat auf die Bremse, kam etwas hinter der Haltelinie zum Stehen, als es auch schon knallte. Ich brauchte einen Moment, um zu begreifen, dass es bei mir geknallt hatte. Irgendjemand hatte mir und meinem Wagen einen Schubs gegeben und der Knall gehörte dazu. Ich schaute in den Rückspiegel. Ein Kombi, nobel, größer als meiner, schwarz mit chromblinkenden Zierleisten.

»Idiot!«

Ein Unfall, das hat mir heute gerade noch gefehlt. Blöder Spruch. Als gäbe es Tage, an denen einem ein Unfall weniger fehlen würde als an anderen.

Ich öffnete die Wagentür und stieg aus. Synchron zu mir tat der hinter mir (denn es war ein Er) dasselbe. Zwei Autotüren fielen fast gleichzeitig mit sattem Knall ins Schloss. Wir trafen uns dort, wo die beiden Wagen in unnatürlicher Tuchfühlung zueinander standen.

Und dann wurden meine Knie weich. Urplötzlich verlangsamte sich der rasche Takt dieses Tages, wechselte ins Zeitlupentempo und mündete in einen Moment, der sich endlos zu dehnen schien, eine mitten in die Zeit gemeißelte kleine Ewigkeit.

»Du?« Ich hatte ihn sofort erkannt. Es war lange her, die Jahre waren so wenig spurlos an ihm vorübergegangen wie an mir, er hatte sich verändert. Sein kurzes Haar war grauer geworden, ebenso wie die Augenbrauen; er trug ein schwarzes Hemd und eine schwarze Hornbrille, die er früher nicht gehabt hatte, aber es bestand kein Zweifel – er war es.

Ich träume. Kneif mich, das kann nicht wahr sein! Aber es war niemand da, um mich zu kneifen, und ich träumte natürlich nicht.

Richard. Wie lange hatte ich ihn aus meinen Gedanken verbannt und wie kurz davor war ich gewesen, an ihn zu denken, schon den ganzen Morgen, vorhin, als ich innerlich lamentiert hatte, dass nichts im Leben zusammenpasste.

»Ellinor.« Er sprach als Erster. Er war gefasster als ich.

»Richard … was machst du denn hier?« War das wirklich meine Stimme, die da aus meinem Mund kam, hoch und hilflos, fast verzweifelt?

»So schlimm?«, fragte er. Seine Stimme war tief und warm, wie früher.

»Ja … äh, nein, natürlich nicht …«

Aber es war schlimm, es war eine Begegnung, so überraschend und absurd, als wäre jemand von den Toten auferstanden.

»Ich hätte einfach nicht geglaubt, dass ich dich in diesem Leben noch mal wiedersehe«, stammelte ich. Das stimmte. Nicht geglaubt und irgendwann auch nicht mehr gehofft hatte ich es.

Damals, nachdem er aus meinem Leben verschwunden war, hatte ich mein Herz isoliert, hatte all das, was mit Richard gewesen war, kleingeredet, so klein, dass es in den Satz passte: »Es ist besser so.« Ich wusste nicht, was »es« war und was »besser« daran war, aber der Satz wirkte wie Hypnose; das Herzkaspertheater in mir, das mich lange Zeit in Aufregung versetzt hatte, gab Ruhe und verstummte, meistens jedenfalls.

Und jetzt schlug der von mir selbst Totgesagte in meinem Leben auf, mitten an diesem blöden Freitag, auch noch einem Dreizehnten, was mir normalerweise am Arsch vorbeiging, ich war nicht abergläubisch.

Neben uns hielt jemand an, wedelte mit dem Handy. »Soll ich die Polizei rufen?«

Das brachte mich in die Gegenwart zurück. Wir standen mitten auf der Straße, ein Hindernis für den Verkehr, der sich links an uns vorbeidrängelte.

»Brauchen wir die Polizei?«

Wir wechselten einen Blick.

»Nein, die brauchen wir nicht.«

»Dann lass uns die Autos auf die Seite fahren.«

Wir stiegen jeder in seinen Wagen, ich fuhr langsam an und bog in die Esso-Tankstelle schräg vor uns ein. Richard folgte mir.

Immer noch war ich vollkommen durcheinander.

Reiß dich zusammen, sagte ich mir, und zu Richard, als wir wieder beieinanderstanden: »Tut mir leid, dass ich so abrupt gebremst habe.«

»Das war schon richtig so.« Er hatte sich eine Jacke übergezogen, die aussah wie etwas Geklautes, Leder, weich, braun, teuer, und bohrte die Fäuste in die Taschen. »Du solltest ja nicht über eine rote Ampel fahren! So wenig wie ich. Wir waren beide zu schnell.«

Erst jetzt bückte er sich, um zu schauen, was unsere Wagen abbekommen hatten. Der Kühlergrill seines Peugeots hatte diverse Rippenbrüche und das linke Positionslicht war zertrümmert.

»Ich habe eine Vollkaskoversicherung«, sagte Richard.

Mein Renault hatte nichts, keine Vollkaskoversicherung, aber auch keinen nennenswerten Schaden, nur das Nummernschild war eingedrückt.

»Soll ich das richten lassen?«, fragte Richard, doch ich winkte ab: »Lass mal, nicht der Rede wert.«

Dann standen wir da und wussten nicht weiter.

»Wie lange ist das her?«, fragte Richard schließlich.

»Was?«, fragte ich.

Ich wusste genau, was er meinte und wie lange es her war.

»Seit damals – an jenem Tag auf der Brücke.«

Ich zuckte die Schultern.

»Lange. Sehr lange.«

»Die Holzbrücke gibt es nicht mehr.«

»Ja, sie haben sie abgerissen – für Stuttgart 21.«

»Wie ist dein Leben weitergegangen seither?«

Ich zuckte die Achseln. *Wo anfangen?* »Und deines?«

»Wo soll ich anfangen?«, fragte er.

»Bist du auf der Durchreise?«

»Auf der Durchreise, wieso?«

»Na, damals … du bist … ihr seid … doch weggegangen aus Stuttgart. Ich dachte … ähm …«

»Ich wohne wieder hier.«

»Ah, ja? Schon länger?«

»Seit einem halben Jahr.«

»Aha.«

»Und du? Arbeitest du noch als Pastorin?«

Ich nickte. »Ja, natürlich.«

»Damals warst du gerade im Begriff, eine neue Stelle anzutreten. Im Stuttgarter Norden.«

»Dort bin ich immer noch.«

»Zusammen mit Andreas?«

»Nein. Zusammen mit Dean. – Mein Sohn«, ergänzte ich auf seinen fragenden Blick hin. »Andreas und ich haben geheiratet und uns wieder scheiden lassen.«

»Einen Sohn hast du!«, staunte er. »Wer hätte das gedacht?«

»Und du? Wie geht es Angelika? Deinen Kindern?«

»Angelika und ich haben uns getrennt. Es ging schon nach drei Jahren Mittelamerika nicht mehr gut mit uns. Trotzdem sind wir noch eine Weile zusammen um die Welt gezogen. Zuerst nach Jakarta in Indonesien, dann nach Island und schließlich nach London. Kaya ist dort hängen geblieben. Sie arbeitet an einem Londoner Theater, Lars studiert Medizin in Freiburg.«

»Ganz schön rumgekommen bist du«, lächelte ich. »Manchmal habe ich deinen Namen gelesen, im Fernsehen, im Abspann einer Reportage. Einmal ging es um die Klimakrise und abschmelzende Gletscher in der Arktis.«

»Das war vor drei Jahren«, erinnerte er sich.

»Und du bist immer noch als Kameramann unterwegs?«

»Nicht mehr so häufig wie früher. Das Leben als Globetrotter wird allmählich beschwerlicher, wenn man in die Jahre kommt. Vor Kurzem hatte ich ein Angebot für eine Reportage in Südkorea. Wurde dann aber abgeblasen wegen Corona. Apropos Klimakrise – dafür ist dieses Virus jetzt gut!«

»Ja, tatsächlich. Der Planet kriegt eine Verschnaufpause. In China atmen die Kinder zum ersten Mal in ihrem Leben frische Luft.«

»Was Greta nicht gelungen ist, schafft dieses Virus. Allein dafür müsste es eigentlich den Nobelpreis bekommen.« Er grinste. »Und trotzdem«, fuhr er fort, »was für eine Zeit! Surreal, halb Krimi, halb Science-Fiction. Die Ereignisse überschlagen sich, und dreimal am Tag fangen wir ein neues Leben an.«

»Diese Einschränkungen! Als Nächstes werden die Geschäfte geschlossen, die nicht systemrelevant sind. Systemrelevant, was für ein Wort!«

»Und dann werden sie uns sagen, dass wir zu Hause bleiben sollen. So wie damals – im Frühling 1986, als der Reaktor in Tschernobyl brannte.«

»Ja, genau so. Wie damals. Die Parallele ist mir auch schon in den Sinn gekommen. Unser Leben war vollkommen umgekrempelt. Verkehrte Welt, absoluter Ausnahmezustand – nie da gewesen. Es war wie die Vertreibung aus dem Paradies, der Tag eins nach dem Sündenfall.«

»Damals war es radioaktive Strahlung, jetzt ist es ein Virus. Unsichtbare Gegner. Die heutigen Weltkriege brauchen keine Soldaten mehr. Keine Bomben, keine Maschinengewehre.«

»Damals hatten wir Angst vor Wiesen, Freilandsalat und Regen. Wir haben H-Milch gehortet, heute horten wir Klopapier, Nudeln und Mehl.« Darüber lachten wir.

»Die Gefahr wurde in Bequerel gemessen, heute be-
ziffert man sie in Attack-Rates und Basisreproduktions-
zahlen.«

»Damals lag alles noch vor uns. Wir waren am Anfang
unseres Berufslebens. Du jedenfalls. Und dann kamen die
Einschläge.«

Ich nickte. Ich sah seiner Miene an, dass er an das
Gleiche dachte wie ich.

Mai 1986

Ich bin jung, noch keine fünfundzwanzig. Ich komme
frisch von der Uni und habe gerade mein erstes Examen
abgelegt. Vor etwas mehr als einem Monat, Anfang April,
habe ich meine Vikariatsstelle angetreten. Alles ist neu
für mich. Gottesdienst. Religionsunterricht. Der Geruch
der Kirche am Sonntag, der des Klassenzimmers meiner
Zweitklässler dienstags und donnerstags. Das Glocken-
geläut, das nach den Menschen ruft, vor allem aber nach
mir. In meiner Dienstwohnung im ersten Stock eines Alt-
baus im Stuttgarter Osten stehen meine Bücherkisten
noch unausgepackt.

Ich bin zu dir, Richard, und deiner Frau zum Beerdigungsgespräch in eure Wohnung in der Friedenaustraße
gekommen.

»Sie tun mir ja leid«, sagst du.

Du sitzt mit deiner Frau am Esstisch, mir gegenüber.
Sie, blond und verheult, mit einem Tempotaschentuch,
das sie zwischen den Fingern zerrupft, wobei sie mit den
Fetzen zwischendurch ihre Augen betupft, die sich immer
wieder mit Tränen füllen.

»Ihre erste Beerdigung und dann gleich so was«, sagst du.

Ihr erstes Kind und dann gleich so was, denke ich.

»Es wird schon gehen«, sage ich. »Wollen Sie mir … erzählen, wie es … passiert, äh, wie es geschehen ist?«

Deine Frau schüttelt heftig den Kopf, trompetet in ihr Taschentuch, nein, will sie nicht. Eine Träne landet auf dem Esstisch, in Tropfenform kondensierter Schmerz auf einer polierten Holzfläche.

Ich fühle mich hilflos, ich möchte ihr die Hand auf den Arm legen, aber ich traue mich nicht. Ich habe null Erfahrung mit dem Tod und noch weniger darin, mit Menschen, denen er zu nahegekommen ist, ein Gespräch über ihn zu beginnen. Damals hadere ich noch mit meinem Job. Indem ich meinen Beruf ergriffen habe, bin ich in einen Zug eingestiegen, in dem der Tod als blinder Passagier mitfährt. Nachdem er sich bis zur Abfahrt auf dem Klo eingeschlossen hat, setzt er sich später im Bordrestaurant mir gegenüber, um mir zu eröffnen, dass er mir für den Rest der Reise Gesellschaft leisten werde. Ob ich will oder nicht, ja natürlich. Ob ich das nicht gewusst habe? Ich habe nichts gewusst. Beerdigungen müsste ich eigentlich noch nicht halten, dieses Arbeitsfeld ist erst etwas später dran, aber mein Ausbildungspfarrer ist an einer schweren Mittelohrentzündung erkrankt, also vertrete ich ihn.

»Wir können es uns nicht erklären«, sagst du, »Katharina war kerngesund, die Impfung vor ein paar Tagen hat sie weggesteckt. Sie war aufgeweckt und fröhlich, wir haben sie abends ins Bett gebracht, und morgens …« Du schluckst. Streichst nervös mit beiden Händen über die Tischplatte, als müsstest du dort etwas wegwischen.

»Es war so still, normalerweise hat sie morgens gegen

acht immer angefangen, zu krähen und zu plappern, dann wussten wir, sie ist wach ...« Deine Stimme versagt, du verstummst und hast nun auch Tränen in den Augen. Jetzt möchte ich *dir* die Hand auf den Arm legen, aber das geht noch viel weniger.

»Wie kann ein gesundes Kind plötzlich sterben?« Deine Frau schaut mich zum ersten Mal an. Aber ich bin keine Ärztin, ich weiß keine Antwort.

»Haben Sie ein Foto von Katharina?«

Während du aufstehst und zu einer Regalwand mit vielen Buchrücken gehst, wandert mein Blick durch das breite Wohnzimmerfenster. In eurem Garten blüht alles. Ein weißer Kirschbaum schneit. Das Gelb einer üppigen Forsythie erinnert an Honig. Der Honig fließt nach oben Richtung Himmel, den man von hier aus nicht sieht. Tupfen in Blau-Rot-Gelb von blühenden Narzissen, Tulpen, Vergissmeinnicht bedecken den Boden. Welch fremde Schönheit, infiziert und unberührbar gemacht von der unsichtbaren radioaktiven Strahlung, völlig umsonst ist dieser Frühling. Nicht pflücken darf man ihn, nicht einmal an ihm riechen. Euch beiden mit eurem toten Kind muss die Natur in ihrer gespenstischen Schönheit allerdings sowieso wie Hohn vorkommen, ob mit oder ohne radioaktiven Fallout.

Du kommst mit einem Album zurück an den Tisch. Lässt mich darin blättern. Ein süßes pausbäckiges Baby, dessen Mund und Augen dir wie aus dem Gesicht geschnitten sind. Du bist ein gut aussehender Mann, schlank und groß, auch im Sitzen, dein Haar ist braun und kurz, dein Gesicht markant mit einer steilen intellektuellen Falte oberhalb der Nase und einem geschwungenen Mund, an dem ich ablesen kann, dass du Humor hast. Ich schätze dich fünf bis zehn Jahre älter als mich.

(Später schaue ich in der Gemeindedatenbank nach. Du bist acht Jahre vor mir geboren, im selben Monat wie ich.) Deine Frau ist von offenkundiger Schönheit, ihr Gesicht lebt von ihren riesigen Augen.

Sie ist aufgestanden, läuft suchend herum.

»Was suchst du?«, fragst du.

»Taschentücher, verflixt noch mal, gibt es hier keine verdammten Taschentücher mehr?« Ihre Stimme hat etwas Verzweifeltes.

Taschentücher, denke ich, ich muss dafür sorgen, dass ich immer eine Packung Tempos bei mir habe, wenn ich in Zukunft Beerdigungsgespräche führe.

»Setz dich doch, Angelika«, sagst du und winkst mit einem Papiertaschentuch, das du aus der Hosentasche gekramt hast, ein wenig zerknittert, vielleicht gebraucht. Sie kommt zurück an den Tisch wie ein gehorsames Kind, nimmt wieder Platz. Du legst deinen Arm um ihre Schulter, sie schmiegt sich an dich.

Was soll ich ihnen bloß sagen?, geht es mir durch den Kopf, und als hätte ich laut gesprochen, meint Angelika plötzlich: »Versuchen Sie bloß nicht, uns zu trösten.«

»Nein«, erwidere ich, »es ist zu früh für Trost.«

»Es gibt keinen Trost«, verbessert sie mich. Ihre großen Augen verbrennen mich. Ich halte ihrem Blick stand.

»Warum wollen Sie, dass ich … also, dass jemand von der Kirche die Beerdigung macht?«

Sie schnäuzt sich in dein Taschentuch. »Wer soll es denn sonst machen?«

»Ja«, sage ich, »mein Pech.«

Da fliegt ein Lächeln über dein Gesicht. Ganz überraschend, wie ein Sonnenstrahl, der unvermutet durch ein dickes Wolkenknäuel bricht. Du lächelst mir über den Tisch hinweg zu. Zum ersten Mal in meinem Leben sehe ich dich lächeln. Um deine Augen bilden sich Fältchen dabei. Dein Lächeln macht einen Moment, in dem sich alles falsch anfühlt, zu einem richtigen.

Als ich gehe, habe ich vor allem geschwiegen.

Im Hausflur fällt mein Blick durch die Kinderzimmertür. Gitterbett, Schrank und Wickelkommode aus Holz. Ein lächelndes Schaukelpferd, Plüschtiere, Klötze, ein Xylophon. Alles da. Alles verwaist. In meinem Hals bildet sich ein Kloß.

Du begleitest mich bis ans Gartentor. Es hat zu regnen begonnen.

»Danke«, sagst du, »dass Sie nicht mit Bibelzitaten gekommen sind. Und auch sonst mit nichts.«

»Keine Ursache«, sage ich, »wenn es Ihnen nicht zu wenig war.«

»Diese Angst«, erwiderst du, »dass jemand mit Worten in etwas herumstochert, was eh schon zu wehtut.«

Deine Augen, eigentlich blau, wirken dunkel und werden noch dunkler, während du sprichst. Ich lege die Hand auf deinen Arm.

»Es tut mir so leid«, sage ich, »man kann es nicht verstehen, ich verstehe es so wenig wie Sie.«

»Ein Albtraum. Ein falscher Film, in dem man herumirrt und sich fragt, wie man da hineingeraten ist.« Du schließt die Augen und drückst mit Daumen und Zeigefinger auf deine Lider. Zwei Tränen lösen sich aus deinen Augenwinkeln und rollen dir übers Gesicht. Hohe Wangenknochen hast du. Du schüttelst den Kopf, wieder und wieder. Am liebsten würde ich die Arme um dich schlingen.

Du öffnest die Augen, siehst mich an. »Ich hatte so viele Pläne mit Katharina. Was ich ihr zeigen wollte vom Leben, von der Welt, welche Bildbände über die Länder der Erde ich mit ihr anschauen wollte. Ich habe mich darauf gefreut, ihr die ersten Schwimmzüge beizubringen, auf die Sandburgen am Meer und auf die Schneemänner, die ich mit ihr bauen würde. Mein kleines Mädchen.« Du suchst in der Hosentasche nach einem Tempo, trompetest hinein. Wirfst einen abschätzenden Blick Richtung Himmel. Der Regen ist stärker geworden.

»Passen Sie auf sich auf«, sagst du schließlich. »Haben Sie keinen Schirm?«

Ich schüttele den Kopf.

»Warten Sie, ich hole Ihnen einen. Man sollte sich nicht dem Regen aussetzen jetzt.«

»Das ist nicht nötig«, sage ich, aber du meinst, es sei nötig, und spurtest zurück ins Haus, also warte ich. Der Regen riecht wie immer, sein Rauschen in der Luft tönt wie immer, und die Tropfen auf den Windschutzscheiben parkender Autos perlen klar und durchsichtig wie sonst auch. Man kann weder sehen noch hören, dass der Regen lügt.

»Eine schlechte Zeit, um draußen unterwegs zu sein«, sagst du, als du wiederkommst, »ob mit oder ohne Regen.« Du spannst den Schirm auf und hältst ihn über uns beide. Als hättest du vor, hier noch eine Weile mit mir zu stehen.

»Jetzt wissen wir wenigstens, wie wir dran sind«, sagst du. »Diese scheibchenweisen Informationen in der letzten Woche waren unerträglich.«

»Ja«, stimme ich zu, als ich begriffen habe, dass du nicht mehr über Katharina, sondern über Tschernobyl redest. »Zuerst hieß es, für Deutschland bestehe keine Gefahr, einen Tag später keine *akute* Gefahr. Und mittlerweile droht die Gefahr überall.«

»Gorbatschow«, sagst du, »Gorbatschow, unser Held! Was für eine Enttäuschung! Man hat immer gedacht, unter Gorbatschow läuft das anders. Man hat gedacht, mit Gorbatschow beginnt eine neue Ära.«

»Man weiß nicht, was man noch essen und trinken kann. Salat, Spargel, Erdbeeren, Frischmilch. Keine Ahnung, wie kaputt alles ist.«

»Es wird eine Weile dauern, bis man wieder sorglos im Freien sein kann«, sagst du. »Im Wald spazieren gehen kann. Man wird lange nicht mehr baden gehen können. Nicht in Seen. Schade um den Sommer.«

»Wir sind damals bald wieder baden gegangen«, sagte Richard. »Haben bald wieder Salat und Freilandgemüse gegessen. Sandkastenspiele hatten sich sowieso erst mal erübrigt nach dem Tod der Kleinen. Ob wir diesmal genauso schnell zum Alltag zurückkehren, zur Normalität?«

»Wer weiß«, ich zuckte die Achseln. »Keine Ahnung, wie lange das dauern wird. Ein paar Wochen, Monate, ein halbes Jahr?«

Während ich sprach, rechnete ich im Stillen nach: Wie alt wäre »die Kleine«, die ich damals beerdigt habe, heute? Mitte dreißig? Und gab es das Grab auf dem Friedhof in Stuttgart-Berg noch?

Als hätte Richard meine Gedanken gelesen, sagte er: »Meine Wohnung ist übrigens nur einen Katzensprung vom Berger Friedhof entfernt. Vom Küchenfenster aus kann ich zur Aussegnungshalle sehen. Manchmal denke ich an die Beerdigung. Es war ein Tag, an dem alles in Blüte stand. Du auch.« Er lächelte. »Du trugst

Lippenstift. Und das Parfüm, das du aufgelegt hattest, mein Gott! Eine Ritterrüstung, ein Harnisch gegen den Geruch des Todes.« Sein Lächeln verwandelte sich in ein Lachen. »Nur dein schwarzer Talar erinnerte daran, dass du Pastorin warst. Was für ein Glück, dass sie so normal ist, habe ich gedacht. Eine lebensfrohe junge Frau, die genauso ratlos ist wie wir. Ein Geistlicher, der übers Jenseits schwadroniert hätte, hätte mir den Rest gegeben. Es gab keinen Trost an dem Tag, aber du warst einer.«

»Wirklich?« Jetzt lächelte ich auch.

Mai 1986

In der Nacht vor der Beerdigung denke ich an dich. Bei der Zeremonie auf dem Friedhof werde ich nicht schweigen können wie neulich beim Gespräch. Ich möchte, dass du zufrieden bist mit mir. Mit meiner Ansprache, die ich ausgeschwitzt habe, dem Kunststück, nichts zu sagen und doch ein paar Worte zu machen. Worte, die, wenn sie schon nicht trösten können, doch wenigstens keine scharfen Kanten haben, mit denen sie in euren Schmerz schneiden könnten. Ich habe Angst vor der Begegnung auf dem Friedhof morgen, vor dem kleinen Sarg, vor mir selbst. Ich bin sicher, ich werde bei seinem Anblick die Fassung verlieren und zu weinen beginnen.

Ich verliere nicht die Fassung. Ich klammere mich an mein Ringbuch, meine Ansprache, an meine stumpfen Worte. Ich will nichts mit ihnen, erwarte nicht, dass sie etwas bewirken, außer dass ich diese Aussegnung überstehe. Und ihr, du und deine Frau. Für uns alle geht es darum, diese halbe Stunde zu überstehen, bis Katharinas Sarg in die Grube hinabgelassen worden ist und wir ihr Erde und Blumen hinterhergeworfen haben. Die Menschen, die um das Grab stehen, sind größtenteils jung, Paare, Eltern mit Tränen in den Augen und Kindern an der Hand, wenige Grauhaarige, auch sie tragen Tränen, aber kein Schwarz, so wenig wie die anderen, alle außer mir. Ich geniere mich für meinen schwarzen Talar, Schwarz ist ärgerlich, Schwarz gibt dem Tod recht, und für fast alle von uns ist der Tod bisher weit weg gewesen, alles andere als ein realer Gegner auf dem Schachbrett des Lebens. Eher ein Klappergestell wie das Skelett im Biologieraum oder in der Geisterbahn. Eine Figur aus dem Märchenbuch, der Schnitter, der je nach Laune pflückt und erntet, jedoch keinen von uns. Dass er einen holt, dessen Lebenskerze gerade erst zu brennen begonnen hat, passt nicht ins Bild. Es passt nirgendwohin.

Du stehst am offenen Grab, das schmal und kurz, aber tief ist, deine Frau hängt an deinem Arm, verwundet, zerbrechlich. Tränen habt ihr keine mehr.

Dafür fließen sie bei mir. Ich beobachte dich. Deine Augen sind so furchtbar traurig. Du hast die geschwungenen Lippen zusammengepresst, vielleicht, damit sie nicht zittern. Es ist aber nicht dein Anblick, der mich jetzt, da alles vorbei ist, doch noch die Fassung verlieren lässt, es ist ein Gedanke, vielmehr eine Frage: Das Leben eurer einjährigen Tochter ist zu Ende, aber ist es auch fertig? Damals stelle ich mir diese Frage zum ersten Mal und habe es seither immer wieder getan, bei jungen, aber auch bei alten Menschen. Du blöder lieber Gott, denke ich an Katharinas Grab, du beschissener, dummer, gemeiner lieber Gott, ich stehe nicht auf deiner Seite! Ich mache das nicht für dich, diesen Job und auch alles andere nicht, nichts mache ich für dich, damit du es weißt!

Ich kann nicht mehr an mich halten. Die Tränen schießen mir in Sturzbächen aus den Augen, gleich wird es eine Überschwemmung geben. Als du aufblickst, kreuzt dein Blick meinen.

»Danke«, sagst du, als wir uns nach der Zeremonie verabschieden, »danke für alles, was Sie getan haben, und vor allem für das, was Sie nicht getan haben.« Deine Frau nickt.

In der Nacht nach der Beerdigung träume ich von dir. Wir stehen Hand in Hand am Friedhofstor, hinter uns das Grab deiner Tochter, es regnet in Strömen, und wir haben keinen Schirm.

»Komm«, sagst du, »lass uns von hier weggehen.«

»Ist das nicht gefährlich?«, wende ich ein, obwohl ich nichts lieber möchte, als dem Tod davon- und mit dir durch den Regen zu laufen, »denk an den radioaktiven Fallout. Ich möchte nicht, dass wir sterben, jetzt, wo wir uns gerade erst kennengelernt haben.«

Du lächelst und sagst: »Es besteht keine akute Gefahr. Wir können gar nicht sterben, weil wir es nicht gelernt haben.«

Richard legte mir die Hand auf den Arm. »Du warst so furchtbar jung damals. Alle waren wir furchtbar jung. Jung und unerfahren. Wir wussten nicht, wie uns geschah. Der Tod war in unserem Leben nicht vorgesehen.«

»Wo und wann ist er das schon? Ist er es jemals?«

»Wahrscheinlich nicht. Damals habe ich gedacht: Wie kommt eine junge, blühende Frau zu so einem Beruf? Wie wird sie das aushalten, diese dauernden Begegnungen mit dem Tod? Wird sie das nicht alt machen?«

»Und?«

»Du bist nicht alt geworden. Du hast dich kaum verändert.«

»Na, na! Du schmeichelst mir! Ich fühle mich manchmal schon ziemlich ... angegriffen. Kannst es auch infiziert nennen. In Zeiten wie jetzt, wenn die Trauerfeiern Schlag auf Schlag kommen, ist es besonders schlimm. Gestern hat Dean an mir geschnuppert und gefragt: ›Hattest du wieder eine Beerdigung?‹«

Richard lachte. »Ich rieche nichts. Nur dein Parfüm. Irgendwas Fruchtiges. Wie damals. – Wie alt ist Dean?«

»Wie bitte?«

»Dein Sohn – wie alt ist er?«

»Elfte Klasse«, antwortete ich knapp.

»Früher wolltest du kein Kind.«

»Ja. Aus Angst, es allzu rasch wieder zu verlieren. Die Beerdigung von Katharina hat Spuren hinterlassen. Auch bei mir.«

»Du hast also doch noch eins bekommen.« Er lächelte. »Einen Jungen. – Und ... bist du glücklich?«

»Glücklich?« Ich warf ihm einen Blick zu.

Glück. Ein Wort aus einem Märchenbuch. Ein kitschiges Wort aus einem blöden Märchenbuch.

»Glücklich?«, wiederholte ich. »Ja, das fragt sich. Wenn man so genau wüsste, was das ist.«

»Wenn man es ist – glücklich –, dann weiß man es.« Er hörte nicht auf zu lächeln. Seine Augen waren klar und blau, als spiegelte sich ein winziges Stück Sommerhimmel darin. Ob die Fältchen in seinen Augenwinkeln geblieben waren, sich gar vermehrt hatten, verschwiegen die Bügel seiner Brille.

»Und du«, fragte ich, »bist du glücklich? Fotografierst du noch?«

»Ja«, sagte er, »Landschaften. Ganz altmodisch. Wie früher. Was machst *du* noch? Außer Beerdigungen?«

Ich zuckte die Achseln, doch dann fiel mir ein: »Ich singe. Spiele Blues Harp. In einer Bluesband.«

»Wow! Das hast du damals noch nicht gemacht.«

»Nein. Nein, das ist neu. Wenn auch fast genauso altmodisch wie Beerdigungen. Oder Landschaftsfotografie.«

»Und wenn schon! Na und?« Wenn er lachte, erschienen Fältchen an Stellen, an denen er früher keine gehabt hatte. Erzählten die Geschichte seines Lebens seit unserer Trennung, aber ich konnte sie nicht lesen.

»Jeder Mensch braucht eine Leidenschaft«, sagte Richard. »Ein Mosaiksteinchen zum Glück.«

Wir lächelten uns an. Einen Moment lang war es fast wie früher. Das Einverständnis von damals, das Gefühl, im selben Boot zu sitzen, war wieder da.

»Schön, dich wiederzusehen«, sagte Richard. »Mit dir zu plaudern.« Nach einer kleinen Pause fuhr er fort: »Wollen wir mal ... wir könnten mal einen Wein zusammen trinken. Oder zusammen essen gehen.«

»Das hast du schon mal vorgeschlagen.«

»Wirklich?«

»Ja. Als wir uns wiederbegegnet sind, 2001.«

»Was hast du darauf geantwortet?«

»›Ich muss in meinem Kalender nachschauen. Mir ist, als hätte ich einen Termin.‹ Irgendetwas in der Richtung habe ich gesagt.«

»Ja. Ja, ich erinnere mich. Und was sagst du heute?«

Ich schwieg. *Ich möchte mich besser schützen als damals.*

»Wenn das in der nächsten Zeit noch möglich ist«, antwortete ich schließlich spröde.

»Sonst danach.«

»Wenn es ein Danach gibt.«

»Hast du Zweifel?«

Es gab schon mal keins. Kein Danach. Oder nur ein kurzes.

»Nicht wirklich«, sagte ich. »Nur – man weiß nicht, was uns das Virus noch bringt in den nächsten Wochen.«

»Nein«, sagte Richard, »das weiß man nicht.«

»Wenn auch die Restaurants geschlossen werden. Wenn eine Ausgangssperre kommt?«

»Wir tauschen unsere Handynummern«, schlug er vor. »Dann müsste es doch klappen.«

Ich nickte. »Schließlich möchte man sich auch nach dem Genesungsprozess deines Autos erkundigen.«

»Mach dir keine Sorgen deswegen«, sagte er, »ich werde es nach allen Regeln der Kunst verarzten lassen.«

Seine Nummer enthielt nur ungerade Ziffern und endete mit drei Einsen. Ich speicherte sie im Adressbuch meines Handys und tippte dazu Richards Namen ein. Er stand nun zwischen lauter anderen, die mehr oder weniger gute Freunde von mir waren, und ich wusste nicht genau, ob mir das recht war.

»Tschüss, schöne Frau«, lächelte er.

»Das hast du auch schon mal gesagt.«

Diesmal fragte er nicht: »Wirklich?« Sondern sagte stattdessen: »Stimmt.« Und dann: »Stimmt immer noch.«

5

Tief in Gedanken versunken, fuhr ich heimwärts. Meine Aufregung von vorhin hatte sich gelegt, aber da war so ein Durcheinander in mir. Ich war ein See, in dem ein Sturm allerlei auf seinem Grund abgelagerte Sedimente aufgewühlt hatte. Der See, zuvor schläfrig und klar, war auf einmal undurchsichtig, fast trüb, eine Suppe, in der man gerührt hatte und in der nun das Unterste ganz zuoberst schwamm.

Alles war wieder da.

Der Tag auf der Cannstatter Brücke.

»Du könntest meine große Liebe werden.«

Er war es für mich längst gewesen, damals, als wir voneinander Abschied genommen hatten.

Ich hatte mein Herz an ihn verloren und alles andere auch, Körper, Seele und, ja, auch den Kopf. Ich hätte alles losgelassen, alles hinter mich geworfen, um in eine Zukunft mit ihm zu springen, die sich aufgetan hatte, halb Wunderland, halb Abgrund, furchterregend und verlockend zugleich.

Wir waren vernünftig geblieben, wir sprangen über den Abgrund, anstatt in ihn hineinzuspringen, so viele Abers, die Reportage, die damals gerade auf ihn wartete, mein Beruf, meine Beziehung zu Andreas. Richards Familie, die vor allem. Man bricht nicht in eine Ehe ein, Ellinor

Iffland, das tut man nicht, nicht als Pastorin, nicht, wenn Kinder da sind und noch klein, nicht, wenn … Es gab so viele Gründe, das nicht zu tun, wonach es mich drängte – *ich möchte mit dir zusammen sein – immer.*

Geküsst hatten wir uns damals auf der Brücke, noch einmal und noch einmal, hatten hilflos, verzweifelt gegen ein Ende angeküsst, das an der falschen Stelle stand und sich mit so edlen Namen wie Besonnenheit, Rücksicht und Verzicht schmückte.

Ich öffnete das Seitenfenster meines Wagens einen Spaltbreit.

Vorhin hatten Richard und ich uns ohne Berührung verabschiedet, fast war ich froh darüber. Ein Händedruck wäre zu förmlich gewesen, eine Umarmung zu nah nach all der Zeit mitsamt dem Ungesagten, das zwischen uns stand.

Neben mir fuhr wieder eine Straßenbahn, eine leere U6, die an der Haltestelle gerade zum Stehen kam. Eine einzelne Frau mit einem großen Gesicht und einer altmodischen Frisur aus Zöpfen, die um ihren Kopf herumgelegt waren, saß darin wie in einem Gemälde von Van Dyck oder Vermeer. Mit einem verlorenen Blick, als wäre sie vergessen worden und wartete nun auf die Erlösung, abgeholt zu werden, indem jemand von draußen den Türöffner drückte.

Damals, nachdem Richard und ich uns getrennt hatten, hätte ich sterben mögen. Eine Weile jedenfalls. Der Schmerz kam nicht sofort, sondern zeitversetzt nach einer Inkubationszeit von zwei, drei Wochen nach unserem letzten Treffen. Dann aber fiel er über mich her und zerlegte mich. In jede einzelne Körperzelle drang er ein und hauste darin – wie eine schwere Grippe, von der ich mich nur langsam erholte. Ich verlor Gewicht und fühlte mich permanent müde. Es fiel mir schwer, für irgendetwas Interesse aufzubringen.

Andreas sorgte sich um mich, ein Zug an ihm, der mir neu war, denn sonst war er meist sehr beschäftigt – mit sich selbst. Seine Beunruhigung ließ uns wieder zusammenrücken, nachdem die Leidenschaft schon seit einiger Zeit zwischen uns abgeflaut war und uns mehr oder weniger nur noch hatte nebeneinanderher leben lassen.

Verzweifelt versuchte ich die lange Leine, an der mein Herz zu Richard drängte, wieder einzuholen. Mehrmals war ich drauf und dran, ihn anzurufen; ich sehnte mich danach, seine Stimme zu hören, und sei es nur auf der Mailbox. Um mich daran zu hindern, riss ich schließlich die Seite mit seiner Handynummer aus meinem Adressbuch und verbrannte sie. Ich stürzte mich in meine Arbeit, Weihnachten stand bevor und im Frühjahr der Antritt der Pfarrstelle, auf die ich gewählt worden war. Dann würde ich ein neues Leben anfangen.

Ich bog in unsere Siedlung ein. Auf dem Weg zum Pfarrhaus lag Bratengeruch in der Luft, Sauerbratengeruch, Sonntagsduft, obwohl Freitag war.

Gerade als ich in meine Garage gefahren und den Motor abgestellt hatte, kam eine WhatsApp auf meinem Handy an. *Absage-Inflation,* teilte Joachim allen Bandmitgliedern mit, *unsere Auftritte gehen gerade einer nach dem anderen den Bach runter. Der Gig zum 60. Geburtstag von Herrn Kolb am 11. April ist gecancelt, der Spieleinsatz im Café Mund-Art am 1. Mai auch.*

Ich habe dich schon fast vergessen, tippte ich nur an ihn und garnierte die Nachricht mit einem Stinkefinger, ehe ich sie abschickte.

Aus Els' Häuschen drang immer noch Musik, als ich daran vorbeiging. Jetzt war es die »Pastorale« von Beethoven. Els hatte ihr Esszimmerfenster schräg gestellt, und ich vernahm ganz deutlich die Querflöte, die einen Kuckucksruf imitierte. Wie immer, wenn ich die »Pastorale« höre, fühlte ich mich augenblicklich an einen Waldsaum versetzt, auf dem ich ging wie auf einer Naht. Der Wald in meiner Fantasie war noch licht, voller Sonne, ein Specht arbeitete am Frühling. Das hohle Klopfen, von bedächtigen Pausen unterbrochen, hallte weithin, als wäre jemand mit komplizierten Steinmetzarbeiten in einem noch nicht fertiggestellten Dom beschäftigt. Es dauerte einen Moment, bis ich aus meiner Fantasie in die Realität zurückfand und mir klar wurde, dass der Hämmernde in dem schütteren Pflaumenbaum in Els' Vorgarten hockte. Els war genauso versessen auf Frühling wie ich und ihr Garten eine geniale Mischung aus Methode und malerischer Unordnung, darauf angelegt, dass das Sprießen, Aufplatzen, Explodieren und Loswuchern in einer schönen Reihenfolge geschah, immer Farbe da war und es keine Lücken gab. Jetzt stand alles noch in den Startlöchern; nach dem Aufblühen der gelben Winterlinge, der Krokusse, Schneeglöckchen und Primeln wären bald die Traubenhyazinthen, Anemonen, Narzissen und schließlich die Tulpen dran. Im Moment bildete das Backhäuschen, dem Dean und ich im vergangenen Herbst einen neuen klatschgelben Anstrich verpasst hatten, den einzigen kräftigen Farbklecks.

Ich überlegte, ob ich kurz bei Els klingeln und ihr die Handcreme mit Veilchenduft und die Badeperlen geben sollte, die ich für sie gekauft hatte, ließ es dann aber bleiben. Später. Mein Herz war immer noch mit Beschlag belegt von der Begegnung vorhin. Ich sehnte mich danach, von der Weltreise dieses Morgens in mein gewohntes Leben zurückzukehren, heimzukommen, so wie ich mich damals vor achtzehn Jahren, als wir hergezogen waren, nach etwas mit Namen »Daheim« gesehnt hatte, meine Pfarrstelle angetreten hatte mit dem festen Vorsatz, hier zu Hause zu sein. Ich wollte ein ganz normales kleines Leben haben mit Beruf, Haus, Mann und Kind und alles tun, um mich dafür passend zu machen. Damals hatten Andreas und ich vor dem Pfarrhaus gestanden, in das wir bisher keinen Fuß gesetzt hatten. Nun erst sollten wir unser zukünftiges Domizil von innen sehen, ich damals bereits mit Dean als blindem, aber für die Außenwelt höchst sichtbarem Passagier im Bauch.

Els stand im Garten an jenem Tag inmitten eines Dufts aus Holzfeuer, Brot und Kuchen, der von ihrem Backhäuschen ausging. Als sie uns sah, löste sie sich aus der Gruppe von Hobbybäckerinnen aus der Siedlung, die mit ihren gehenden Teigen und bleichen Rosinenzöpfen um das Häuschen herumstanden, und kam zu uns herüber, eine Frau Anfang sechzig mit dunklen Augen in einem dunklen Gesicht. Ihr langes, glattes, damals noch rabenschwarzes Haar, das durch einen Mittelscheitel in zwei Hälften geteilt war, trug sie offen wie ein junges Mädchen. Sie streckte uns eine kleine wettergegerbte Hand entgegen und überreichte uns mit der anderen ein großes rundes Brot, das sehr nahrhaft und bäuerlich aussah und noch so heiß war, dass ich es beinahe hätte fallen lassen.

»Guten Appetit«, sagte sie, und ich war entschlossen, nicht nur dieses Brot zu mögen, sondern auch Els, meine neue Gemeinde, meine Arbeit, das Pfarrhaus, das Leben mit Andreas und dem Kind, das in mir schwamm und das ich erst hergeben musste, um es zu bekommen.

Und so geschah es. Ich brachte Dean zur Welt, stürzte mich in meine Arbeit, hielt Gottesdienste, beerdigte, taufte, traute, während Andreas seiner Arbeit als Ingenieur bei Mahle nachging. Für Dean gaben sich anfangs mehrere Kinderfrauen, von denen Els nur eine war, die Pfarrhausklinke in die Hand. Richtig vertraut wurden Els und ich erst, als Andreas auszog.

Von da an wurde Els' Küche Deans zweites Zuhause, in dem er, von ihr bekocht nach allen Regeln der Kunst, den Großteil der Mittagspausen unter der Woche verbrachte, ehe er sich auf den Weg zum Nachmittagsunterricht machte. Oft erledigte er auch seine Hausaufgaben bei Els, ehe ich abends zu den beiden stieß, wir am Küchentisch ein von Els zubereitetes Vesper vertilgten und manchmal Mau-Mau spielten.

An den Wochenenden unternahmen wir oft zu dritt Ausflüge. In meinem alten Fiat fuhren wir auf die Alb, in die Pfalz oder ins Elsass. Es geschah bei solchen Exkursionen, dass Els uns Einblicke in ihr Inneres schenkte, das sie sonst meist gut unter Verschluss hielt. Eines Tages blickten wir vom Bergfried einer Vogesenburg in eine Herbstlandschaft, die lautlos in Flammen stand, ohne zu verbrennen. Als Dean aufgehört hatte, sich vor der Stille zu fürchten, und wir längere Zeit nur noch schauten, flüsterte Els, zu dem Kind gewandt: »Ich kann dein Herz schlagen hören.« Etwas später sagte sie zu mir: »Es ist alles viel wirklicher, wenn es still ist, nicht wahr?« Und fügte nachdenklich hinzu: »Ich glaube, dass mich Geräusche mehr erschrecken können als Bilder.«

Ich schloss die Haustür auf. Das Treppenhaus sah aus wie immer, was bedeutete, dass es noch gefegt werden musste. Ich holte die Post aus dem Briefkasten. Oben klemmte die Wohnungstür wie immer und Deans Turnschuhe standen direkt im Eingang. Er war schon aus der Schule zurück, freitags hatte er keinen Nachmittagsunterricht. Er übte etwas auf dem Klavier. In letzter Zeit übte er selten; wenn er sich ans Klavier setzte, dann nur, um in die Tasten zu hauen mit einem Boogie, den er schon ewig konnte, es klang pompös, aggressiv und im wahrsten Sinn des Wortes tonangebend. An diesem Mittag war nichts Angriffslustiges in seinem Spiel, ich hörte die zögernden Anschläge, einzelne nackte Töne oder auch Akkorde mit Pausen dazwischen, verhalten, suchend, nachhorchend, ob es klang. Ich meinte, in seinem Üben ein Stück verloren gegangene Alltagsnormalität und in den Tonfolgen bereits die Melodie von »Imagine« zu erkennen, freute mich und störte ihn nicht. Ich schlüpfte in meine Clogs und ging am Esszimmer mit den Klaviertönen vorbei direkt in die Küche. Dean war sicher hungrig.

Auch während ich Zwiebeln schnitt, um Käsespätzle zu machen, wurde ich meine Gedanken an Richard nicht los. Bilder lösten sich vom Grund der Vergangenheit und stiegen in mir hoch – Nachbeben der Erschütterung von vorhin, die mir für einen Moment den Boden unter den Füßen weggezogen hatte. Unser erster Kuss auf der Brücke, die Nächte, die folgten. Richards Gesicht über mir, damals noch jung, sein Körper auf meinem, aufregend und warm. Dabei das lichterlohe Bewusstsein, füreinander gemacht zu sein, zusammenzupassen wie Schlüssel und Schloss. Von ihm kann mir nichts Schlimmes passieren für immer und ewig, hatte ich damals gedacht, aber es war Schlimmes passiert. Etwas, was man »die Umstände« nennt. Als es vorbei war und wir uns getrennt hatten, gab es keinen Mittelweg zwischen meiner Weigerung, irgendetwas zu bereuen, und dem Bemühen, den Schmerz loszuwerden. Am Ende war es eine Frage der Zeit, bis die Erinnerung aufhörte wehzutun, eine alte, kaum sichtbare Narbe auf meiner Seele. Plötzlich spürte ich sie wieder.

Ich tat einen Teil der Zwiebeln, den ich feiner schnitt als die anderen, in eine Salatschüssel. Den Rest der Zwiebeln verteilte ich in einer Pfanne, um sie auf kleiner Flamme zu rösten. Käsespätzle mit Röstzwiebeln und grünem Salat, Deans Leibspeise.

Will ich Richard wirklich treffen?, fragte ich mich. Möchte ich wirklich noch mal anknüpfen an etwas, für das ich Jahre gebraucht habe, um es recht und schlecht abzuhaken?

Mein Satz vom selben Morgen kam mir in den Sinn: Ich will es noch mal wissen. Aber was war »es«?

Jetzt, nachdem mich das Wiedersehen mit Richard in Aufruhr versetzt hatte, sagte eine Stimme in mir: So schlecht ist mein Leben doch gar nicht! *Glücklich? Wenn man wüsste, was das ist.* Falls die Unruhe dazugehörte, die seit vorhin in mir brodelte, konnte ich gut darauf verzichten.

Ich träufelte Marinade über den Salat und schaufelte mit dem Salatbesteck die unteren Blätter in der Schüssel nach oben. An der Küchenfensterscheibe krabbelte ein Marienkäfer mit sehr viel Schwarz und sehr wenig Rot auf seinen Flügeln.

Will ich wirklich einen Wein mit ihm trinken? Wirklich mit ihm essen gehen? Ich weiß doch, wohin das führt.
Aber wusste ich es wirklich?

Wohin ist er eigentlich unterwegs gewesen vorhin, schoss es mir durch den Kopf. Wohin wollte Richard? Zu seinem Steuerberater? Ins Fitnessstudio? Zu einer Frau?

Es war mir nicht in den Sinn gekommen, ihn zu fragen, ob er gegenwärtig allein war. Ich hatte nur erfahren, dass er nicht mehr mit Angelika zusammen war. Aber was hieß das schon?

Er hat von SEINER Wohnung gesprochen. Ich!, hat er gesagt, ich wohne!

Und wenn schon! Er kann doch trotzdem liiert sein. Er kann eine Freundin haben.

Schöne Frau, hatte er gesagt. Tschüss, schöne Frau! Sagte man »Schöne Frau« zu einem, wenn man mit jemand anderem liiert war?

Er hat es schon mal getan, dachte ich.

Auf einmal stand Dean in der Küche. Wie aus der Erde gewachsen. Seine Wangen glühten – noch halbe Kinderwangen trotz des Rasierzeugs, mit dem er sich neuerdings wichtigtat und einmal in der Woche den Flaum entfernte, der an seinem Kinn spross. In seinen Augen stand ein Leuchten, das ich von früher kannte, wenn ich ihm *Jim Knopf* vorgelesen hatte und wir dann zusammen sangen: »Eine Insel mit zwei Bergen und dem tiefen weiten Meer …« Erst jetzt fiel mir auf, dass das Klavier im Esszimmer schon seit einer Weile verstummt war. Ich ließ das Salatbesteck in der Schüssel sinken und versuchte in Deans Gesicht zu lesen. Sicher hatte sich die Nachricht der Schulschließungen schon bis zu ihm herumgesprochen.

»Fünf Wochen vorgezogene Osterferien, wenn dich das nicht freut, weiß ich auch nicht«, sagte ich, doch Dean wischte meine Bemerkung mit einer schnellen Handbewegung fort.

Im Esszimmer schlug die Standuhr Viertel vor eins.

»Ist etwas passiert?«

Natürlich war etwas passiert, war *ihm* etwas passiert. Etwas, was mit Schule, auch der, die in den nächsten Wochen nicht mehr stattfand, überhaupt nichts zu tun hatte.

Er nickte, kratzte sich mit der einen Hand am Ohr. In der anderen hatte er sein Handy. Was ihm widerfahren war, hatte zweifellos per Mobilfunk den Weg zu ihm gefunden.

Ich angelte nach einem Pfannenwender in der Schublade neben der Spüle.

»Etwas Schlimmes?«

Dean schüttelte den Kopf.

Was für eine Frage! Es war ihm nichts zugestoßen, sondern nur etwas geschehen. Obwohl ich neugierig war, verkniff ich es mir, weiter in ihn zu dringen. Dean war in einem Alter, in dem bestimmte Geheimnisse etwas Heiliges sind und nicht erraten, sondern nur freiwillig preisgegeben werden dürfen.

Sein lockiges braunes Haar, frisch gewaschen, etwas weiter in der Mitte gescheitelt als sonst, roch nach reifen Nüssen und konkurrierte mit dem feinen Mief längst gerauchter Zigaretten, den er seit einiger Zeit nicht mehr loswurde.

»Ich – ich muss mich erst sortieren ...«

»Soso ...« Ich drückte die Schublade mit der Hüfte zu und lächelte. »Essen ist gleich fertig.«

Er warf von Weitem einen Blick auf den Herd mit Pfanne und Kochtopf, in die er sonst immer hineinblickte, und sagte mit einer Stimme, in der sich Widerwille und abgrundtiefes Bedauern stritten: »Ich *kann* jetzt einfach nichts essen, ich habe keinen Hunger, ich kriege keinen Bissen runter ...«

»Na, du bist lustig.« *Ich kriege wahrscheinlich auch keinen Bissen runter. Wir sind gut.*

Dean zuckte die Schultern, nuschelte etwas wie »'tschuldige, tut mir echt leid«, und verschwand. Ich schüttelte den Kopf. Was hatte Dean so aus der Spur geworfen, dass eine Art Entschuldigung aus seinem Mund kam? Auch wenn es ihm vielleicht nur wegen des Essens leidtat?

Um meine Neugier zu zügeln und auf andere Gedanken zu kommen, stellte ich eines der Playalongs auf meinem Handy an und begann zu singen.

»At Last«, ein Titel, den Etta James gesungen hatte und der auch zum Repertoire unserer Band gehörte.

Nirgendwo spüre ich meine Power so sehr wie beim Singen.

»*At last, my love has come along ...*« Meine Stimme, tief und an diesem Tag ein bisschen rau, füllte den Raum. Für den Moment gaben die Fragen und das Durcheinander in mir Ruhe.

Bist du glücklich? Ja, das fragt sich. Wenn man so genau wüsste, was das ist.

Beim Singen, dachte ich, wenn ich singe, bin ich glücklich.

Ich hatte damit begonnen, nachdem Andreas ausgezogen war. Ich glaube, er wusste bis zum Schluss nicht viel von mir. Er redete viel und fragte wenig. Als er weg war, fehlte er uns, Dean und mir, das Haus ohne seine Stimme schien leer und zu groß für uns beide.

Nadja, meine Gesangslehrerin, Georgierin, halb so alt wie ich, lernte ich an einem von Els' Backtagen in ihrem Garten kennen. Sie nahm mich unter ihre Fittiche und brachte mir bei, beim Singen richtig zu atmen, den Mund aufzumachen und alle Resonanzräume zu nutzen. Vor allem aber lehrte sie mich, meiner Stimme zu trauen, ganz gleich, ob ich nun mit Brust- oder Kopfstimme sang.

Nadja war es auch, die mich ermunterte, die Mundharmonika, mit der ich Dean früher Kinderlieder vorgespielt hatte, wieder hervorzuholen und sie bei den Blues-Titeln, die ich sang, einzusetzen. Mittlerweile besaß ich ein ganzes Etui voller Blues Harps, für jede Tonart eine andere.

Ohne Hunger tat ich mir einen kleinen Berg Käsespätzle und Salat auf einen Teller und ging ins Esszimmer.

Mit Dean zusammen hätte ich zum Essen am Tisch gesessen, doch ohne ihn lümmelte ich mich zwischen ein paar Kissen auf die Wohnzimmercouch. In der rechten Sofaecke hatte sich Deans schwarze Trainingsjacke zum Schlafen zusammengerollt, sie schlief dort schon Tage, seit Dean zum letzten Mal *How I Met Your Mother* geschaut hatte.

Ich schaltete den Fernseher ein. Auf allen Kanälen war Corona das Thema. Politiker warfen mit englischen Schlagwörtern um sich und kamen sich wichtig vor. *Homeoffice, Shutdown, Social Distancing.*

»Meiden Sie Sozialkontakte«, sagte die Bundeskanzlerin auf Deutsch, und dass wir nun alle zusammenhalten müssten und nach Möglichkeit zu Hause bleiben sollten.

Noch war, was aus ihrem Mund kam, ein bloßer Appell, kein Verbot, das aber wohl bald folgen würde. Ein Treffen mit Richard, falls ich je eins vorgehabt hätte, könnte ich dann erst mal vergessen. Kein Mensch wusste, für wie lange. Irgendwann würde sich die Zeit zwischen das Wiedersehen heute geschoben haben, und keiner von uns würde mehr nach dem Handy greifen, um ein Date zu verabreden.

Eine diffuse Traurigkeit stieg in mir hoch, gefolgt von Erstaunen. Offenbar liebäugelte ich also doch mit der Vorstellung, Richard wiederzusehen. Wie aber, wenn am Ende gar nicht ich darüber befinden, sondern ein Virus mir die Entscheidung aus der Hand nehmen würde?

Ich drehte dem Fernseher den Ton ab. Mit einem Mal

waren die Bilder allein, auf Knopfdruck gereinigt von Wörtern, Sätzen, Redeschwällen. Niemand hatte mehr etwas zu melden, weder die Kanzlerin noch die Virologen, nicht der Gesundheitsminister, nicht die aufgeregten Nachrichtensprecher. Sie öffneten und schlossen ihre Münder in einem nervösen Rhythmus und waren doch stumm wie die Steine, ihre Reden leere Sprechblasen; auch der fremde Erreger, um den sich alles drehte, war Bluff, sein Siegeszug über den Globus eine Farce. Bloßes Theater, weggeschnippt mit einer Fernbedienung.

Dean streckte den Kopf durch die Tür.

»Bist du verliebt?«, rutschte es mir nun doch heraus. Sofort biss ich mir auf die Lippen, darauf gefasst, dass mir Dean eine bissige Bemerkung entgegenschleudern würde. Doch er schob sich ganz ins Zimmer und sagte langsam, wie im Traum: »Jemand hat sich in mich verliebt.« Das Leuchten in seinen Augen hatte sich noch vertieft.

»Tatsächlich?«, staunte ich und lächelte. Ich freute mich – darüber, dass sich jemand in Dean verliebt hatte, und fast noch mehr, dass er es mir erzählte.

»Magst du sagen, wer es ist?«

»Sie heißt Jana.«

»Habe ich sie schon mal gesehen?«

»Sie war mal da, zusammen mit Philipp, ist schon länger her.«

Er überlegte, dann zückte er sein Smartphone, hielt es mir entgegen wie ein Feuerzeug, an dem ich mir eine Zigarette anzünden konnte. Ein Foto.

»Das ist sie.«

Ein junges Mädchen mit Haaren wie Vanilleeis, die ein Madonnengesicht rahmten, in dem zwei helle Türkise schwammen. Augen, südseeblaue Seen um Pupillen mit nach innen gewandtem Blick, wo sie ihr eigenes Leben lebten, während die Zeit an ihnen vorbeizog. Leicht geöffnete Lippen, unten das Glitzern einer Zahnspange, als hätte sie Schmuck im Mund.

Ich kannte sie nicht.

»Sieht sie nicht cool aus?« Dean sah mich erwartungsvoll an.

»Philipp ist zuerst mit ihr gegangen, aber sie haben sich nach zwei Tagen wieder getrennt.«

»Was für eine Hübsche!« Ich legte Bewunderung in meine Stimme.

»Sie hat mir eine WhatsApp geschrieben. Sie will mit mir gehen.«

Wow!, dachte ich. Diese forschen Mädchen, die sagen, was sie wollen. Wenn ich Joachim eine WhatsApp geschrieben hätte: Ich möchte mit dir gehen!

Ich grinste, dann lächelte ich.

Ich freute mich wirklich für Dean. So lange schon hatten alle anderen aus seiner Clique Freundinnen und tauschten sie untereinander aus, spielten das Bäumchen–wechsel–dich-Spiel, er nicht.

»Kein Wunder«, sagte ich und roch wieder den Nussduft seines Haars, »in ihrem Alter hätte ich mich auch in dich verliebt.«

Er grinste. Dann verdüsterte sich mit einem Mal sein Gesicht.

»Was ist, wenn Philipp sich jetzt scheiße fühlt.« Er sagte den Satz ohne Fragezeichen am Ende und fuhr fort: »Das geht doch nicht.«

Auf seiner Stirn erschien eine Falte, die ihn älter machte, für einen Moment wich der Glanz aus seinen Augen.

»Vielleicht muss ich mich entscheiden.«

»Mhhm«, machte ich nachdenklich. »Das ist toll, dass

du an Philipp denkst. Aber dass du es bist, der sich entscheiden muss – ich weiß nicht. Hat nicht eben Jana entschieden?« Wieder lächelte ich ihn an und fuhr fort: »Genieß es, Mann, genieß es in vollen Zügen!«

Sei froh, solange es mit der Liebe noch kinderleicht ist, schwer wird es von allein.

»Meinst du?« Sein Blick fiel auf den schläfrigen schwarzen Zipper in der Sofaecke; er griff danach, erweckte ihn zum Leben und schlüpfte hinein.

Kurz darauf war er aus der Tür. Ich dachte daran, wie er vor einigen Tagen auch aus der Tür gewesen war. Damals hatte er mir mitgeteilt, er gedenke, seine Schulzeit abzukürzen und sich das Theater um die Reifeprüfung zu sparen. Wir hatten miteinander gestritten, uns gegenseitig Vorwürfe gemacht, und schließlich hatte Dean unsere Auseinandersetzung mit einer kryptischen Bemerkung beendet, die mir seither Kopfzerbrechen bereitete. Er hatte auf der Flucht vor der Schule, vor seinem Leben, vor allem aber vor mir mit Türen geschlagen und war treppab gestürmt. Heute war es anders, heute flüchtete er nicht.

»Sehen wir uns später?«, rief ich ihm nach.

»Keine Ahnung.« Er kam noch einmal zurück und verkündete: »Ich fahre zu Jana.«

»Ja«, ich nickte, »ja, fahr nur, fahr zu ihr!«

Fahr zu ihr, solange es noch möglich ist, mach Nägel mit Köpfen, bevor hier eine Ausgangssperre kommt wie in Italien, die uns ans Haus fesselt.

Ich lauschte den vertrauten Geräuschen, wie er im Bad Toilette machte, mit dem Rasierwasserfläschchen klirrte, sich im Flur die Schuhe anzog und aufbrach in ein neues Kapitel seines Lebens, sich auf den Weg machte zu dem Mädchen, das ihm geschrieben hatte, es wolle mit ihm gehen.

Als er die Wohnungstür, die klemmte, ins Schloss gezogen hatte, schaltete ich den Fernseher aus, trug meinen Teller in die Küche und stellte ihn in die Spülmaschine. Der Marienkäfer mit viel Schwarz und wenig Rot zog immer noch seine Diagonalen über das Küchenfenster. Ich sah ihm zu, wie seine schwarzen Beinchen den Körper mit dem polierten Flügelpaar von rechts unten nach links oben trugen, betrachtete die winzigen Fühler. Normalerweise hält man das Leben für etwas Großes – man muss ein Mensch oder mindestens ein Wirbeltier sein, dass es in einen hineinpasst. In diesem Kerlchen, nicht größer als eine Süßwasserperle, war das Leben komprimiert. Ich öffnete das Fenster, ließ das Käferchen auf meinen Zeigefinger krabbeln und blies es in den frühen Nachmittag hinaus.

Mein Handy muckte. Joachim schrieb: *Schade. Können wir nicht einfach gute Freunde bleiben?*

Ich schluckte. *Gute Freunde bleiben.* Dieser doofe Satz! Er erwischt einen immer auf dem falschen Fuß. Er macht aus etwas, das mehr werden möchte, weniger, und tut so, als wäre es genug. Er heischt nach Zustimmung: Gute Freunde bleiben, na klar, das ist gut, wie kann man dazu Nein sagen, da es doch besser ist als nichts?

Ich fand in den Emoticons einen Smiley, der die Augen nach oben rollte, und schickte die WhatsApp an Joachim grußlos ab.

6

Bis zu meinem Beerdigungsgespräch war noch Zeit – zehn vor halb zwei tickte die Standuhr. Normalerweise lasse ich mich nach dem Mittagessen für ein Viertelstündchen mit einem Cappuccino und einem Buch auf meinem bunten Sofa nieder, ehe mein Programm der zweiten Tageshälfte beginnt. An diesem Nachmittag schlich ich hinüber in Deans Zimmer. Ich schlich – ja, wirklich! Wie ich es in den vergangenen Wochen einige Male getan hatte – immer nur, wenn Dean nicht da war. Ich strich in seinen vier Wänden umher, berührte die Dinge, mit denen er lebte, mit nichts als meinem Blick. Hob ein Heft hoch oder einen Ordner, in dem Übungsblätter für Englisch, Geschichte oder Mathematik lagen, gefüllt mit seiner eiligen Arbeitsschrift, lose, unabgeheftet. Ab und zu stieß ich auf eine schlechte Zensur. Mehr Anhaltspunkte, Spuren, die seine Schroffheit mir gegenüber hätten erklären können, fand ich nicht.

In Deans Zimmer wurde das Heimweh, das seit einiger Zeit in mir glomm, intensiver. Heimweh nach Deans ersten Lebensjahren, in denen er klein und vor allem mein Sohn gewesen war. Meine Hand erinnerte sich immer noch an seine, wie sie, die kleine Hand eines kleinen Jungen, in meiner lag, wenn ich ihn zum Kindergarten brachte oder mit ihm einkaufen ging, vertrauensvoll, selbstverständlich. Es war die Zeit, als er mir noch Fragen stellte, während es in der Gegenwart meistens ich war, die Fragen stellte, Fragen, die alle mit »Hast du« anfingen: »Hast du dich für die Mathearbeit vorbereitet?«, »Hast du dein Zimmer gesaugt?«, »Hast du deine Schulbücher eingebunden?« Deans Fragen, als er klein war, begannen mit »Warum?«. »Warum trägt Papa nie ein Kleid?«, oder: »Warum gibt es im Sommer keinen Schnee?« Oder: »Warum habe ich den grünen Rennwagen genommen?«, wenn er sich beim Weltspartag etwas hatte aussuchen dürfen. Später wurden seine Fragewörter andere: »Wie war ich?« – nach seinem Sprung vom Zehnmeterbrett als Neunjähriger. »Wann fahren wir …?« – (in den Tierpark der Wilhelma, den Urlaub, ins Legoland, wohin auch immer). Er suchte mit mir das Gespräch, das er mir jetzt verweigerte. In den letzten Wochen war sein Reich Verbotszone für mich geworden, in die ich in seiner Anwesenheit kaum mehr einen Fuß hineinsetzte; wenn ich klopfte, kam meistens ein mürrisches »Jetzt nicht, ich bin beschäftigt«. (Womit?, fragte ich mich, doch wohl nicht mit deinen Hausaufgaben; ihn zu fragen, wagte ich nicht.)

»Lass ihn, er nabelt sich halt ab«, sagte Els, als ich ihr mein Leid über Deans Widerborstigkeit klagte, und ich maulte: »Nur von mir, meine Liebe, nur von mir nabelt er sich ab, du hast gut reden, mit dir ist er so eng wie eh und je.«

»Ich bin ja auch nicht seine Mutter!«, lächelte sie.

Ich dachte an Els' Kinder, die sie nie besuchten, und entgegnete: »Nicht, dass ich es dir nicht gönne – aber ich habe ihm doch nichts getan, ich will doch nur sein Bestes.«

»Eben«, sagte Els trocken, »gemach, gemach, das wird schon wieder, das löst sich ganz von allein.«

Aber es löste sich nichts, jedenfalls nicht bis zu jener erstaunlichen Begegnung mit Dean heute Mittag, und ich hatte es auch nicht erwartet. Irgendwie spürte ich, dass die unsichtbare Mauer, die Dean zwischen sich und mir hochgezogen hatte, nichts oder nicht nur mit dem zu tun hatte, was Els »Abnabeln« nannte.

Nun also stand ich in seinem Zimmer, das unordentlich war wie stets. Das Chaos, in dem Dean lebte, tat mir weh, weil es zeigte, dass er dauernd auf dem Sprung war in dem Zuhause, das ich ihm schaffen wollte. Ich finde es nicht wichtig, dass alles aufgeräumt ist, sondern dass die Dinge ihren Platz haben. Bei Dean lag alles rum wie auf der Durchreise. Auch an diesem Mittag wanderte mein Blick über Stöße von Schulbüchern und Schnellheftern, über Stifte und vollgekritzelte Notizzettel, achtlos und hastig auf die ausgezogene Bettcouch neben das zerwühlte Bettzeug geworfen, der Mittwochstoß, der Donnerstagstoß, der Freitagstoß.

Die Plüsch-Kasperlemäuse aus Deans Kindheit, während der Zeit seiner Pubertät schamhaft im Bettkasten versteckt und mittlerweile rehabilitiert, schauten von ihrem angestammten Platz in der vierten Etage des Bücherregals nachsichtig über das Durcheinander.

Im Fach darunter reihten sich Deans Spielzeugautos aneinander, Modelle in allen Farben, große und kleine, Oldtimer, Sportwagen, Cabrios, Busse, Limousinen und Kastenwagen. Als Junge hatte er mit Feuereifer Autos gesammelt und schon als Achtjähriger davon geträumt, ein »richtiges« Fahrzeug zu lenken. Andreas, der seine Leidenschaft für Autos teilte und außer seiner Kawasaki einen Alfa Stelvio fuhr, hatte ihm einmal eine Rennbahn geschenkt. Sie war längst auf den Speicher gewandert, ebenso wie das metallicblaue Kettcar, mit dem er einige Sommer lang durch die Siedlung gekurvt war.

Außer den Autos und den Plüschmäusen erinnerte nichts im Zimmer an Deans Kindheit.

An die Wand über seinem Bett waren Postkarten von Che Guevara, Eintrittskarten für Wacken und Rock am Ring festgepinnt, ein Spruchband mit der Aufschrift: *Zahme Vögel singen von der Freiheit, wilde Vögel fliegen,* sowie ein Liedtext von den *Black Eyed Peas:*

Can you practice, what you preach?
Would you turn the other cheek again?
Mama, Mama, Mama, tell us what the hell is goin' on.
Can we all just get along?

Ich meinte, Deans Stimme an mich gerichtet zu hören und darin eine verborgene Anklage, die ich nicht entschlüsseln konnte.

Auf seinem Schreibtisch lag das Hardcase mit seiner Spiegelreflexkamera, die er sich zu seinem siebzehnten Geburtstag gekauft hatte. Daneben, inmitten eines Stilllebens aus Tabakdose und -krümeln, Zigarettenpapierchen, einer Nagelschere, einem halb leeren Energydrink und einer Spraydose mit Feuerzeuggas das Buch *Agnes* von Peter Stamm, das sie gerade in Deutsch durchnahmen. Neugierig griff ich nach dem Bändchen. Es hatte gleichgültige Gebrauchsspuren, ohne abgegriffen zu sein, eine typische Schullektüre, auf der Rückseite ein Fleck von einem Kugelschreiber.

Ich war neugierig, was, und noch neugieriger, wie Dean las, es war, als könnte ich zwischen den Zeilen Dinge über ihn erfahren, die ich noch nicht oder neuerdings nicht mehr wusste, als könnte mir diese Welt zwischen zwei

Buchdeckeln etwas über meinen Sohn verraten, allein dadurch, dass seine Finger und sein Blick darin spazieren gegangen waren.

Ich musste lange blättern, bis ich in dem Roman *Agnes* auf eine Spur traf, die mir zeigte, dass Dean da gewesen, dass er wirklich in dem Buch unterwegs gewesen war. Die ersten hundert Seiten sahen aus wie neu und ich meinte noch die Druckerschwärze zu riechen. Auf Seite 120 plötzlich ein Fußstapfen: die rechte obere Ecke des Blatts sorgfältig umgeknickt und auf der Seitenmitte mehrere Zeilen mit einem orangefarbenen Leuchtstift markiert: »Ich bin immer traurig, wenn ich ein Buch zu Ende gelesen habe. Es ist, als sei ich zu einer Person des Buches geworden. Und mit der Geschichte endet auch das Leben dieser Person. […] Ich frage mich manchmal, ob die Schriftsteller wissen, was sie tun, was sie mit uns anstellen.«

Ich las die Sätze, die Dean markiert hatte, mehrmals. Schließlich glaubte ich seine Stimme zu hören, mit der er sie sprach, und ein Glücksgefühl breitete sich in mir aus, als hätte ich einen verloren geglaubten Schatz wiedergefunden.

Dean mochte die Schule nicht, insbesondere den naturwissenschaftlichen Fächern konnte er wenig abgewinnen. Ob es daran lag, dass sich unter die Lehrkräfte etliche pädagogische Nieten verirrt hatten? Sie trieben Dean das sowieso spärlich vorhandene Interesse an jeglicher Art von Wissenschaft, die auch noch die Frechheit besaß, sich Lernstoff zu nennen, vollends aus. Ein für Chemie vorbereitetes Referat zum Thema Whiskey-Produktion, das er vor mir Probe gehalten hatte und für das ich ihn gelobt hatte, hatte ihm als Benotung dürftige vier Punkte eingebracht und ihn völlig entmutigt. Dean hasste auch

Sport und das Abgeschossenwerden beim Völkerball. Aber er liebte Bücher, solche, in denen man Geschichten lesen konnte. Er war eine Leseratte genau wie ich, und der orange eingefärbte Abschnitt in seiner Schullektüre erinnerte mich daran. Die Bücher waren immer unser gemeinsames Zuhause gewesen, Obdach, Heimathafen, an dessen Ufer wir uns klammerten, nachdem unser Familienschiff Risse bekommen hatte und schließlich auseinandergebrochen war. Astrid Lindgrens *Ferien auf Saltkrokan* war damals unser gemeinsames Lieblingsbuch; später verschlangen wir zusammen alle Harry-Potter-Bücher und fieberten stets wochenlang auf das Erscheinungsdatum eines neuen Bandes hin.

Als Dean noch nicht lesen konnte, schleppte er seine jeweiligen Lieblinge herum, legte sie Els oder mir auf den Schoß und verlangte: »Vorlesen!« Sobald er Buchstaben zusammensetzen konnte, war er als *Lonely Rider* in Büchern unterwegs. Er las hingegeben, selbstvergessen und, anders als ich, mit Lichtgeschwindigkeit. Jugendbücher, Krimis, Science-Fiction. Er las im Bett, in der Straßenbahn, auf der Toilette, kurz vor dem Mittagessen auf dem Sofa; er las in unseren Ferien, die wir in Italien, Kroatien oder Südfrankreich verbrachten, allein am Pool oder mit mir zusammen am Strand. Erst seit letztem Sommer, nachdem Dean die Fotografie als Hobby entdeckt hatte, legte er die Bücher zeitweise aus der Hand und begab sich auf Motivsuche. Mit der Kamera erzählte er seine eigenen Geschichten. Er stellte sie auf einem Fotoportal ein und freute sich über die *Likes* – einmal waren es über neunhundert.

In letzter Zeit, seit es so anstrengend zwischen uns war und wir uns andauernd zankten, sagte ich mir oft, Dean wird nie wieder mit mir in Urlaub fahren, weder zum Lesen noch zum Fotografieren, das ist vorbei. Insbesondere nach unserem Zusammenstoß neulich dachte ich es, als er mir buchstäblich zwischen Tür und Angel eröffnete, dass er nicht mehr zur Schule gehen wolle. Wir trafen uns, wie meistens in letzter Zeit, im Flur, ich gerade von einer Beerdigung kommend, noch im Mantel, er wie stets auf dem Sprung weiß Gott wohin, jedenfalls nicht zu seinen Hausaufgaben.

»Die Schule, wie soll das weitergehen …«, seufzte ich. Dean ließ die Klinke der Wohnungstür los, die er schon in der Hand hatte, und erklärte: »Ja, darüber wollte ich demnächst auch mit dir reden. Ich kann es dir ebenso gut gleich sagen.«

Und dann eröffnete er mir, klipp und klar und ohne jeden Schnörkel, dass er vorhabe, am Ende dieses Schuljahrs vom Gymnasium abzugehen. Ohne Abitur. Mit dem Direktor habe er bereits ein Gespräch gehabt.

Obwohl mir etwas Ähnliches geschwant hatte, fehlten mir die Worte. Ich starrte ihn an.

»Und stattdessen?«, stammelte ich, als ich die Sprache wiedergefunden hatte. »Was willst du tun, anstatt zur Schule zu gehen?«

»Mal sehen«, antwortete er kühl, »vielleicht mache ich ein Freiwilliges Soziales Jahr. Danach habe ich die Fachhochschulreife. Sofern ich die Elfte bestehe. So hat es der Direktor gesagt.«

Dann könne er eine Lehre machen.

»Man kann auch ohne Abitur was werden«, sagte er.

»Besser geht es mit Abitur«, konterte ich. »Warum sträubst du dich dagegen?«

»Weil da diese Prüfung ist. Ich weiß einfach nicht, wie ich eine Viertelstunde lang einen Vortrag auf Englisch halten soll.«

»Du musst das jetzt doch noch nicht können. Du kannst das lernen. Lernen, das ist der Schritt, den du immer auslässt.« Ich hasste mich für meinen pädagogischen Ton.

»Ich hab einfach keine Böcke mehr auf Lernen.«

Er schaute mir wieder direkt ins Gesicht mit diesem abweisenden Blick, der mir nicht nur sagte, dass er eine Entscheidung getroffen hatte, an der nicht zu rütteln war, sondern auch, dass da noch etwas anderes im Busch war als die von Els vermutete postpubertäre Rebellion. Trotzdem rutschte mir heraus: »Ich halte das für einen großen Fehler.«

Gleich darauf verfluchte ich mich, aber ich konnte nicht ertragen, wie er mir mit einer Nonchalance sondergleichen das Silbertablett aus der Hand schlug, auf dem ich ihm seit Jahren das Gedeck der Zukunft hinterhertrug, die ich mir für ihn ausgedacht hatte. Eine Zukunft mit einem Beruf, der ihm nicht nur Spaß machte, sondern auch das nötige Kleingeld bescherte und mir die Genugtuung, dass er »es geschafft hatte«. Auch ohne den nötigen Rückenwind einer heilen Familie. Ohne die Anwesenheit eines Mannes im Haus, der ihm den berühmten Tritt in den Hintern gab, um ihn in die Gänge zu bringen.

»Das war mir klar, dass du das sagen würdest.« Deans Stimme klang so von oben herab, dass ich ihm am liebsten eine gescheuert hätte. Mir allerdings auch. Ich fühlte mich so unfähig, so daneben, *ich hab's vermasselt. Warum kann ich meine Befürchtungen nicht ein bisschen moderater äußern? So erzeuge ich nur Widerstand.*

»Hör auf, mich zu bevormunden!«, sagte Dean denn auch, nicht eben leise. »Warum weißt du immer besser als ich, was für mich gut ist? Ihr geht mir einfach auf den Sack!«

»*Ihr? Ihr* geht mir? Wer denn außer mir?«, fragte ich.

»Du bist auch nur meine Mutter!«, schleuderte er mir entgegen.

»Auch nur deine Mutter? *Auch nur?* Was willst du damit sagen?« Da war etwas in Deans Stimme, was mich hellhörig werden ließ.

Doch er machte eine wegwerfende Handbewegung und starrte zu Boden.

»Dean«, versuchte ich es, sanfter. »Dean, ich erkenne dich nicht wieder. Was ist los? Wir können doch über alles reden, wir haben doch immer über alles geredet …«

»So, können wir das? Haben wir das? Über alles geredet? Hört, hört! Guter Witz, das!«

»Aber wieso? … Ich verstehe es nicht. Warum behandelst du mich, als hätte ich dir Gott weiß was angetan? Was hast du mir zu verzeihen?«

Und dann sagte Dean jenen ganz und gar rätselhaften Satz, auf dem ich seither herumkaute.

»Ja«, antwortete er mir, »das fragt sich. Denk mal scharf nach, vielleicht fällt es dir wieder ein. Auch wenn es schon lange her ist, zugegeben.«

Er drückte sich an mir vorbei, um noch mal in sein Zimmer zu gehen und dann ins Bad, Türen fielen ihm aus der Hand und unterstrichen sein Recht auf die Vorhaltungen, die er mir gemacht hatte. Eine halbe Minute später war er die Treppe hinunter, kurz darauf hörte ich das Knattern seines Mofas unten auf der Straße …

Seither zermarterte ich mir das Hirn darüber, was ich ihm angetan hatte. Rief mir Begebenheiten aus seiner Kindheit ins Gedächtnis, aber mir fielen nur schöne und lustige Dinge ein. Ein Abend, als wir zu dritt, Andreas, Dean und ich, eine Besenwirtschaft besuchten und Dean sich neben dem Gitarristen, der Volksmusik machte, auf einen

Stuhl stellen durfte. Von dort oben schmetterte er: »Mein Vater war ein Wandersmann«, und als ihn der Unterhalter danach fragte: »Wirst du auch Musiker, wenn du groß bist?«, antwortete er: »Nein, ich werd Elektriker.« Damals war er fünf Jahre alt und hatte noch einen Berufswunsch. Womit mochte ich ihn so verletzt haben, dass er es mir immer noch vorwarf – nach so langer Zeit? Und warum erinnerte ich mich nicht daran?

An jenem Mittag nach unserem Disput ging ich ins Esszimmer mit einem Kloß im Hals und heulte. Ich weinte – nicht wegen, sondern um Dean, ich weinte um meinen Sohn, weil er weg war, weil er siebzehn war, weil er nicht wusste, was er wollte, oder weil er nicht das wollte, was ich wollte. Ich weinte um unser zerbrochenes Familienglück, das nie eins gewesen war. Dean sollte in einer heilen Familie aufwachsen, hatte ich mir geschworen und war gescheitert, so vieles, das ich ihm nicht bieten konnte. Keinen Bruder, keine Schwester beispielsweise, obwohl Dean gern Geschwister gehabt hätte. Aber es wurde nicht, sollte nicht sein. Andreas und ich redeten nie darüber, keiner von uns beiden rührte daran, woran es lag. Vielleicht war unser beider Wunsch, noch ein Kind zu machen, nicht stark genug, sagte ich mir, schließlich waren wir nicht mehr die Jüngsten.

Nachdem Andreas ausgezogen war, war unser Familienleben nur noch ein Torso. Andreas war aus freien Stücken gegangen, ich hatte ihn nicht vor die Tür gesetzt; trotzdem fühlte ich mich schuldig. Als hätte ihn bereits mein nachträgliches »Es ist besser so« zu seinem Rückzug getrieben und ich mit diesem Satz Verrat an meinem Sohn begangen. Unser Trio war weder heilig noch intakt gewesen. Andreas hatte seine eigenen Vorstellungen über die Rollenverteilung von Mann und Frau in der Ehe;

ich merkte es zu spät, wodurch ich den Haushalt am Hals hatte und keine Zeit mehr, mit meinem Mann über Erziehung zu reden; sie geschah einfach, irgendwie, mit Dean als Player mittendrin, indem er uns, seine Eltern, zuweilen gnadenlos gegeneinander ausspielte. Dean war kein Vaterkind; wenn Andreas weg war (und das war er oft – bei der Arbeit, beim Stammtisch, beim Skat), war unser Sohn *mein Sohn*. Seine und Andreas' Interessen glichen sich bis auf ihre Passion für Autos nicht; trotzdem trauerte er, als Andreas aus unserem Leben verschwand, zumal dieser seine Gründe dafür im Ungefähren ließ. Von der gestorbenen Liebe zwischen ihm und mir war nicht die Rede, auch nicht von dem, was noch am Leben war und mit –»heit« endete – Gewohnheit, Sicherheit, Trägheit, Feigheit – und mit Gewissheit nicht ausreichte, um beisammenzubleiben, auch nicht, wenn man es addierte.

»Ich bin kein Familienmensch«, erklärte Andreas einmal, ein andermal: »Ich passe nicht zu euch.« Dean mit seinen zehn Jahren widersprach: »Hosen passen oder Schuhe, aber doch nicht Menschen.« Sein empörter Ton tat mir weh; gleichzeitig hatte ich eine vage Ahnung, was Andreas meinte, gepaart mit dem Anflug eines schlechten Gewissens, und versuchte beides rasch wieder zu vergessen.

Ich stand in Deans Zimmer, mit dem Buch *Agnes* in der Hand. Das Glücksgefühl, das mich beim Lesen der von Dean markierten Stelle durchflutet hatte, war noch da. Dean las. Lesen war noch immer seine Welt. Eine Welt, die wir teilten, mein Sohn und ich, und aus der er mich nicht verstoßen konnte. Und gerade jetzt fuhr Dean durch den Mittag zu einem Mädchen, das ihm gesagt hatte, dass es mit ihm gehen wolle, und war sich dabei ähnlicher als sonst. Etwas hatte begonnen, sich zu verändern.

Ich muss Geduld haben, dachte ich, vielleicht werde ich irgendwann verstehen, weshalb er mir gegenüber diesen Panzer angelegt hat. Vielleicht ist es wirklich so, wie Els sagt: Manche Dinge lösen sich ganz von allein.

Ich klappte *Agnes* zu, wischte auf Deans Schreibtisch ein paar Tabakkrümel beiseite und legte das Buch zurück zwischen Nagelscherchen und Spraydose. Dann zog ich die Tür des Zimmers meines Sohnes behutsam hinter mir zu.

7

Auf meinem Weg einen Stock tiefer ins Amtszimmer nahm ich den Müll mit runter und war so in Gedanken, dass ich die Tüte fast in den Briefkasten gestopft hätte statt in die Mülltonne. Draußen verlor das beigegraue Himmelsbettlaken gerade ein paar Tropfen, ohne dass Regengeruch in der Luft hing. Musste es wirklich noch einmal regnen, bevor der Frühling kam?

Aus Els' Häuschen tönte Musik, aber es war nicht mehr die »Pastorale«, sondern etwas, das, von einem vielstimmigen Chor gesungen, zugleich eindringlich und monoton klang. Der Chor schien auf der Stelle zu treten, auf irgendetwas herumzureiten, und noch ohne zu wissen, um was für ein Stück es sich handelte, wurde mir klar, dass die Gleichförmigkeit der Klangfolge von dem Umstand herrührte, dass diese sich in kurzen Abständen wiederholte. Die Nadel von Els' Plattenspieler musste hängen geblieben sein. Ich horchte. Wie bei einem Gewinnspiel im Radio, bei dem der Hörerin oder dem Hörer eine Sequenz aus einem zu erratenden Titel mehrmals vorgespielt wird. Ich brauchte eine Weile, ehe ich ein Motiv des Satzes »Denn alles Fleisch, es ist wie Gras« aus Brahms' »Deutschem Requiem« erkannte. Eine sehr getragene, ja, schwermütige Sequenz, wenngleich in Dur. »Das Gras ist verdorret und die Blume abgefallen.« Ich wunderte mich. Normalerweise machte Els einen Bogen um düstere melancholische Stücke wie das Requiem, ich hatte nicht einmal gewusst, dass es sich in ihrer Plattensammlung befand.

Warum in aller Welt hatte sie es aufgelegt, und wieso half sie der Nadel, die sich unaufhörlich mit derselben Stelle abarbeitete, nicht weiter? War sie in der Küche? Els' Gehör hatte im letzten Jahr, während dem sie so dünn geworden war, nachgelassen, aber wenn die Musik-Endlosschleife sogar hier draußen zu hören war, müsste sie sie doch mitbekommen, dachte ich.

Ich lief zu ihrer Haustür, vor der es frisch nach irgendeinem Putzmittel roch, und klingelte, doch Els öffnete nicht.

Ist sie weggegangen und hat den Plattenspieler nicht ausgemacht? Unmöglich! Els hatte ihr Haus seit fast einer Woche nicht mehr verlassen.

Ich klopfte an ihr Fenster, das nicht mehr schräg stand, und rief: »Els, bist du da, Els?«

Im Häuschen regte sich nichts. Zwei tönerne Katzen, die auf der Fensterbank zwischen einem kleinen Urwald von Zimmerpflanzen residierten, blickten stolz und bewegungslos auf mich. Ich bückte mich und versuchte unter den Vorhängen hindurch ins Wohnzimmer zu spähen, aber der Spalt ließ keinen Blick dorthin zu, wo der Apparat stand, der eine in Vinyl gestanzte Spur in Musik übersetzte. Els nannte ihren Plattenspieler »Grammofon«, und er sah mit dem trichterförmigen Lautsprecher auch so aus. Er war nur einer von vielen älteren und alten Gegenständen, die in Els' Wohnung einander Gesellschaft leisteten wie Zeitreisende, die durch ein Wurmloch in eine andere Epoche der Geschichte gefallen waren: Möbel aus den 1950er-Jahren, gepolsterte Ohrensessel, Nierentisch,

Sideboard, Tütenlampe. Andere Dinge dagegen fehlten, Fernbedienungen vor allem, weil Els sich an elektrische Geräte hielt, die sich mit den guten alten Knöpfen, Schaltern und Hebeln bedienen ließen. Els hatte noch einen zwanzig Jahre alten Röhrenfernseher, und ihr betagtes orangefarbenes Telefon mit der Wählscheibe wurde von allen Kindern, die sie besuchten, bestaunt. Ein Handy hat sie nie besessen, trotzdem war sie nicht altmodisch, sondern genügsam, der lebende Beweis, wie viel man nicht braucht, um glücklich zu sein. Das Grammofon hütete sie wie ihren Augapfel.

»Mein Musikinstrument«, sagte sie einmal zu mir, »ich hätte gern Klavierunterricht genommen, aber es sollte nicht sein.« Ihre Kinder Achim und Dolores, verriet sie mir, hatte sie Gitarre und Akkordeon lernen lassen, transportable Instrumente, auf denen man mehrstimmig spielen kann.

Ich ging zurück ins Pfarrhaus. In meinem Büro wählte ich Els' Nummer, ließ es lange läuten, doch sie nahm nicht ab.

Ich machte mir Sorgen. Worte wie Schlaganfall, gestürzt, bewusstlos zogen durch meinen Kopf. Gleichzeitig versuchte ich mich zu beruhigen. Vielleicht hatte sich Els auch im Schlafzimmer hingelegt, das tat sie neuerdings häufig in der Mittagszeit. In den letzten Wochen war sie mir langsam vorgekommen und oft sehr müde.

Es wird sich sicher bald aufklären, sagte ich mir. Man muss nicht immer gleich den Teufel an die Wand malen.

Während ich gedankenverloren den Dienstapparat in die Ladestation zurücksteckte, ging ein Anruf auf meinem Handy ein.

Andreas, meldete das Display. Ich wunderte mich.

Andreas rief selten an, weder mich noch Dean, mit dem er sich auch nur gelegentlich traf. Manchmal nahm er ihn mit ins Fußballstadion oder zum Nürburgring.

Wir begrüßten uns in dem höflich-distanzierten Ton, der sich seit seinem Auszug zwischen uns eingestellt hatte.

»Hast du ein paar Minuten Zeit?«, fragte er.

»Ich erwarte gleich jemanden zu einem Beerdigungsgespräch. Ist es wichtig?«

Andreas meinte, es sei wichtig.

»Dann ist es vielleicht besser, du rufst in eineinhalb Stunden noch mal an. Oder ich versuche es bei dir.«

»Ich melde mich«, meinte Andreas, dann klingelte es auch schon draußen an der Haustür.

Ich drückte auf den Türöffner und erwartete die Hinterbliebene, von der ich nur wusste, dass sie allein kommen würde, an der Bürotür. Sie stieg die drei Treppenstufen herauf und blieb vor mir stehen, einen Kopf kleiner als ich.

Sie trug einen Mundschutz aus gelb-orange kariertem Stoff. Ihr langes Haar war in der oberen Hälfte grau, in der unteren schwarz.

Heine, Milena, stellte sie sich vor, als meldete sie sich auf einem Amt an. Und wie auf einem Amt reichten wir einander keine Hände. Ich hatte meine ausgestreckt und rasch wieder zurückgezogen, stattdessen nickten wir uns ein wenig verlegen zu.

Sie folgte mir in den kleinen Flur meines Amtsbereichs, langsam, zögernd, brachte kalte Luft mit, die im Vorraum stehen blieb und nirgends sonst hinwusste. Sie schälte sich ihren spinatgrünen Mantel ab wie Moos, das ihr Körper angesetzt hatte. Der Mantel stammte, genauso wie der dunkel gefärbte untere Teil ihres Haars, aus einer anderen als der Jetztzeit. Ich hängte ihn auf einen

Garderobenbügel in die Gegenwart und bat Frau Heine ins Amtszimmer.

Wir platzierten uns über Eck auf der Sitzgruppe.

Sie nestelte an ihrer Handtasche, tat das, was die meisten Angehörigen tun, wenn sie zum Trauergespräch kommen, packte alles aus, was sie mitgebracht hatte, ein kleines tomatenrotes Lederalbum mit Fotos, ein Sammelsurium von Dokumenten unterschiedlichen Datums: Geburtsurkunde, bräunlich vergilbt, Konfirmationsurkunde mit dem Konfirmationsspruch des Verstorbenen. Zuletzt entfaltete sie ein kariertes Blatt Papier, bedeckt mit Kinderschrift wie mit Hausaufgaben.

Sie breitete alles auf dem Tisch aus. Tempotaschentücher legte sie keine zurecht, aber seit meiner ersten Beerdigung damals von Richards Tochter hielt ich immer ein Päckchen bereit. Im Fall von Frau Heine tippte ich darauf, dass sie keine Taschentücher brauchen würde. Trauer bei Hinterbliebenen lese ich an ihren Augen oder dem Mund ab. Frau Heines Augen waren, ohne hart oder ausdruckslos zu wirken, Wadis in der Wüste, die schon lange kein Wasser mehr geführt hatten. Ihre Lippen weggesperrt hinter den Mundschutz, einer Grenze zwischen uns beim Sprechen, die mich ein wenig störte. Ich fand das Getue mit den Masken übertrieben und hätte Frau Heine am liebsten gebeten, die ihre für die Dauer unseres Gesprächs abzunehmen.

Sie sagte den Satz, den mir Angehörige manchmal nach einer Trauerfeier sagen, gleich zu Anfang: »So habe ich mir eine Pastorin nicht vorgestellt.«

»Wie denn?«, fragte ich. »Oder wie denn nicht?«

»So – blond und mit Lippenstift und Fingerring und drei Ohrringen am Ohr! Und dann – dieses Zimmer! So viele verschiedenfarbige Vorhänge!«, staunte sie und ließ den Blick wandern, »das ganze Spektrum des Regenbogens.«

»Ich mag Farben«, lächelte ich.

»Theo mochte auch Farben«, sagte Frau Heine, »er wollte immer, dass ich mich bunt anziehe, wenn ich ihn im Pflegeheim besuchte.«

»Jetzt tragen Sie Schwarz-Weiß«, stellte ich fest, und sie nickte, sah an sich hinunter, strich über einen Ärmel ihrer geblümten Hemdbluse und verschränkte die Arme auf ihrem Schoß. Eine kleine Stille trat ein, eine gute Stille.

Seit Langem fürchte ich mich vor keiner Begegnung mit Trauernden mehr. Meine Erfahrung hat mich in den absonderlichsten Situationen getragen, auch dann, wenn ich bisweilen nicht hundertprozentig bei der Sache war wie an diesem Nachmittag. Das Wiedersehen mit Richard, das Intermezzo mit Dean spukten durch meinen Kopf, ich dachte an das Telefonat mit Andreas und rätselte, was er mir wohl sagen wollte.

Meist ist es leicht, mit Trauernden in Kontakt zu kommen. Gespräche, bei denen so viel geschwiegen wird wie damals bei Richard und Angelika, sind selten.

»Theo hieß Ihr Mann?«

»Ja. Das heißt: nicht mein Mann. Er war verheiratet, aber nicht mit mir.«

»Ach so. Ihr Lebensgefährte.«

»Ich war seine Geliebte, fast dreißig Jahre lang.«

»Aha.« Das Wort Geliebte fiel nicht häufig in Trauergesprächen, wenn doch, dann hinter vorgehaltener Hand und mit abwertendem Unterton bezogen auf eine Person, die man nicht selbst war.

Frau Heine nahm das Album in die Hand, blätterte darin und zeigte mir ein Foto, auf dem sie und ihr Geliebter nebeneinander auf einer Felskuppe posierten, er ein strammer, stattlicher Mann, schon grau, aber noch anziehend, sie blutjung, bildschön, lächelnd, mit langem, glänzendem dunklem Haar.

Es war die klassische Geschichte gewesen – Frau Heine erzählte sie mir ganz emotionslos: sie Sekretärin, er ihr Chef, der ihr vor die Nase gesetzt worden war. Sie hatte ihn auf Geschäftsreisen begleitet, nach Erfurt, Leipzig und Dresden, allzeit bereit sollte sie sein und war es, und auf einer dieser Reisen war es dann passiert. Eines Freitags waren sie nicht heimgefahren, sondern geblieben, hatten den Aufenthalt in die Freizeit des Wochenendes hinein verlängert, die Dresdner Semperoper besucht und eine Tour im Elbsandsteingebirge gemacht, von dort stammte das Foto.

Montags in Stuttgart waren sie wieder Kollegen, machten dort weiter, wo sie freitags aufgehört hatten, denn Theo hatte Frau und Sohn, es durfte nichts herauskommen, er wollte weder Familie noch seine berufliche Stellung aufs Spiel setzen, also hieß es stillhalten. Es gelang ihr recht und schlecht und dann immer schlechter. Nach zwei Jahren versuchte sie einen Schlussstrich zu ziehen, kündigte sogar ihre Stelle als Sekretärin. Fing woanders neu an.

Bis sie ihn wiedertraf, bei einem Fest, und alles von vorn begann.

Noch zweimal habe sie Schluss gemacht, aber ihre Wege hätten sich immer wieder gekreuzt.

»Einmal ist er mir in einem Möbelmarkt begegnet, ein andermal bei einer Zugfahrt.«

»Bei einer Zugfahrt?«

»Er stieg in einen Zug ein, in dem ich schon saß, und kam in mein Abteil«, sagte Frau Heine. »Wir konnten einander nicht entrinnen.« Sie beobachtete mich: »Warum fragen Sie?«

»Ach, nur so.«

Ich sitze im Intercity nach Stuttgart und lese. Vor der Abfahrt habe ich mir am Bahnhof in Köln eine Zeitung gekauft. Wie alle Blätter ist sie voll von den schrecklichen Nachrichten aus New York. Vier Tage zuvor sind zwei Flugzeuge in die Twin Towers des World Trade Centers gerast.

Die Welt steht unter Schock. Auf der Fortbildung für Gesprächsführung, von der ich gerade komme, haben wir über nichts anderes geredet, unfähig, das Entsetzliche zu begreifen. Jetzt bin ich in meine Zeitung vertieft und zerfließe in Tränen.

Am Frankfurter Flughafen steigt ein Mann zu und setzt sich in meinem Abteil auf den Fensterplatz mir gegenüber. Ein Störenfried! Ausgeliefert an meine Gefühle, wäre ich mit meiner Lektüre lieber allein geblieben. Unwillig hebe ich den Blick.

Ich erkenne dich sofort.

Ich habe dich damals nach der Beerdigung eurer Tochter noch ein paarmal gesehen. Bei Weihnachtsgottesdiensten. Beim Einkaufen im Supermarkt oder beim Metzger. Wir haben ein paar Sätze gewechselt, manchmal ein bisschen geflirtet, immer war da sofort wieder dieser Gleichklang, ein Gefühl, im selben Boot zu sitzen, einem Boot, in dem alle anderen nicht saßen. Ich war mir ziemlich sicher, dass die Anziehung, die ich spürte, nicht einseitig war. Manchmal ging ich freitags zu einer bestimmten Zeit auf den Markt, in der Hoffnung, dich zu treffen. Und bekam weiche Knie, wenn ich deinen braunen Schopf im Menschengewühl vor dem Gemüsestand entdeckte.

Dann seid ihr weggezogen in einen anderen Stuttgarter Stadtteil und ich habe dich aus den Augen verloren.

Jetzt sitzt du mir gegenüber.

»So sieht man sich wieder«, sagst du. Lächelst ein wenig. Ich lächle zurück – unter Tränen.

Du deutest auf das Titelbild meiner Zeitung mit den rauchenden Trümmern der Twin Towers. »Da komme ich gerade her.«

Ich starre dich an.

»Aus New York?« Erst jetzt sehe ich die Müdigkeit in deinen Augen. Deinen Dreitagebart. Schnuppere den Geruch einer langen Reise, der von dir ausgeht. Die intellektuelle Kerbe über deiner Nase ist steiler und tiefer geworden.

Du warst geschäftlich in Manhattan. Am Morgen des 11. September hast du im Frühstücksraum deines Hotels im 33. Stock den Blick von deiner Kaffeetasse gehoben und das erste der beiden Flugzeuge in den Nordturm rasen sehen. Der Beginn eines Albtraums. Du erzählst mir von Feuer, von gewaltigen schwarzen Rauchschwaden, die den Himmel verdunkelten, von Menschen, die aus den oberen Stockwerken der Zwillingstürme sprangen, von anderen, die überlebt haben und durch die Straßen irrten, weiß wie Geister, von Kopf bis Fuß mit feinem Staub überzogen. Du hast all das, was in meiner Zeitung steht, mit eigenen Augen gesehen. Deine Stimme ist belegt, zwischendurch bedeckst du dein Gesicht mit den Händen, kannst nicht weitersprechen.

Draußen fliegt der alt gewordene Sommer vorbei mit seinen abgeernteten Äckern und den Maisfeldern, die noch stehen; die Sonne scheint, aber immer nur für fünf Minuten, dann überlegt sie es sich anders, verschwindet hinter Wolken und taucht genauso rasch wieder auf, ein wankelmütiges Hin und Her.

Ich weine nicht mehr. Ich habe meinen Platz am Fenster

verlassen und mich neben dich gesetzt. Diesmal habe ich keine Angst, dir zu nahezukommen. Ich habe allerhand gelernt seit meinem ersten Beerdigungsgespräch.

»Darf ich Sie anfassen?« Wenn ich in meinem Beruf auf Menschen stoße, die Trost brauchen, frage ich um Erlaubnis, ehe ich sie berühre. Du nickst. Jenseits der Frage endet meine Routine als Pastorin und ich bin nur noch Mensch. Ich lege die Arme um dich. Du hast breite Schultern, meine Finger spüren deine bebenden Schulterblätter unter dem Stoff deines Hemdes. Jetzt bist du es, der weint. Ich höre dein trockenes Schluchzen an meinem Ohr und streiche dir mit einer Hand übers Haar. Es fühlt sich weich an, ist länger als früher und beginnt an den Schläfen grau zu werden; wenn du es wachsen lassen würdest, hättest du Locken.

»Anscheinend gibt es jedes Mal, wenn wir aufeinandertreffen, einen Grund zu weinen«, sagst du. Deine Stimme klingt nasal, als hättest du Schnupfen.

Als wir in Stuttgart aussteigen, fragst du mich nach meiner Telefonnummer und tippst sie in das Handy, das du neuerdings hast. Bei mir geht noch alles über Festnetz. »Vielleicht können wir uns mal treffen, wenn zufällig gerade keine Katastrophe passiert«, sagst du.

Drei Tage später rufst du mich an.

»Ich würde gern einen Wein mit Ihnen trinken gehen, haben Sie Lust?«

»Warum nicht?« Ich versuche, meine Stimme gleichmütig klingen zu lassen. In Wirklichkeit schlägt mein Herz einen Trommelwirbel, der sich vermutlich durchs Telefon bis zu dir fortpflanzt.

»Am Donnerstagabend?« Du willst gleich Nägel mit Köpfen machen. »Ich weiß eine nette Musikkneipe in Bad Cannstatt.«

»Ich muss schauen«, sage ich, »mir ist, als hätte ich am Donnerstag einen Termin. Kann ich Sie zurückrufen?«

»Aber ja doch.«

Mein Kalender zeigt tatsächlich eine Belegung an. Doch anstatt dir vorzuschlagen, unser Treffen auf einen anderen Abend zu legen, setze ich alles in Bewegung, um das Taufgespräch zu verschieben, das da in meinem Terminplaner hockt wie ein Spreißel.

An dem verabredeten Abend wartest du schon vor dem Lokal, als ich ankomme. Du duftest nicht mehr nach langer Reise, sondern sehr frisch nach Aftershave, und strahlst mich an. Ich bin auf einmal der glücklichste Mensch der Welt. Strahle zurück. Noch siezen wir uns.

»Wir konnten einander nicht entrinnen, Theo und ich«, wiederholte Frau Heine, »und selbst wenn es uns gelungen wäre, es wäre keine Rettung gewesen.« Sie strich sich eine ihrer zweifarbigen Strähnen aus dem Gesicht. »Da war so ein unsichtbares Band, das uns aneinanderkettete. Vielleicht hätte ich auch ohne ihn glücklich sein können, aber warum sollte ich? Ich war am glücklichsten mit ihm.«

»Das haben Sie wunderbar gesagt«, meinte ich.

»Ich konnte nicht anders«, sagte Frau Heine, »nennen Sie es Schwäche oder Abhängigkeit, aber ich konnte nicht Nein sagen und wollte es auch nicht. Theo war mein Schicksal. Auch wenn ich mich immer wieder gegen die Umstände aufgelehnt habe – ich empfand das Zusammensein mit ihm als Geschenk, interessant, bereichernd. Es war schön mit ihm, keine Beziehung nur fürs Bett; wir hatten uns viel zu sagen. Er war belesen, intelligent, ein guter Liebhaber, zärtlich, zuvorkommend. Immer wieder haben mir Freundinnen in den Ohren gelegen, ›such dir doch jemand anderen, den du nicht teilen musst, warum lässt du dir das gefallen, machst mit bei diesem Versteckspiel, das ist doch unwürdig. Du bist jung und hübsch‹, sagten sie, ›das hast du doch nicht nötig.‹ Aber ich hatte es nötig, ich war süchtig nach Theo, verstehen Sie das?«

September 2001

In der Musikkneipe, die an diesem Abend nur eine Kneipe ist, sitzen wir in einer Nische an einem Tisch über Eck. Die winzige Bühne schräg vor uns, eigentlich bloß ein Holzpodest, ist verwaist. Ein üppiger Lüster aus lauter Perlenketten über uns zittert jedes Mal, wenn jemand auf dem ausgetretenen, narbigen Dielenboden an uns vorbeigeht. Auch ohne Musik ist es laut, aber gemütlich. Eine Wandleuchte verströmt warmes Licht. An diesem Abend wird nicht geweint. Du hast mir verraten, dass das Aftershave, nach dem du duftest, von einem Pröbchen stammt, und dabei gegrinst wie ein Schuljunge. Ich versuche, die Lachfältchen um deine Augen zu zählen; noch nie habe ich sie aus der Nähe gesehen und bemerkt, wie viele es sind.

Du willst wissen, wie mein Leben weitergegangen ist, seit wir uns aus den Augen verloren haben.

Ich bin seit ein paar Jahren mit Andreas befreundet, wohne aber nicht mit ihm zusammen. Du fragst mich, ob ich keine Kinder möchte. Ich hebe ratlos die Schultern und lasse sie wieder fallen. Vor Kurzem habe ich mich auf eine Stelle im Stuttgarter Norden beworben und gegen zwei Mitbewerber durchgesetzt.

»Ich weiß nicht, ob Kinder in mein Leben passen«, sage ich, »ich tauge nicht zur Vollblutmutter.«

»Gut so«, sagst du, »ich mag keine Vollblutmütter.« An wen denkst du dabei? Mit Angelika, deiner Frau, hast du mittlerweile eine Tochter und einen Sohn. Bist du ein Vollblutvater?

Zum ersten Mal erfahre ich Genaueres über deine Arbeit, deinen Beruf als Kameramann. Du erzählst von einem Vertrag für eine längere Reportage in Mittel- und Südamerika, der dir winkt und fast perfekt ist. Die Vorbesprechung fand in New York statt und war der Grund deines Aufenthalts dort. *Entlang der Kordilleren* heißt das Projekt und wird dich von Mexiko über Guatemala, Costa Rica, Kolumbien, Ecuador und Bolivien bis nach Chile führen. Ein ganzes Jahr lang.

Du erzählst begeistert, voller Elan, du hängst an deinem Beruf. Ich an deinen Lippen. Fotografieren war deine Leidenschaft, seit dir deine Eltern mit vierzehn eine Leica geschenkt haben, und ist es immer geblieben. Gerade gibt es eine Ausstellung von dir in einem Stuttgarter Kulturzentrum. Landschaftsfotografie.

»Ja, ich weiß, dass es mega-*out* ist, Landschaften zu fotografieren«, sagst du, nimmst einen Kommentar vorweg, der mir nicht in den Sinn gekommen wäre. Ich habe keine Ahnung, was in der Fotografie gerade *out* und was *in* ist. Ich habe überhaupt wenig Ahnung, was *out* und was *in* ist. Es ist eine Luxusfrage und Luxusfragen interessieren mich im Allgemeinen wenig.

»In meinem Leben tue ich Dinge, die mega-*out* sind und doch nie aus der Mode kommen«, sage ich, »Beerdigungen halten zum Beispiel.«

Du lachst.

»Wir können mal zusammen in die Ausstellung gehen«, sagst du, »wenn du Lust hast. Beerdigung hatten wir ja schon.«

Mittlerweile sind wir per Du. Das Lokal schließt spät, aber wir sind längst nicht fertig mit Reden. Schon damals wünsche ich mir, dass unser Gespräch nie wieder abbricht. Du bezahlst meinen Wein, kramst nach Groschen für Trinkgeld und hilfst mir in den Mantel. Draußen hat es keiner von uns beiden eilig, nach Hause zu kommen, obwohl es zu regnen begonnen hat. Auf der hölzernen überdachten Fußgängerbrücke über dem Neckar quatschen wir uns fest. Über unsere gemeinsame Lust am Schönen, schönen Büchern, schönen Landschaften, schöner Musik, schönen Menschen. Wir reden und lachen, lachen und frieren.

»Musst du nicht nach Hause?«, fragst du, aber ich muss nirgendwohin, auch du nicht, deine Tochter Kaya ist im Schullandheim und Angelika mit dem Kleinen zu ihren Eltern gefahren.

Seit wann liegt eigentlich dein Arm um meine Schulter?

»Schöne Frau«, sagst du, »es ist, als würde ich dich schon ewig kennen.«

Und dann küsst du mich, erst sanft und dann immer leidenschaftlicher, sodass mir Hören und Sehen vergeht. Sagst mit einem tiefen Seufzer: »Endlich! Das möchte ich schon seit fünfzehn Jahren tun. Seit wir uns zum ersten Mal gesehen haben.«

Eine Kirchturmuhr schlägt halb. Halb sechs oder halb sieben in der Frühe.

»Ich möchte dich lieben«, sagst du, »mit dir schlafen, damit das Begehren endlich Ruhe gibt.« Ich nicke, der Satz hätte auch von mir kommen können.

Aber nach unserer ersten Nacht, die ein Morgen ist,

gibt gar nichts Ruhe. Im Gegenteil, es fängt erst richtig an. Ich kann nicht mehr essen, nicht mehr schlafen, an nichts anderes mehr denken als an dich. An deine Berührungen, deine Küsse, deinen Geruch. Auf der Kanzel mitten in einer Predigt verliere ich den Faden. Bei einer Beerdigung mit mehr als hundert Leuten steht mir dein Gesicht vor Augen und ich komme aus dem Konzept. Die Liebe ist schrecklich. Und wird erst wieder schön, wenn ich dich wiedersehe. Wir uns gegenseitig die Kleider vom Leib reißen wie in einem schlechten Film. Unter meine Bettdecke kriechen. Uns lieben. Gierig. Wie verrückt. Wir schlafen drei, vier Mal miteinander an einem Abend. Nach jedem Orgasmus breche ich in Gelächter aus. Du flüsterst mir Zärtlichkeiten und unanständiges Zeug ins Ohr und knabberst daran. Du sagst, du hättest mich zum Fressen gern und würdest mit meinem Ohr anfangen. Wir reden. Hören Musik. Jazz. Blues. Können keine Minute die Finger voneinander lassen. Es ist wie eine Sucht. Nach drei Nächten mit dir bin ich süchtig.

»Ich verstehe Sie«, sagte ich zu Frau Heine. »Wenn Sie wüssten, wie gut ich Sie verstehe.«

»Ganz gleich, was ich für Theo gewesen bin, er war immer mein Mann. Der Einzige, den ich je hatte. Vor drei Jahren ist seine Frau gestorben. Seitdem waren wir auch äußerlich ein Paar.«

»Wie schön«, sagte ich gedankenverloren, doch sie schüttelte den Kopf. »Leider nicht. Kurz darauf bekam Theo einen Schlaganfall und war seither im Heim.«

»Oh! Das tut mir leid!«

»Ich habe ihn besucht und nach dem Rechten gesehen. Es war ja sonst niemand da.«

»Sein Sohn?«

»Lebt in Tokio. Ich weiß noch nicht einmal, ob er zur Beerdigung kommt.«

Sie hatte ihren Theo tagtäglich im Rollstuhl in der Sonne spazieren gefahren und ihn mit Leckerbissen gefüttert, die sie zu Hause für ihn vorbereitet hatte.

»Es war eine schwierige Zeit«, murmelte sie. »Theo war nicht mehr derselbe seit dem Schlaganfall.«

Ein wehleidiger alter Mann sei er geworden, erzählte sie, der es nicht ertragen hatte, dass sie ihn bemutterte, und sie herumkommandiert hatte, wenn sie es nicht tat. Nichts hatte sie ihm recht machen können, er hatte sich an allem gestört, ihren Worten, ihren Bewegungen, ihrer Erscheinung, »mein Gott, verhärmt siehst du aus«, hatte er gesagt, als wäre es ihre Schuld, »du hast dich vernachlässigt, warum achtest du nicht mehr auf dich? Früher warst du schön.«

»In dieser Zeit habe ich zu Hause alle Spiegel verschwinden lassen und bis jetzt nicht wieder aufgehängt«, sagte Milena Heine. »Ich sah mich mit Theos Augen und wollte es vergessen. Heute weiß ich kaum mehr, wie ich aussehe.«

»Sie schauen wirklich nie in einen Spiegel?«, fragte ich ungläubig.

»Nein. Nur manchmal, wenn ich muss, in den Rückspiegel meines Wagens. Ich sehe dann nur die obere Hälfte meines Gesichts, Augen und Nase. Das genügt. Spiegel machen aus allem ein Vielfaches. Warum soll man verdoppeln, was nicht schön ist?«

Plötzlich zerrte sie an den Gummis ihrer Maske und zog sie sich von Nase und Lippen – ohne Vorwarnung.

Sie lächelte – und ich starrte sie an.

In ihrem Mund, den das karierte Stoffrechteck gnädig verhüllt hatte, klaffte eine Riesenlücke von mehreren Zähnen; außer dem linken Frontzahn fehlten mindestens zwei weitere Schneidezähne.

Es war ein Schock, den ich zu überspielen versuchte, aber natürlich durchschaute sie mich.

»Die Empfehlung, wegen des Virus eine Maske zu tragen, ist mir gerade recht gekommen«, sagte sie verschmitzt.

Ich wusste nicht, was ich sagen sollte. Ihr Lächeln, halb das eines zahnlosen Babys, halb eines betagten Mütterchens, hatte etwas Groteskes.

»Wie haben Sie überlebt in der ganzen Zeit?«, fragte ich schließlich.

»Überlebt?«, fragte sie zurück. »So recht und schlecht. Vielleicht auch gar nicht. Ich hoffe, ich bekomme eine zweite Chance. Eine neue Chance auf ein Leben vor dem Tod.«

Ich dachte an Richard.

Wir könnten mal zusammen einen Wein trinken gehen. Ich hoffe, ich bekomme noch mal eine Chance. Ich möchte ihn wiedersehen, noch einmal dort anknüpfen, wo der Faden zerrissen ist, damals als …

»Ich hoffe, der da oben …«, Frau Heines Finger deutete Richtung Zimmerdecke, »ich hoffe, der da oben oder das Schicksal oder welche höhere Macht auch immer schenkt mir noch ein bisschen Zeit. Zeit, das Leben zu genießen, zu tun, was mir Freude macht, mich nach neuen Zähnen umzuschauen, vielleicht nach einem neuen Mann. Ich bin nicht so alt, wie ich aussehe. Man hat doch nur dieses eine Leben. Was danach kommt, das weiß niemand.«

»Nein«, sagte ich, »das weiß niemand.«

»Auch Sie nicht?«

»Auch ich nicht.«

Und dann erzählte ich Frau Heine, dass ich mir seit Langem vorkäme wie ein Wachtposten an einer Grenzlinie, die von einem Fluss markiert wurde. Dass ich dort auf und ab patrouillierte, und hin und wieder schwamm einer los und verschwand über das Wasser. Ich sah von Weitem zu und fragte mich, wird es mich tragen, eines Tages oder Nachts, wenn ich mich selbst auf den Weg mache? Die Angehörigen des Schwimmers, die ein Stück mit in den Fluss hineingewatet und dann umgekehrt waren, fragten mich: Wo ist er? Wo ist er hingeschwommen? Was ist da drüben auf der anderen Seite? Und ich sollte Antwort geben. Ich aber schaute mir die Antwort von ihnen ab, ich hatte gelernt, dass sie die Antwort viel besser wussten als ich.

»Ich bin nur eine Fläche«, sagte ich zu Frau Heine, »ein Hindernis, das passive Ziel, das ein Echo zurückwirft, das Echo dessen, was diejenigen sagen, die mir Fragen stellen; sie denken, die Antwort, die ich ihnen gebe, kommt von mir, dabei ist sie von ihnen. Alles, was ich von ›drüben‹ weiß, habe ich von denen gelernt, die mich fragen, was drüben ist.«

»Es wäre schade, wenn das Leben einfach abbrechen würde«, erwiderte sie, »wie eine Geschichte, die nicht zu Ende erzählt wird, mitten im Satz. Wenn da auf der anderen Seite des Flusses kein Ufer wäre und auch sonst nichts … Finden Sie nicht?«

Ich nickte. »Ja. Sehr schade.«

Wieder dachte ich an Richard.

Es gibt Menschen, bei denen man sich wie verrückt wünscht, dass es anders endet nach dem Tod als mit der Löschtaste, mit dem großen schwarzen Loch, in das alles hineinfällt.

Frau Heine griff nach dem tomatenroten Album und blätterte darin, suchte offenbar nach einem bestimmten Foto und streichelte, als sie es gefunden hatte, mit zwei Fingern über einen kleinen hellen Fleck, das Gesicht ihres Theo, wie es ausgesehen hatte, als er noch ein stattlicher Mann gewesen war. Und dann sprangen doch noch zwei Tränen aus ihren Augenwinkeln und sie weinte.

Sie vermisst ihn, dachte ich, während ich ihr ein Taschentuch reichte, erstaunt und ein wenig beschämt, dass ich ihr das Weinen nicht zugetraut hatte.

»Es tut mir weh, dass er weg ist«, sagte Frau Heine. Sie wischte sich mit dem Tempo über die Augen, blinzelte und sah mich an. »Ich stelle es mir schrecklich vor, so abhängig zu sein, wie Theo es war. Erst im Rollstuhl und dann bettlägerig. Angewiesen darauf, dass einen jemand herumfährt und wäscht und füttert, zur Toilette bringt und am Ende sogar trockenlegt und wickelt. Das ist doch furchtbar.«

Sie legte das tomatenrote Album vor sich auf den Couchtisch und putzte sich energisch die Nase. Dann griff sie nach dem mit Hausaufgabenschrift bedeckten karierten Blatt und reichte es mir. »Da steht Theos Lebenslauf drauf und wofür er sich interessiert hat. Für Kegeln, Reisen, Skilaufen, als er es noch konnte, und seither nur noch für Süßspeisen, die ich ihm zubereitet und mitgebracht habe, Vanillepudding, Kompott, Mousse au Chocolat, alles steht da drauf. Für die Beerdigungsansprache. – Und dann«, sagte sie mit veränderter, lebhafter, geradezu selbstbewusster Stimme, »und dann, wenn die Beerdigung vorbei ist, dann ist Schluss. Dann bin *ich* dran.« Sie warf mir einen Blick zu. »Wollen Sie wissen, wofür *ich* mich interessiere?«

Ich nickte.

»Kommen Sie, ich zeige es Ihnen!« Sie packte Urkunden und Fotoalbum in ihre Tasche, band sich ihren Mundschutz wieder um und erhob sich.

Im Flur half ich ihr in ihren Moosmantel, bevor ich sie neugierig hinausbegleitete. Als wir in der Haustür standen, schaute sie an mir hinauf und deutete gleichzeitig auf ein Auto, einen Sportwagen in der Farbe von dunklem Schiefer, der auf der gegenüberliegenden Straßenseite geparkt war. In meinem Gehirn arbeitete es fieberhaft, was könnte das sein, ich tippte vage auf Porsche, so einen Autotyp sah ich in Stuttgart häufig, es musste ein Porsche sein.

»Was ist das?«, fragte ich trotzdem gehorsam, ich wusste, jetzt ging es nach einem verborgenen, aber festgelegten Drehbuch.

Sie, stolz: »Ein Boxter.«

Ich hatte keine Ahnung, was ein Boxter war, aber ich wusste genau, dass ich jetzt eine Geste der Würdigung machen musste, so als wäre mir völlig klar, wovon sie redete.

»Wow«, sagte ich, in meine Stimme eine Färbung jener ehrfürchtigen Bewunderung mischend, die Sachverstand signalisierte.

Bis zur Beerdigung muss ich Dean fragen, was ein Boxter ist, Dean weiß das, er kennt alle Automarken.

»Donnerwetter – da würde ich jetzt gerne mitfahren!« Das meinte ich ehrlich.

»Wirklich?« Sie strahlte.

»Ja, wirklich.«

»Ich komme bei Ihnen vorbei«, versprach sie, »und dann machen wir zusammen eine Spritztour. Mit offenem Verdeck.« Sie warf einen abschätzenden Blick gegen den Himmel mit seiner Wolkendecke, hinter dem Licht und

Wärme vom Frühling warteten, und sagte: »Heute geht das leider noch nicht.«

»Nein, wahrlich nicht.«

Sie reichte mir die Hand, und ich nahm sie, trotz Corona.

»Bis bald«, sagte sie, ehe sie zu ihrem Wagen ging, die Tür öffnete und auf dem Fahrersitz Platz nahm – mit einer königlichen Bewegung, als stiege sie in eine Sänfte.

Ich sah ihr nach, dieser scheinbar biederen, vernachlässigten Frau, wie sie ihr Fahrzeug ausparkte und schnittig davonfuhr.

Wie haben Sie überlebt all die Zeit? So!

8

Oben in der Wohnung kämpfte der Spätnachmittag mit den eingesperrten Dünsten des Mittagessens. Ich riss die Balkontür auf, um sie freizulassen. Die Tulpen auf der Fensterbank waren schon wieder in der Vase weitergewachsen, ihre Blütenkelche mit den schwarzen Stempeln weit geöffnet. Immer noch brauchte es den Frühling in der Vase.

Das beige-graue Laken über dem Waldrand war so undurchdringlich wie zuvor. Ich sehnte mich nach der Nachmittagssonne, die mir an schönen Tagen allein gehört, wie sie da in einem weiten Bogen meine nach Südwesten ausgerichtete Fensterfront hofiert und am Ende absteigt und vor dem Haus niederfällt.

Ich kramte nach meinem Handy und wählte die Nummer von Andreas. Eine leichte Unruhe nistete in mir. Was war das Wichtige, das er loswerden wollte? Musste ich mich wappnen? Doch es meldete sich nur seine Mailbox.

Ich trug meinen Laptop zum Esszimmertisch und schaltete ihn ein, um nachzusehen, was ein Boxter war.

Oder hat sie Baxter gesagt? Ich gab *baxter* ins Suchprogramm ein und stieß auf einen Anbieter für pharmazeutische Produkte. Also doch *boxter.*

Der Porsche Boxster, las ich bei Wikipedia, *ist ein Roadster mit einem Sechszylinder-Boxermotor.* Was ein

Roadster war, wusste ich wieder nicht, aber mit einem Sechszylinder-Boxermotor konnte ich etwas anfangen. Andreas' Kawasaki hatte so einen gehabt, und ich verstand zumindest so viel, dass man einen heißen Reifen damit fahren konnte. Ich scrollte die Seite hinunter und begutachtete die verschiedenen Modelle in Lackierungen, die daherkamen wie Filmstars mit Künstlernamen, Arenarot, Zenithblau, Nachtblau, Lapisblau, Ozeanjade. Ein Cabrio in einem Maisgelb, das hier Speedgelb hieß, fand ich besonders ansprechend; aber als ich es mir genau überlegte, gefiel mir eigentlich nur die Farbe, und nur der Farbe wegen brauchte ich mir keinen Boxster zu kaufen, bestimmt gab es Gegenstände in diesem warmen Maiston, die kleiner und billiger waren. Ich dachte an Frau Heines Zahnlücke, dachte, Zähne oder Porsche, ich würde immer die Zähne wählen.

Da ich schon am Laptop war, rief ich meine Mails ab.

Kirsten schickte Bilder vom letzten Auftritt unserer Band beim Jubiläum eines Handballvereins. Ich scrollte sie durch. Lauter Schnappschüsse. Kano mit dem Banjo hatte einen wettergegerbten Lederhut weit in die Stirn gezogen. Wie hatte noch mal der Aushilfsbassist geheißen? Von Fränk hinter dem Schlagzeug-Gebirge sah man nur das rote Gesicht mit dem Vollbart und zwei weiße Flecke seiner hochgekrempelten Hemdärmel. Ich selbst stand zwischen Joachim und Kirsten, die Keyboard spielte, meine Harp zwischen den Lippen, mit einer weißen Hose und einem schwarzen T-Shirt bekleidet. Joachim wollte, dass wir Schwarz-Weiß trugen bei unseren Auftritten, weswegen er seine gewohnten mondgelben Hemden regelmäßig gegen ein lilienweißes austauschte. Auf dem Foto blickte er auf die Saiten seiner Fender Stratocaster; seine lackschwarze Haartolle fiel ihm ins Gesicht. Ich zoomte seine Figur näher heran, bis sie undeutlich, aber groß war.

An irgendjemanden erinnert er mich, wenn ich bloß wüsste, an wen? Diese Frage hatte ich mir schon öfter gestellt, wenn Joachim beim Musikmachen die Stirn furchte wie auf dem Bild, wenn seine Augen plötzlich nach innen zu blicken schienen und sein Gesicht etwas Verschlossenes bekam; auch wenn er bestimmte Bewegungen machte, sich seine Tolle aus der Stirn strich oder beim Essen gedankenverloren die Gabel neben dem Teller ablegte, obwohl er noch gar nicht fertig war.

Er gleicht jemandem, wem bloß? Es war, als wartete die Antwort nicht weiter als ein paar Zentimeter von mir entfernt hinter einem dünnen Vorhang, den ich bloß beiseiteschieben musste, aber er entglitt mir, sobald ich einen Zipfel von ihm zu fassen versuchte.

Mein Handy klingelte. Andreas.

Noch bevor er zu reden begann, spürte ich, er stand oder saß in seinem minimalistischen Esszimmer, einem Raum voller Widerhall, der Stimmen härter und kantiger klingen ließ, als sie waren. Als wir noch zusammengewohnt hatten, waren wir uns über die Einrichtung unserer Wohnräume nie einig gewesen. Während ich es gern warm, bunt und flauschig mochte, war Andreas ein Verfechter von blankem Parkett und leeren Wänden; er wehrte sich gegen Teppiche, Läufer, Kissen und Vorhänge und fand all jene Dinge aus Stoff schrullig und bieder, die in meinen Augen eine Wohnung behaglich machten.

»Was gibt es?«, fragte ich forscher, als ich war.

»Ich – also, ich muss dir etwas sagen, es ist … sicher gut, wenn du das weißt.«

»Schieß los.« Ich war ja nicht aus Zucker.

Und Andreas schoss.

»Dean war bei mir.«

»Bei dir? Wann?« Meistens holte Andreas Dean zu Hause ab, um mit ihm unterwegs zu sein, oder sie trafen sich irgendwo in der Stadt.

»Vor etwa drei Wochen.«

»Was wollte er?«

»Er wollte wissen, ob ich sein Vater bin.«

Mein Herz veränderte den Rhythmus, es hackte kurze unregelmäßige Schläge in meine Brust, die nicht aus Zucker war, sich aber trotzdem anfühlte, als brächen dadrinnen kleine und auch größere Stücke von ihr ab. Meine Hand, in der ich das Mobiltelefon hielt, wurde feucht und begann zu zittern.

Als spürte Andreas meine Aufregung, schob er in entschuldigendem Ton nach: »Ich wollte dich eigentlich gleich nach Deans Besuch anrufen und dir Bescheid sagen, aber am selben Abend ist meine Mutter mit einem Herzinfarkt ins Krankenhaus gekommen. Und kurz darauf musste ich geschäftlich für zwei Wochen nach Tschechien.«

»Schon okay.« Ich schluckte und fragte mit flatternder Stimme: »Wie ... wie kommt Dean darauf? Auf diese Frage, meine ich.«

»Vor einiger Zeit wollte er mal wissen, warum ich nie ein Buch in die Hand nehme. Nie einen Roman lese.« Andreas schwieg, als wäre damit alles gesagt.

»Und dann?«, fragte ich.

»Na ja, ich habe ihm gesagt, dass mich Lesen nicht besonders interessiert. Und Dean meinte: ›Dann gleiche ich hier der Mama.‹«

Wieder machte Andreas eine Pause.

»Und weiter?«, drängte ich. »Sprich doch! Lass dir nicht jeden einzelnen Satz aus der Nase ziehen!«

»Na ja, ich habe geantwortet: ›Du gleichst in allem deiner Mama. Und jemandem, den ich nicht kenne.‹«

»Das hast du zu ihm gesagt?« Mein Herz raste, mein Atem wurde kurz. »Was ... was fällt dir ein?«, brachte ich heraus.

»Mag sein, dass es ein Satz zu viel war«, Andreas' Stimme klang stoisch. »Aber. Es. Es ... hm ... es liegt doch nahe, oder? Und mehr als das.«

Ich schwieg. Ich wusste nicht weiter.

Schließlich fragte ich leise: »Was hast du Dean gesagt, als er dich fragte, ob du sein Vater bist?«

»Die Wahrheit.«

»Die Wahrheit? Und die wäre?«

»Ich habe *Nein* gesagt.«

»Nein? Wieso?« Ich spürte, wie mich Andreas' kurze sachliche Sätze, in die er Informationen gepackt hatte, die mir neu waren, langsam, aber sicher rasend machten.

»Weil ich nicht sein Vater bin, ganz einfach.«

»Aber ... wieso ... woher willst du das wissen?«

»Ich habe mich untersuchen lassen, Ellinor.« Andreas' kantige Esszimmerstimme, nachdem er seine Salve aus einem Kaliber verschossen hatte, auf die ich nicht gefasst gewesen war, klang nun abgeklärt. »Ich kann keine Kinder machen. Das heißt ... wer immer Deans Vater sein mag, ich bin es nicht.«

»Ach du liebe Zeit! Du dickes Ei! Du grüne Neune!«

Deans Widerborstigkeit in den vergangenen Wochen – mit einem Mal war mir klar, woher sie rührte. Sonnenklar.

Andreas meinte: »Sag nicht, dass du nicht wusstest, dass Dean nicht von mir ist.«

»Nein!«, schrie ich fast. »Nein, ich wusste es nicht. Nicht mit Gewissheit. Ach ... Scheiße! Ich war mir nicht sicher. Er war ... er hätte schon auch von dir sein können ...«

Noch während die Worte aus mir herauspurzelten, kroch die Scham in mir hoch. Doch, im Grunde war ich mir sicher. Ich war mir so sicher, dass ich es fast wusste. Eigentlich. Und uneigentlich auch. Es war Theorie und reiner Selbstschutz, mir zu sagen, das Kind könnte auch von Andreas sein. Ich wollte es nicht genau wissen. Manchmal war Nichtwissen besser als Wissen. Ich hatte aufgehört, es genau wissen zu wollen, seit damals, als …

»Seit wann weißt du es?«, fragte ich Andreas.

»Schon länger. Es kam mir komisch vor, dass es uns nicht gelingen wollte, für Dean ein Geschwisterchen in Auftrag zu geben.«

»War es der Grund, weshalb du ausgezogen bist?«

»Zum Teil«, meinte er ausweichend.

»Wie hat Dean es aufgenommen?«

»Recht gleichmütig, fand ich. Ich hatte den Eindruck, es war keine große Überraschung für ihn.«

»Sicher nicht«, versetzte ich trocken, »nach deinen Andeutungen. – Und jetzt? Was machen wir jetzt?«

»Wir? Du! Ich wüsste nicht, was ich weiter machen sollte. Es war eine neue Botschaft für Dean, nicht für mich. Wenn Dean nicht gefragt hätte, hätte ich sie gut für mich behalten können. Für mich hat sich nichts geändert. Dean und ich können uns weiter sehen, wenn er will, wir können zusammen Motorrad fahren, ins Stadion gehen. Er kann mich auch besuchen kommen. Uns.«

»Euch?«

Er lachte. »Du weißt es noch nicht.« Nach einer kleinen Pause sagte er: »Ich habe jemanden kennengelernt.«

»Ach!«

»Eine neue Frau. Simone. Wir wollen demnächst zusammenziehen.«

Das wird mir jetzt ein bisschen viel.

»Vielleicht passt du besser zu ihr als zu uns«, sagte ich und konnte mir einen schnippischen Unterton nicht verkneifen.

Andreas ging nicht darauf ein. Er wollte noch wissen, wie wir die Coronakrise meisterten.

»Es gibt nichts zu meistern«, sagte ich und wurde meinen bissigen Ton nicht los, »außer Klopapier fehlt uns nichts.«

Wir beendeten das Gespräch dann ziemlich rasch.

Ich legte das Handy auf den Tisch, sank auf einen Stuhl und verbarg den Kopf in den Händen.

Dean weiß es. Er weiß etwas genauer, als ich es je wissen wollte. Er hat einen Vorsprung vor mir, einen Wissensvorsprung! Bis gerade eben.

Ich stöhnte.

Einen Schnaps! Jetzt einen Schnaps, ich brauche einen Schnaps.

Etwas Besseres fiel mir nicht ein und dann doch. Ich sprang auf, huschte in Deans Zimmer, klaute ein Zigarettenpapierchen und Tabak aus seiner Dose und drehte mir eine Kippe.

Auf dem Balkon stehend, inhalierte ich mit tiefen Zügen.

Wie soll ich Dean begegnen, wenn wir uns wiedersehen? Wie ihm alles erklären?

Meine Gedanken sprangen vom einen zum anderen.

Andreas – warum hat er mir nicht von seiner Entdeckung erzählt?

Ich hätte es gut für mich behalten können, hatte er gesagt. *Warum hat er mich nie danach gefragt, wer Deans Vater ist? Was damals geschehen ist? Selbst jetzt eben am Telefon hat er es nicht wissen wollen.*

Aber war das nicht meine eigene Devise gewesen: Nichtwissen ist manchmal besser als Wissen? Und nun hatte Dean den Ring des Nichtwissenwollens durchbrochen.

In das Gewirr meiner Gedanken drangen Fetzen eines Gesangs zu mir auf den Balkon. Die Endlosschleife aus Brahms' Requiem! Els! Ich hatte sie völlig vergessen. Nun erst, sehr verspätet, schrillten alle Alarmglocken in meinem Hirn. Hier war tatsächlich etwas ziemlich komisch. Vielmehr war es bereits entschieden nicht mehr komisch.

Ich drückte die Kippe im Blumenkasten aus, eilte in den Flur und warf mir im Gehen eine Jacke über. Dann hetzte ich die Treppe hinunter und hinüber zu Els' Häuschen. Klingelte. Drinnen rührte sich, bis auf das Leiern der Musik, nichts, stattdessen kam eine WhatsApp auf meinem Handy an: *Wenn ich nicht gebunden wäre, wärst du diejenige, welche.* Weiter ging der Satz nicht. Joachim.

Leck mich! Gleich drehe ich durch!

Ich klingelte wieder, diesmal Sturm. Nichts.

Ich rüttelte am Türknauf und rief wieder und wieder: »Els! Elsie! Mach auf! Ist alles in Ordnung mit dir?«

Keine Reaktion.

Ich kramte mein Handy aus der Manteltasche, wählte Els' Nummer und hörte es drinnen im Häuschen klingeln, fünfmal, zehnmal, fünfzehnmal.

Nimm doch ab, Els, bitte!

Doch nichts geschah, nicht einmal ein Anrufbeantworter schaltete sich ein, Els hatte keinen. Es klingelte einfach immer weiter, unterlegt mit dem verstörenden Klang der Sequenz aus Brahms' Requiem: *Das Gras ist verdorret.* Mir wurde anders. Wie hatte ich diesen Klang, der seit dem Mittag in einer grotesken Wiederholung die Räume von Els' Häuschen füllte, in den letzten Stunden so vollkommen ausblenden können? Nicht zu Ende gedacht hatte ich, dass Els womöglich in Not war, unfähig, um Hilfe zu rufen, auf sich aufmerksam zu machen.

Meine Finger zitterten, während ich in den Favoriten meines Handys nach jemandem suchte, den ich anrufen könnte. Nadja, meine Gesangslehrerin, die auch Els kannte. Ich wählte ihre Nummer. Nach dem sechsten Klingelsignal sprang die Mailbox an. Nadjas freundliche Stimme ertönte und versprach, bald zurückzurufen. Ich legte auf.

Soll ich Dean anrufen? Dean, der gerade bei dem Mädchen ist, das mit ihm gehen möchte, und darüber hinaus einen Grund hat, auf mich sauer zu sein? Unmöglich.

Kano, Kirsten, Fränk, Steffen. Alle nicht die »Richtigen« in diesem Fall, wo etwas überhaupt nicht mehr richtig war.

Richard. Wie wäre es, wenn ich Richard anriefe? Der Gedanke schoss in mir hoch wie eine Stichflamme und erlosch sofort wieder.

Ich zögerte. War das eine gute Idee? Oder eine ganz schlechte? Die Spots unserer Begegnungen blitzten vor mir auf und verschmolzen miteinander. Der Tod von Richards kleiner Tochter. Tschernobyl. Nine Eleven.

Vielleicht können wir uns mal treffen, wenn zufällig gerade keine Katastrophe passiert.

Ich sollte wohl lieber die Polizei rufen. Oder einen Krankenwagen auf Verdacht oder beides. Els brauchte wahrscheinlich Hilfe, sofern sie wirklich dadrin war, und wo sollte sie sonst sein?

Noch einmal klingelte ich anhaltend an ihrer Haustür, während ein Entschluss in mir reifte: *Lieber keine Polizei. Wenn mit Els etwas Schlimmes passiert ist, will ich nicht, dass als Erstes die Polizei in ihrem Häuschen steht, Menschen, die dort fremd sind und die noch nicht einmal ich kenne. Wenn wider Erwarten doch nichts Schlimmes passiert ist, will ich es erst recht nicht. Ich will jemanden*

bei mir haben, dem ich vertrauen kann und mit dem zu-
sammen ich überlegen kann, was zu tun ist, wenn …

Ich werde Richard anrufen, jetzt oder nie.

Mir war klar, dass das eine Entscheidung von Trag-
weite war. Wenn ich ihn anrufe, dachte ich, dann kann es
sein, dass alles von vorne beginnt. Nicht ausgeschlossen,
dass ich mein Herz, das ich notdürftig wieder eingefangen,
isoliert und vor ihm weggesperrt habe, ein weiteres Mal
verliere. Es wird eine Geschichte wie damals – mit Open
End, eine Liebe ohne Gewähr, ohne Netz und doppelten
Boden. Ist man verdammt, die Geschichten seines Lebens
immer aufs Neue zu wiederholen? Auf Gedeih und Ver-
derb mit allen Aporien? Darin hängen zu bleiben wie die
Nadel auf Els' Plattenspieler, der niemand weiterhilft?

Ich bohrte mit dem Schuh ein virtuelles Loch in den
Plattenboden vor Els' Haustür und sah die Zeit darin ver-
sickern, die ich nicht mehr hatte. Ich wollte nicht wissen,
was hinter Els' Tür war, aber wenn ich es denn herausfinden sollte, wollte ich es gerne zusammen mit Richard
herausfinden.

Ich drehte mein Handy in der Hand und rief probeweise Richards Nummer auf. Würde ich sie auf dem
Touchpad antippen? Ich ließ eine weitere halbe Minute
verstreichen, dann *tat* ich es. Ehe ich das Handy an mein
Ohr hielt, blickte ich einen Moment auf das Display,
das die Verbindung anzeigte, fassungslos darüber, wo-
hincin ich mich gestürzt hatte – wie in tiefes Wasser, ohne
schwimmen zu können. Mein Herz klopfte wie wild.

Wie alt bin ich? Wieder fünfundzwanzig? Vierzig?

Er ging nicht ran. An diese Möglichkeit hatte ich nicht
gedacht. Wieso eigentlich nicht? Es war die Schlimmste
von allen und ich hätte gerade deshalb auf sie gefasst sein
müssen.

Ich stehe im Flur meiner Pfarrwohnung, das Telefon auf dem Schränkchen vor mir, in der Hand einen Prospekt deiner Fotoausstellung, auf dessen Rand ich mir deine Handynummer notiert habe. Es ist dieselbe, die ich vor ein paar Wochen verbrannt habe. Ich tippe die Nummer ins Telefon und schicke meinen Anruf in die Ferne. Halte die Luft an, während es am anderen Ende tutet: lang gezogene Töne in längeren Abständen und sehr leise. Auch das Tuten sagt mir, dass du weit weg bist. Sehr weit weg. Keine Mailbox schaltet sich ein. Es tutet endlos, und gerade als ich denke, es hört nie auf, rücken die Tonsignale zusammen zum Besetztzeichen. Ich lege auf. Von wegen weit weg! Du bist unerreichbar.

Ich stand da mit dem Handy in der Hand, die nervtötende Phrase aus Brahms' Requiem im Ohr.

Von ihm kann mir nichts Schlimmes passieren, habe ich früher gedacht, für immer und ewig. *Was soll ich machen? Fränk, Kano, Kirsten anrufen? Alle nicht die Richtigen. Nachbarn zu Hilfe holen? Doch die Polizei rufen?* Mir blieb wohl nichts anderes übrig. Gerade als ich mich anschickte, die Eins-Eins-Null in mein Handy einzutippen, klingelte es. Eine Nummer mit lauter ungeraden Ziffern und drei Einsen am Schluss.

9

»Hallo, Richard.«

»Ellinor … Schön, dich zu hören!«

Im Hintergrund Stimmengewirr und Geräusche, die ich nicht einordnen konnte.

»Bist du unterwegs?«

»Ja, im Supermarkt.«

»Entschuldige …«

»Macht nichts. Ich stehe in der Schlange an der Kasse. Vor und hinter mir lauter Leute mit vollgepackten Einkaufswagen. Pasta, Pizza, Mehl und Klopapier. Als stünde die Apokalypse bevor. Die Angst ist ansteckender als das Virus.«

»Richard …«

»Ja?« Er wartete.

Die Aufregung in mir, die für kurze Zeit auf das Telefonat mit Richard umgelenkt gewesen war, galt nun wieder Els und dem, was in ihrem Häuschen los war. Trotzdem fehlten mir einen Moment lang die Worte. Ich wusste nicht, wie ich anfangen sollte.

»Wolltest du … wolltest du ein Treffen ausmachen?«

»Das auch«, stammelte ich, und dann stürzte es aus mir heraus: »Nein, eigentlich nicht … Richard, ich glaube, ich brauche dich als Retter in der Not. Auch wenn ich nicht ganz sicher bin, ob die Not wirklich eine ist, und wenn ja, was für eine. Und erst recht habe ich keine Ahnung, ob noch irgendetwas zu retten ist.«

»Du sprichst in Rätseln«, stellte Richard fest und ich entschuldigte mich wieder. Dann riss ich mich zusammen und erzählte ihm von Els und von der hängen gebliebenen Plattenspielernadel in ihrem Häuschen.

»Es macht mir Angst«, sagte ich schließlich. »Hältst du mich deswegen für bescheuert?«

»Keineswegs«, versicherte Richard, »eine schräge Geschichte.« Seine Stimme klang warm und verständnisvoll.

»Hat jemand in der Nachbarschaft einen Schlüssel zu Els' Haustür?«, fragte er.

»Wenn jemand einen Schlüssel hätte«, erklärte ich, »dann wäre ich es, aber ich habe keinen. Frag mich jetzt bloß nicht, warum, es ist halt so. Els ist meistens zu Hause, sie braucht niemanden zum Blumengießen, niemanden, um den Briefkasten zu leeren, und also auch niemanden, der einen Schlüssel von ihr aufbewahrt.«

»Hm. Wäre es dann nicht am besten, du rufst die Polizei?«

»Hm.« Eine Woge der Enttäuschung rollte über mich hinweg.

Was hast du gedacht? Dass er sagt, ich fliege, ich eile, dass er alles stehen und liegen lässt, sich in sein Auto wirft und mit Lichtgeschwindigkeit bei dir aufschlägt?

Ja, das hatte ich gedacht. Davon hatte ich geträumt.

Zugleich packte mich die Ungeduld. *Merkt er nicht, dass Gefahr im Verzug ist und ich ihn brauche?*

Ich schluckte und sprudelte heraus: »Polizei, das habe ich schon überlegt und verworfen. Ich glaube, wenn Els dadrin ist, und wenn ihr etwas passiert ist, dann wollte sie nicht, dass die Polizei sie findet, sondern jemand, der sie kennt. ... Richard«, ich schluckte wieder, »könntest du vielleicht herkommen und mir helfen, irgendwie in Els' Haus zu gelangen?«

»Hm«, machte er und war mir wieder zu langsam, »du meinst, ich soll dir helfen, bei deiner Nachbarin einzubrechen?«

»Bei meiner Freundin«, verbesserte ich. »Ja, darauf läuft es hinaus. Hausfriedensbruch. Schon klar. Aber ich weiß keinen anderen Weg.«

Richard sagte: »O. k. Ich bringe Werkzeug mit. Wie finde ich das genau, wo du wohnst?«

»Du brauchst nichts mitzubringen«, entgegnete ich, »ich habe einen gut sortierten Werkzeugkasten.«

»O. k.«, sagte er wieder. »Selbst ist die Frau. Und deine Adresse?«

»Tukanweg 25. Richard … ich glaube, es eilt.«

»Ich weiß.« Er legte auf.

Oben in der Wohnung holte ich meinen Werkzeugkoffer aus der Kommode im Flur. Ich hatte ihn gekauft und bestückt, nachdem Andreas ausgezogen war, um für handwerkliche Herausforderungen welcher Art auch immer gerüstet zu sein. Mit einem Einbruch hatte ich allerdings keine Erfahrung. Was brauchte man dazu? Feile, Schraubendreher, Zange, vielleicht Bohrmaschine?

Ich schleppte den Werkzeugkoffer nach unten und stellte ihn hinter der Haustür ab. Dann wartete ich draußen auf dem Gehweg, damit Richard mich gleich sehen würde und wusste, wo er parken musste, wenn er ankäme.

Der Wind vom Morgen hatte nachgelassen. Im Pflaumenbaum vor Els' Haus hackte der Specht einen unregelmäßigen Takt in die Monotonie der Requiem-Endlosschleife, die bis hierher zu hören war. Im Westen hatte jemand das über den Himmel gezogene beige-graue Bettlaken ein Stück zurückgeschlagen und den freigelegten Streifen am Horizont mit einem durchsichtigen Orangerot gefärbt, das aussah wie Els' Wildquittengelee, wenn morgens beim Frühstück die Sonne durch das Marmeladenglas schien.

Motorengeräusch ertönte und dann bog Richards Peugeot um die Ecke, vorne mit der Delle von der Liebkosung heute Vormittag. Richard stieg aus, ging um den Wagen herum und kam auf mich zu. Er steckte in einem grauen Freizeitpullover und hatte einen karierten Mohairschal lose um den Hals hängen.

Er blieb vor mir stehen, und ich dachte an die Anfangszeile eines Titels der Stones, den unsere Band im Repertoire hatte: *Baby, here I stand before you with my heart in my hand.*

Doch Richard hatte nicht sein Herz in der Hand, sondern seine Autoschlüssel, und wer stand hier vor wem?

»Danke, dass du gekommen bist.«

»Mhm«, machte er. Er warf seinen Autoschlüssel in die Luft und fing ihn wieder auf, ehe er ihn in der hinteren Hosentasche verschwinden ließ.

»Da wohnst du also.« Sein Blick schweifte, als hätte er alle Zeit der Welt, erst über das Pfarrhaus, ehe er an Els' Häuschen hängen blieb, aus dessen Schornstein sich wie am Morgen ein Rauchfaden kräuselte.

»Da willst du also einbrechen?«

Ich nickte. Einen Moment lang lauschten wir der verstümmelten Liedzeile aus Brahms' Requiem.

Das Gras ist ver-dorr-das Gras ist ver-dorr-das Gras ist ver-dorr-das …

»Klingt creepy«, sagte Richard. »Ich mag keine Probleme«, erklärte er, wie schon einmal, und ich entgegnete:

»Ich weiß. Es könnte sein, dass du deshalb jetzt am vollkommen falschen Ort bist, denn das hier«, ich wies mit dem Kinn auf Els' Haus, »das hier riecht leider nach einem ganz, ganz dicken Problem.«

»Könnte sein. Oder auch nicht. Wir gehen jetzt da rein und dann werden wir sehen.«

»Amen«, sagte ich.

»Om«, sagte Richard.

»Ich hole meinen Werkzeugkasten.«

»Lass mal«, winkte er ab. »Vielleicht geht es auch ohne Werkzeug.« Er fuhr mit den Händen in seine Hosentaschen, fand seine Geldbörse und zog eine Kreditkarte heraus.

»Was hast du vor?«

»Hab ich mal im Fernsehen gesehen, wie man das macht, vielleicht funktioniert es. Komm!«

Im Eingang von Els' Häuschen hantierte Richard mit der Scheckkarte und fuhr in den Spalt zwischen Haustür und Türrahmen, dort, wo sich das Schloss befand. Die Tür jammerte ein bisschen, sprang dann aber anstandslos auf.

»Nicht zu fassen«, murmelte ich. »In Zukunft werde ich meine Haustür immer zweimal abschließen.«

»Ich hätte nicht gedacht, dass es so einfach ist«, sagte Richard.

Er stieß die Tür auf und wollte mich vorgehen lassen.

»Ich habe Angst«, gestand ich. Nachdem ich es zuvor so eilig gehabt hatte, umklammerte plötzlich eine Faust mein Herz und hielt mich zurück.

»Nein«, sagte Richard. »Nein, nein. Komm.« Er griff nach meiner Hand, zog mich ins Haus, als wäre es seins, und schloss die Tür hinter uns.

Vor meinem inneren Auge jagten Bilder von Els vorbei,

die vorwegnahmen, was ich vielleicht gleich zu sehen bekommen würde. Ich hatte wirklich Angst. Ich wartete darauf, dass Richard meine Hand wieder losließ, er wartete, dass ich weiterging. Nichts geschah. Und dann alles auf einmal. Plötzlich lagen wir uns in den Armen. Zur falschen Zeit am völlig falschen Ort. Ich roch einen Rest Aftershave an Richards Hals und die Wolle seines Pullovers, ich hörte seine Koseworte an meinem Ohr, Worte, die ich kannte und vergessen hatte. Unsere Lippen fanden sich in Küssen. Der Augenblick gerann zur Ewigkeit. Eine Ewigkeit, die ebenso plötzlich endete, wie sie begonnen hatte.

Wir lösten uns beide gleichzeitig voneinander und wichen jeder einen halben Schritt zurück. Als hätten wir im Dunkeln geschmust und plötzlich wäre ein Licht angegangen. Richard fuhr sich mit beiden Händen durch die Haare; ich blies mir eine Strähne aus dem Gesicht.

Wir standen in Els' kleinem Hausflur inmitten des Aromas von im Keller gelagerten Kläräpfeln. Wir blickten uns an, dann blickte ich mich um.

An der Flurwand lehnte ein Schrubber neben einem Eimer Wasser, in dem ein Wischlappen schwamm. Ich bückte mich und steckte zwei Finger hinein. Das Wasser war kalt. Els hatte geputzt und es war schon eine Weile her. Die Türen zu Toilette und Wohnküche standen offen, und in der Küche war der Schrank unter der Spüle aufgesperrt, in welchem Els ihre Putzmittel verstaute. Ansonsten war alles tipptopp aufgeräumt. Auf der Abtropfe trocknete ein Suppenteller und, umgedreht, ein Topf und eins von Els' grünen Saftgläsern. Nach rechts ging es ins Wohnzimmer und von dort aus in ihr Schlafzimmer und ihr Bad. Während ich die Klinke der Wohnstubentür niederdrückte, rief ich: »Els? Elsie?! Bist du da?«, und hoffte, da sie nicht antwortete, wider alle Vernunft, dass sie nicht da wäre. Zu Richard sagte ich: »Ich fühle mich wie im *Tatort*, bloß ohne Knarre und nicht so cool.« Ich hätte in diesem Moment gern den Schneid und die Unerschrockenheit besessen, wie sie die Fernsehkommissare vor sich hertrugen, stattdessen war ich so nervös, dass ich mich fast übergeben hätte. Wie viele Türen hatte ich an diesem Tag schon geöffnet, achtlos und selbstverständlich, Küchentüren, Bürotüren, Autotüren, Briefkastentürchen, Türen auf dem Friedhof, zur Garage, zum Café. Türen aus Glas, aus Kunststoff, aus Metall, warme Türen, kalte Türen und solche, die man gar nicht sah. Die gemaserte Holztür zu Els' guter Stube verhieß heimelige Wohnlichkeit, doch würde ich das, was dahinter auf mich wartete, ertragen und je wieder vergessen können?

Ofenwärme schlug uns entgegen. Wir gingen um den Kachelofen herum, hinter dem sich Els' Sitzecke mit den Sesseln und dem Nierentisch befand, und dann sahen wir es: ein Stillleben mit Freesienstrauß auf der Tischplatte, daneben aber auch noch mit Mensch, mit Frau. Abermals blieb die Zeit stehen. Es sah aus, als hätte sich Els vor dem rechten der beiden Ohrensessel auf den Boden gekniet, um auf dem Polster einen Fleck zu entfernen, und sei mitten in ihrer Tätigkeit erschlafft und in einen hundertjährigen Schlaf gefallen. Allerdings schlief Els, deren Kopf auf der Sitzfläche des Sessels lag, mit offenen Augen, Augen, die unter ihren Diven-Wimpern aussahen wie abgelassene Teiche, auf deren Grund, was immer ihr widerfahren sein mochte, als ihr Geheimnis versickert war. Ihr leerer Blick ging irgendwohin Richtung Plattenspieler, dessen Teller sich unablässig drehte. *Das Gras ist verdorret.* Ich ging hinüber, hob den Tonarm mit der Nadel von der Schallplatte, setzte ihn in die Halterung zurück und kehrte der gestorbenen Musik den Rücken zu. Im schwindenden Licht des Spätnachmittags war Els' Gesicht ein heller Fleck. Mein Blick hing an ihren vertrauten Zügen. Dass Gesichter, in deren Augen kein Leben mehr schwimmt, noch eine Miene haben können! Friedlich, fragend, erstaunt. Ich hatte mich schon oft darüber gewundert, wenn ich vor Beerdigungen an den Aufbahrungsräumen auf dem Friedhof vorbeigegangen war. Els' Gesichtsausdruck hatte etwas Überraschtes, was daran liegen mochte, dass ihr Mund offen stand wie ihre Augen. Eine zinnfarbene Haarsträhne lag quer über ihrer Wange und sprang über ihr Kinn. Ihre linke Hand schien geballt zu sein und lag unter ihrem Gesicht, die rechte dagegen ausgestreckt auf dem Boden, ein kleines knochiges Tier, fremd, ausgezehrt. An ihrer Hand fiel mir auf, wie unnatürlich mager Els geworden war. Eine Stille, wie aus Glas geblasen, erfüllte den Raum, ein Bild ohne Ton.

Ich dachte an Els' Satz vor Jahren auf dem Wasigenstein: »Ich glaube, dass mich Geräusche mehr erschrecken können als Bilder.« Manchmal war es umgekehrt. Manchmal waren Bilder unbarmherziger als Geräusche.

Ich kauerte mich neben Els und fasste mit der einen Hand nach ihrer Hand, mit der anderen befühlte ich ihre Stirn. Beide, Hand und Stirn, hatten wie das Putzwasser im Flur die unnatürliche Kühle von Substanzen, die einmal warm gewesen waren und nicht hätten kalt werden sollen, – eine Kühle, die sich endgültig und hoffnungslos anfühlte und Worte ausdünstete wie: »Vorbei« oder »Nicht mehr zu gebrauchen«. Ich fröstelte trotz der bulligen Wärme im Zimmer und blickte über die Schulter zu Richard, der neben dem Ofen stehen geblieben war. Ich konnte sein Gesicht in der dämmerigen Wohnung nur undeutlich sehen, doch irgendwie trauten wir uns nicht, das

Licht anzumachen, so wenig wie wir uns zu sprechen trauten, als würde, solange wir es nicht taten, nicht wirklich werden, was wir sahen: Els war tot.

Es war ein Geräusch, das die gläserne Stille um uns her schließlich zerstörte. In der Ecke unter der Kommode rührte sich etwas, an ihrem Rand erschienen zwei weißrosa Pfötchen und dann eine kleine rotbraune Plüschkugel mit schwarzen Knopfaugen und spitzen Ohren. Els' Goldhamster.

»Wer ist das denn?«, fragte Richard.

»Ihr Adoptivkind«, sagte ich leise. »Es ist ihr zugelaufen.«

Richard kam herüber und ging neben Els und mir in die Hocke.

»Sieht aus, als wäre sie gestürzt, oder jedenfalls, als hätte sie sich nicht mehr auf den Beinen halten können«, sagte er. Mit einer sanften Bewegung legte er sich Els' rechten Arm um die Schulter, hob ihren Kopf vom Sitzpolster und legte ihn zusammen mit ihrem Oberkörper behutsam auf dem Flokati vor dem Sessel ab, sodass Els nun auf dem Rücken lag, allerdings mit angewinkelten Beinen. Es gelang uns nicht, die Starre in ihren Knien zu lösen. Auch Els' linker Arm, durch die Veränderung ihrer Liegeposition nunmehr über ihrem Kopf wie zum Kampf gereckt, war steif, und die geballte Hand daran, die unter ihrem Gesicht geklemmt hatte, blieb in ihrer unnatürlichen Verkrampfung erstarrt. Obwohl ich wusste, wie vergeblich es war, beugte ich mich über Els und legte mein Ohr auf ihren Brustkorb. Ein feiner Blumengeruch stieg von ihrem Körper auf. Der Tod duftete nach Verbenen! Ich dachte daran, wie Els einst im Elsass zu Dean in diesem Moment vollkommener Stille gesagt hatte: »Ich kann dein Herz schlagen hören.« Ich hätte alles Mögliche dafür gegeben, Els' Herz schlagen zu hören.

»Wir müssen einen Arzt rufen«, sagte ich. Ich grub in meiner Hosentasche nach meinem Handy, tippte die Eins-Eins-Null ein, wie ich es vorhin, ehe Richard sich gemeldet hatte, schon hatte tun wollen.

»Wir brauchen einen Notarzt«, hörte ich mich zu einer geschäftsmäßig klingenden Männerstimme sagen. Warum Notarzt, ging es mir durch den Kopf, während ich Els' Wohnadresse durchgab, warum sage ich Notarzt, als gäbe es noch etwas zu retten, ein ganz normaler Doktor tut es auch.

Ich griff nach einem Plaid und breitete es über Els' Körper. Als hätte ich mit ein bisschen künstlicher Wärme ihren Tod rückgängig machen können.

Mein Blick folgte dem Hamster, der ratlos um Els, Richard und mich herumlief. Behutsam griff ich nach dem Tier und setzte es in das Gehege unter den Wandregalen, das Dean irgendwann im vergangenen Herbst für es gezimmert hatte. Er, nicht Els, hatte dem Hamster einen Namen gegeben, ihn »Schnäuzelchen« genannt, wie der Reihe nach alle seine Haustiere geheißen hatten, ein Meerschweinchen, zwei in verschiedenen Jahren überwinternde Igel, eine weiße Maus, Tiere, deren Schicksale sich ähnelten und aus Menschen- oder aus Kindersicht nicht unbedingt schön waren. Keine von Deans Geschichten mit Haustieren hatte ein Happy End gefunden, weshalb Dean sich immer einen Hund gewünscht hatte, den er Idefix nennen würde, doch nur solange er klein war, später sollte er Balu heißen. Ich hatte ein Veto eingelegt, nicht gegen die Namen, aber gegen den Hund, ich wollte kein Tier, das man bei zwanzig Grad minus Gassi führen musste, das einem die Bleibe am Urlaubsort diktierte oder einen zwang, die Ferien auf Balkonien zu verbringen. Lieber fand ich mich damit ab, von Zeit zu Zeit

Hiobsbotschaften überbringen zu müssen, wenn wieder mal ein Schnäuzelchen das Zeitliche gesegnet hatte oder entlaufen war oder ausgewildert werden musste, Dean, es ist Zeit, Schnäuzelchen in den Garten zu setzen, Schnäuzelchen ist abgehauen, Schnäuzelchen liegt tot im Käfig.

Ich seufzte. Irgendwann im Lauf dieses Abends würde ich Dean eine Hiobsbotschaft begreiflich machen müssen, gegen die sich alle bisherigen harmlos ausnahmen.

»Was ist?«, fragte Richard.

Ich schwieg. Ich kauerte wieder neben ihm. Bei meinen Beerdigungen bisher war ich immer froh gewesen, dass der Kelch, den es bedeutete, eine Todesnachricht zu überbringen, an mir vorüberging; dass das Unabänderliche, wenn auch unverdaut, schon auf dem Tisch lag, wenn ich auf die Angehörigen traf; dass sie schon alles hinter sich hatten, Fassungslosigkeit, Ausbrüche, Wutanfälle, Beschwörungen, »sagen Sie, dass das nicht wahr ist!« Diesmal spielte ich keine Nebenrolle; diesmal war etwas zu Ende und ich war mittendrin.

»Ach, Richard, wie soll ich Dean bloß beibringen, dass Els …«

»Ja«, sagte Richard, »ja, das ist hässlich, es gibt nichts Hässlicheres.«

Er schwieg. Ich betrachtete ihn scheu von der Seite. So nah wir uns vorhin gewesen waren, so fern war er auf einmal, gebannt in einer anderen Zeit.

»Damals bei Katharinas Tod«, ich hielt inne, unsicher, ob ich weitersprechen durfte, »warst du es, der sie … gefunden hat?«

»Wie bitte?« Er schaute auf, sein Blick kam von weit her.

Ich wiederholte meine Frage, jetzt etwas selbstbewusster; während ich fragte, hatte ich entschieden, dass ich es durfte, denn ich wusste jetzt, wie es sich anfühlte, einen Toten zu finden oder eine Tote.

»Hast du entdeckt, dass Katharina nicht mehr lebte?«

Er nickte langsam mit einem seltsamen Ausdruck in den Augen.

»Angelika …?«

»War nicht zu Hause, sie arbeitete ja damals als Security-Kraft am Flughafen und hatte Frühdienst an diesem Morgen.«

»Und du musstest …«

»Ich habe sie angerufen. Und dann konnte ich es ihr nicht sagen. Ich habe kein Wort herausbekommen. Ich kam mir vor wie bei einem Geständnis. Als wäre ich schuld an Katharinas Tod, indem ich schon davon wusste und sie noch nichts ahnte. Sie hat mich angeschrien, sprich doch, was ist los, am Ende hat sie es erraten.«

»Wie habt ihr es verarbeitet?«

Verarbeitet, blödes Wort. Als verarbeitete man ein Material, Holz oder Stoff oder Mehl. Kann man den Tod verarbeiten? Wird man jemals fertig damit? Kommt am Ende Fertiges heraus – etwas wie ein Tisch, ein Kleid, ein Brot, Dinge, die einem beim Leben helfen und verhindern, dass man einem geliebten Menschen hinterherstirbt?

»Angelika hat sich in die Trauer gestürzt, ich mich in die Arbeit«, sagte Richard in meine Gedanken hinein. »Sie hat geweint, ich habe gefilmt. Fotografiert. Blumen hinter Gittern. Sonne hinter Wolken. Verschlossene Türen. Ich weiß nicht, was besser war. Wir waren jeder allein mit Katharinas Tod. Mit dem Tod ist man immer allein.«

Diesmal schwiegen wir sehr lange. Der Duft der Freesien verbreitete, völlig unpassend, einen Hauch von Frühling im Zimmer. Eine erwachte Fliege umkreiste Els' Kopf und ließ sich auf ihrer Stirn nieder. Ich verscheuchte sie. Dann fasste ich nach einer von Els' zinnfarbenen Strähnen und ließ sie durch meine Hand gleiten.

»Weich und warm«, sagte ich. »Ihr Haar ist nicht gestorben.«

»Nein«, sagte Richard, »Haar lebt ewig.« Er zog seine Geldbörse aus der Hosentasche, öffnete sie und kramte. Schließlich hielt er mir ein Tütchen hin mit etwas Braunem darin. »Eine von Katharinas Locken. Ihr Haar war zum ersten Mal so lang, dass man ein Zöpfchen machen konnte.«

»Darf ich mal fühlen?« Meine Finger fuhren in das Tütchen und berührten das braune Haarbüschel eines kleinen Mädchens, das lange vor Els gestorben war. Kringellöckchen, schimmernd und seidig. »Viel weicher als das Haar von Els.« Ich lächelte.

Er steckte das Tütchen zurück und sagte übergangslos: »Erzähl mir von Dean.«

»Von Dean?« Ich fuhr zusammen. Meine Stimme klang erschrocken und ich ärgerte mich.

»Jetzt? Hier? Bei Els?«

Er nickte.

»Wieso?«, fragte ich misstrauisch.

»Wieso nicht? Wir haben von Katharina gesprochen, die tot ist, warum sollen wir nicht von Dean sprechen, der lebt? Wie ist er? Ähnelt er dir?«

Ich zuckte die Schultern. »Ich weiß nicht. Andere sagen, dass er mir ähnlich sieht, ja. Ob er es auch ist? Das steht auf einem anderen Blatt.«

»Auf welchem?«

»Du fragst Sachen. Er liest gerne, ich auch. Interessiert sich für Autos, ich mich nicht. Letztes Jahr hat er den Führerschein gemacht.«

»Wie alt ist er?«

»Achtzehn«, sagte ich, ehe ich merkte, dass ich einen Fehler gemacht hatte. Ich hatte nachgedacht, aber nicht lang genug.

Richard schwieg. Vielleicht rechnete er.

Gleich wird er sagen, dann warst du schwanger damals, als wir …

Aber Richard fragte nicht.

»Es geht nicht so gut zwischen uns gerade«, sagte ich rasch. »Zwischen Dean und mir. Er ist dabei, sich abzunabeln.«

»Abzunabeln, inwiefern?«

»Das Übliche. Er will kein Abitur machen … und so.«

Und das Unübliche.

Ich dachte an mein Gespräch mit Andreas vorhin. Lichtjahre schien das her zu sein.

»Und deine Kinder?«, wechselte ich das Thema.

»Sind keine Kinder mehr. Wie gesagt.« Er lachte leise. »Sie leben ihr eigenes Leben, wie, weiß ich nur zum Teil. Kaya ist achtundzwanzig, Lars vierundzwanzig.«

Wieder schob er die Hand in die hintere Hosentasche. Zog diesmal sein Handy heraus. Scrollte in seiner Galerie nach Fotos. Hielt mir das Display hin. Seine Tochter posierte auf einer Themsebrücke mit den Houses of Parliament im Hintergrund. Alles an ihr war groß und auffallend – die riesigen Augen von Angelika und Richards geschwungener sinnlicher Mund, die runden Ohrringe unter ihrer Bobfrisur. Eine junge Frau, die es nicht nötig hatte zu lächeln, um zu gefallen. An ihrem linken Arm hing ein halbes Kilo Silberreifen.

»Dean hat an der gleichen Stelle ein Dutzend Eintrittsbändchen von Festivals«, sagte ich. »Novarock, Rock am Ring, Rock im Park. Besucht Kaya auch Rockkonzerte?«

»Ja, tut sie.« Richard lachte wieder sein leises Lachen.

Ich hätte jetzt mein Handy zücken können wie er, um nach Fotos von Dean zu scrollen – warum tat ich es nicht? Zeigte man anderen nur Fotos von Menschen, die weit weg waren? Dean aber war quasi nebenan, auch wenn er gerade das Mädchen besuchte, das mit ihm gehen wollte.

Richards Sohn ähnelte seiner Ex-Frau und wirkte irgendwie strebsam; er hatte ein Headset auf dem kurzen blonden Haar und beugte sich über ein Pult mit Büchern, einen Ort, an dem ich Dean schon lange nicht mehr hatte sitzen sehen.

Gewinner, dachte ich, Richards Kinder sind Gewinner. Auf geraden Straßen unterwegs, mit einem klaren Ziel vor Augen, das sie zweifellos erreichen werden. Oder schon erreicht haben. Sieht nicht so aus, als hätten sie durch die Trennung ihrer Eltern irgendeinen Schaden genommen.

»Sieht so aus, als hättet ihr sie gut erzogen, eure Kinder.«

»Ach was, Erziehung!«, sagte er mit einer Handbewegung, »Erziehung gibt es sowieso nicht. Für Erziehung war ich zu oft weg. Wenn ich heimkam, habe ich an ihren Betten gesessen und ihnen Geschichten erzählt. Und sie haben mir ihre Geschichten erzählt. Von ihren Ausflügen mit Freunden an den Pazifik, vom Quetzal, dem Wundervogel, vom Regenwald und von heißen Quellen. Denn das alles gab es dort, wo sie eine Zeit lang zu Hause waren, in Costa Rica, und sie haben es kennengelernt wie ihre Westentasche, was keine Kunst war – das Land selbst ist nicht viel größer als eine Westentasche.« Er lachte.

»Wie lange ist es her, dass ihr auseinandergegangen seid, Angelika und du?«, fragte ich.

»Acht Jahre«, sagte Richard. »Aber, wie ich dir schon gesagt habe, unsere Ehe stand lange Zeit vorher auf tönernen Füßen, am Ende nur noch auf dem Papier. Nicht die Liebe, sondern das Unterwegssein hat es uns miteinander aushalten lassen. Der Tod mag einen trennen, Kinder und die Fremde binden Menschen aneinander. Als wir den Schlussstrich gezogen haben, lebte Kaya schon als Studentin in einer WG, und Lars war auf einem Schüleraustausch in Australien, den er dann noch verlängert hat. Als er wiederkam, war er erwachsen. Oder sagen wir, jedenfalls kein Kind mehr.« Er hielt inne, fixierte gedankenverloren einen Punkt auf dem Fußboden und fuhr dann fort: »Ich bin froh, dass wir es ohne Schuldzuweisungen, Zerwürfnisse und dergleichen geschafft haben. Einmal im Jahr machen wir alle vier eine Woche gemeinsam Urlaub«, seine Stimme wurde lebhafter, »immer in einer Ferienwohnung. Wir diskutieren, wandern, kochen, wetten, streiten, aber immer so, dass es nicht unangenehm wird. Es ist vertraut, interessant und meistens auch lustig, und dann gehen wir wieder unserer Wege, jeder für sich.«

»Wie schön für euch, das freut mich«, sagte ich spröde.

Für Dean und mich hatte es nach der Scheidung keine gemeinsamen Urlaube mehr mit Andreas gegeben und eigentlich war ich immer froh darüber gewesen. Doch Richards Schilderung machte mich neidisch. Eine Bilderbuchfamilie trotz Trennung und über die Trennung hinaus! Warum hatte ich es für Dean nicht ebenso gut hinbekommen wie er für seine Kinder?

Das Brummen eines Autos, das draußen vorfuhr, riss mich aus meinen Grübeleien. Gleich darauf ertönte das Dieselgeräusch eines zweiten größeren Wagens, und dann schob sich vor Els' Wohnzimmerfenster mit den Umrissen der Topfpflanzen und der tönernen Katzen ein Rechteck, das zu einer Ambulanz gehörte. Sie versprühte Blitze in

Blau, die eine unwirkliche Aufregung verbreiteten, eine Aufregung, die wir längst hinter uns hatten.

Unser Gespräch hatte mich Els und was ihr geschehen war einen Moment lang fast vergessen lassen. Als hätte sich ihr Tod in etwas Sanfteres, weniger Endgültiges verwandelt, als bewachten wir nicht ihr Gestorbensein, sondern ihren Schlaf, einen sehr tiefen Dornröschenschlaf.

Autotüren schlugen, auf dem Gartenweg näherten sich Schritte der Haustür, die wir angelehnt gelassen hatten, die Klingel trällerte und signalisierte: Wir kommen!

Drei Sekunden später stand ein Arzt mit Köfferchen in Els' Wohnzimmer, gefolgt von zwei Sanitätern. Alle waren von oben bis unten in weiße Schutzkleidung verpackt. Wir sahen nur ihre Augen.

Einer der Sanitäter suchte und fand den Lichtschalter, und das Deckenlicht, eine Energiesparlampe in einer ausgebleichten Papierlaterne, sprang an. Es war ein unfreundliches Licht, das den Raum kühl machte, weshalb Els es fast nie benutzte.

Richard und ich erhoben uns, um Platz zu machen.

Der Arzt betrachtete Els mit einem Blick, der schon vieles gesehen hatte und einordnen konnte. Er strahlte eine Ruhe und Routine aus, wie sie vielleicht auch von mir ausgeht, wenn Menschen zum Beerdigungsgespräch zu mir kommen.

»Wie ist sie hierhin auf den Boden gekommen?«, fragte er, während er sich neben Els niederließ und verschiedene Instrumente aus seinem Koffer kramte.

Ich erzählte, wie wir Els gefunden hatten.

»Möglicherweise ist sie gestürzt«, sagte auch er, so wie zuvor Richard. Er nahm Els' Hand und fühlte den Puls. Er schlug das Plaid zurück, das ich über Els gebreitet hatte, und horchte nach Herztönen. Er leuchtete mit einem Lämpchen in die Dunkelheit von Els' Augen und drückte die Augen dann zu. Er krempelte die Hosenbeine ihrer alten grauen Jeans und die Ärmel ihres Strickpullovers hoch und befühlte ihre Glieder. »Negativ«, sagte er schließlich zu den Sanitätern, als ginge vor allem sie das etwas an, und erst dann zu Richard und mir: »Nichts mehr zu machen, tja, leider. Mein Beileid. – Sind Sie die Tochter?«, fragte er dann, wobei er von mir auf Els blickte und es selbst nicht glaubte. »Nein, das sind Sie nicht.«

»Ich bin ihre Nachbarin, Freundin.«

»Ach so.« Er wollte nicht wissen, wie wir ins Haus gekommen waren.

»Hat sie Angehörige?«

»Einen Sohn und eine Tochter.«

»Adresse?«

»Keine Ahnung. Ich weiß nur ihre Vornamen: Achim und Dolores.«

Er sah sich im Zimmer um, als wäre er schon einmal da gewesen und müsste sich nur erinnern. Sein Blick fand Els' kleines Notizbuch neben dem alten blauen Telefon. Seit ich denken konnte, hatte es immer dort gelegen, Els' Geschichte zwischen zwei Buchdeckel aus braunem Schlangenleder-Imitat gepresst, chiffriert in Ziffernfolgen, geheime Codes, mit denen Els in ihre Vergangenheit telefonieren konnte, was sie selten tat.

Zu den Sanitätern gewandt, die mit verschränkten Armen beim Kachelofen standen und in ihren Schutzmonturen aussahen wie Zwillinge, sagte der Arzt: »Schaut mal nach, ob ihr eine Telefonnummer findet. Danach könnt ihr wieder gehen, das ist ein Fall für das Bestattungsunternehmen.«

Einer der Sanitäter nahm Els' Büchlein an sich und schlug es auf, während er und sein Zwilling nach draußen gingen. Eine heiße Flamme von Ärger und Eifersucht schlug in mir hoch, als täten die beiden etwas Ungehöriges, etwas, was sich mir immer verboten hatte – sie stocherten in Els' Leben herum. Els war in den letzten Jahren ein Teil meiner Familie gewesen, immer hatte ich gedacht, es genüge, was ich von ihr wusste, und hatte nicht mehr wissen wollen; nun, da sie tot war, reichte mein Wissen plötzlich nicht mehr aus, es galten andere Gesetze, und ich fühlte mich betrogen. Ich fasste nach Richards Hand wie nach einem Anker.

»Woran ist sie gestorben?«, fragte ich mit kratziger Stimme.

»Herzversagen«, sagte der Arzt. »Das muss aber nicht die Ursache gewesen sein. Es kann eine Vorerkrankung dahinterstecken. Oder etwas Akutes.«

»Covid 19?«, fragte ich.

»Möglich. Haben Sie irgendwelche Symptome bei ihr bemerkt?«

»Nicht dass ich wüsste. Sie war nur oft sehr müde in letzter Zeit. Allerdings bin ich in den letzten beiden Tagen nicht bei ihr gewesen.«

»Sie ist sehr dünn. Eine Untersuchung wird die Todesursache endgültig klären. Der Hausarzt muss das veranlassen. Er muss sowieso kommen, um den Totenschein auszustellen.«

Er selbst könne nur ein vorläufiges Dokument ausfertigen.

»Sie sollten sich dennoch schützen«, sagte er mit Blick auf Richard und mich.

»So wie Sie? Kommen Sie deshalb mit Schutzkleidung? Wegen des Virus?«

»Man kann nichts ausschließen.«

»Kann man sagen, wann sie gestorben ist?«, fragte ich.

»Es dürfte etwa fünf Stunden her sein, seit der Tod eingetreten ist.« Der Arzt wiegte den Kopf. »Also irgendwann zwischen halb eins und halb zwei Uhr.«

»So früh schon?«, platzte ich heraus. Das bedeutete, dass Els nicht mehr zu retten gewesen wäre, auch wenn ich der Sache mit der Brahms-Endlosschleife schon nach meinem Besuch von Deans Zimmer weiter nachgegangen wäre.

Der Arzt nickte. Sein Handy piepste. Wie ruhig er war, alles an ihm war ruhig und sicher, seine Stimme, seine Bewegungen, die Hand, der Daumen, mit dem er den Anruf wegdrückte. Er war ruhig, viel ruhiger als ich, kein Wunder: Ich hatte Els verloren, er nur einen Wettlauf mit dem Tod, einen Wettlauf, wie er ihn täglich vielfach zu absolvieren hatte, und dieser war von vornherein nicht zu gewinnen gewesen. Trotzdem beneidete ich ihn nicht. Nicht um diesen ständigen Wettlauf, nicht um den Konkurrenten, mit dem er um die Wette lief, einen Konkurrenten, mit dem man nicht spaßen, nicht verhandeln kann, der mit harten Bandagen kämpft und seinerseits nur mit solchen in die Flucht geschlagen werden kann. Wer macht das freiwillig, woher die Nerven nehmen für so einen Job, woher erst die Nerven nehmen, wenn es Spitz auf Knopf steht und man zugeben muss, dass der Kampf verloren ist, hat man Nerven wie Drahtseile oder vielleicht gar keine mehr? Nein, ich beneidete ihn nicht, oder vielleicht doch? Er konnte Leben retten, ich bloß trösten und auch nur Menschen, die sich trösten lassen wollten und nichts Besseres in Reserve hatten.

Der Doktor nahm eine Mappe aus seinem Koffer, entfaltete ein Din-A4-Blatt auf dem Nierentisch und erkundigte sich nach Els' Personalien. Ich gab Auskunft, so gut ich konnte, und er notierte alles in einer Schrift, die es eilig zu haben schien und nach vorne strebte, ohne unordentlich zu sein.

Einer der Sanitäter kam noch einmal ins Zimmer zurück.

»Wir haben den Sohn erreicht«, sagte er, »er hat versprochen zu kommen, es wird bald jemand da sein.« Er legte Els' Notizbüchlein an seinen Platz neben dem Telefon zurück.

»Gut. Warten Sie so lang?«, fragte mich der Arzt und ich nickte.

»Berühren Sie sie nicht und halten Sie Abstand.«

Er faltete das Din-A4-Blatt zweimal und steckte es in einen Umschlag. »Für die Angehörigen«, sagte er, als wäre neben Els' Sohn ein weitverzweigter Clan zu erwarten, dessen Mitglieder alsbald nacheinander in ihr Häuschen spazieren würden.

10

Als wir wieder allein waren, schaltete ich die dotter-
gelbe Tütenlampe auf dem Kaminsims an. Die Augen von
Els' Mann Martin auf einem Foto in silbernem Schmuck-
rahmen schauten mich an. Ich wünschte mir, ich hätte ihn
fragen können, was sich am Mittag hier in Els' Wohnzimmer abgespielt hatte. Was der Arzt über den Zeitpunkt ihres Todes gesagt hatte, hatte mich nur teilweise
erleichtert. Ich dachte daran, wie ich nach meiner Rück-
kehr aus der Stadt überlegt hatte, ob ich bei Els vorbeigehen und ihr die Veilchen-Handcreme und die Badeperlen geben sollte. Später, hatte ich mir gesagt, und nun
war es zu spät. Hätte ich etwas gemerkt, wenn ich ge-
klingelt hätte, hätte es ein »Rechtzeitig« gegeben, das ich
versäumt hatte?

Andererseits – selbst wenn ich rechtzeitig gekommen
wäre –, wer sagt, dass ich Els hätte retten können. Viel-
leicht hätte ich ihr beim Sterben zuschauen müssen. Und
wer weiß, ob sie das gewollt hätte: dass ihr jemand beim
Sterben zuschaute.

»Ob Els wirklich mit Corona infiziert war?«, überlegte ich laut und löschte das ungemütliche Deckenlicht.

»Falls sie das Virus hatte, muss sie sich irgendwo angesteckt haben«, sagte Richard. »Ist das wahrscheinlich?«

»Sie war kaum mehr draußen in letzter Zeit.« Ich nahm

meinen Platz auf dem Boden neben Els wieder ein und dachte nach. »Das letzte Mal vor eineinhalb Wochen, kurz nach den Faschingsferien. Sie hat ihren Backtag gemacht. Es sind immer eine Menge Leute aus der Siedlung gekommen, Frauen, meist junge, ein oder zwei Männer und viele Kinder. Anfang März hat noch keiner von Mindestabstand gesprochen und davon, Sozialkontakte zu meiden. Vielleicht da, vielleicht hat sie sich da angesteckt.«

»Warst du auch dabei?« Richard hatte sich neben mich gesetzt.

»Natürlich! Els' Backtage lasse ich mir nie entgehen. Sie sind immer ein soziales Event! Man steht beieinander, trinkt parfümierten Tee, den Els in Thermoskannen gefüllt hat, lässt einander vom Gebäck naschen, tauscht den neuesten Klatsch aus und nimmt sich auch mal in den Arm. – Mein Gott, wie rede ich! Es ist vorbei. Es war das letzte Mal. Els wird nie wieder Backtage veranstalten.«

Auf einmal war mir zum Weinen.

Ich hatte es immer geahnt. Auf wie viele Begegnungen mit dem Tod blickte ich zurück, wie viele Beerdigungen hatte ich in meinem Leben gehalten und war mir dabei vorgekommen wie bei einer Feuerwehrübung, einer, die mir im Brandfall nicht helfen würde. *Gib acht, wenn es ernst wird, bist du genauso wenig gewappnet wie alle anderen.* Nun war er eingetreten, der Brandfall, und ich war trotz meiner ständigen Präsenz in Trauerhäusern, Aussegnungshallen und auf Friedhöfen nicht auf ihn vorbereitet. Hier saß ich, ohne Sicherheitsabstand zu Richard, zu Els, zum Tod. Der Tod, wenn er kommt, hält keinen Abstand ein. Er hält sich weder an Privatsphäre noch an Termine noch an Pläne, er benimmt sich wie ein Rüpel und wütet im Alltag, wie es ihm passt. An den Tod gewöhnt man sich nie.

»Ach, Richard«, klagte ich, »warum hört es mit dem Leben immer beschissen auf? Warum endet es immer mit Trennung, Trauer und Schmerz?« Ich wühlte in meiner Jeans nach einem Tempo und fand keins. Ich, die Pastorin, die immer Taschentücher bereithielt, hatte keinen Fetzen, um mir meinen Jammer aus den Augen zu wischen.

Richard reichte mir aus dem unerschöpflichen Fundus seiner Hosentaschen ein zerknülltes Tempo.

»Gebraucht, aber besser als nichts«, sagte er.

»Man kann es drehen und wenden, wie man will, es mag so schön gewesen sein, wie es will, am Ende geht es immer scheiße aus«, fuhr ich fort. »Der Tod ist ein blöder Spielverderber, ein verdammter Egoist, skrupellos und ohne Gewissen. Er nimmt dir weg, was dir lieb und teuer ist, nichts ist ihm heilig. Wenn du versuchst, mit ihm zu handeln, lacht er dich aus. Kein Wunder, dass er immer als Gerippe gezeigt wird, mit einem hässlichen Grinsen im Gesicht.«

Ich trocknete mir mit Richards gebrauchtem Tempo die Augen.

Plötzlich fiel mir etwas ein.

»Els hat geahnt, dass sie bald sterben muss«, sagte ich.

»Tatsächlich? Hat sie mit dir darüber geredet?«

»Sie hat von ihrem Tod geträumt«, sagte ich. »Sie hat diesen ganzen Tag vorher geträumt, von dir, von mir, von Dean, von der Coronaepidemie.«

»Das musst du mir erklären«, sagte Richard.

Und so berichtete ich ihm von Els' Traum, den sie mir an jenem Tag kurz vor Weihnachten an ihrem Gartenmäuerchen erzählt hatte, als ich gerade von einer Beerdigung zurückgekommen war. Von einer weiten, weiten Reise, viel weiter als über die Weltmeere hatte sie erzählt, einer Reise, die sie nicht glücklich, sondern wehmütig gemacht hatte. Auf einmal war die Botschaft des Traums sonnenklar.

»In eine altertümliche Kogge mit geblähten Segeln ist sie gestiegen, und es war eine Frau im langen Kleid an Bord, die sie mitgenommen hat.«

»Vielleicht war es Santa Muerte«, sagte Richard.

»Santa Muerte? Die Kogge?«

»Nein, die Frau. Eine weibliche Ausgabe vom Tod. Vom grinsenden Gerippe, das bei uns immer männlich ist. Die heilige Tödin.«

»Sag bloß! Das gibt es?« Ich starrte Richard an. »Wie kommst du darauf? Wo hast du das her?«

»Ich bin in meiner Zeit in Lateinamerika darauf gestoßen. Die Menschen verehren Santa Muerte als Schutzheilige. Sie rufen sie um Gesundheit, Liebe und Glück an. Man stellt sie dar als Frauengestalt in einem seidenen roten Gewand und mit einer goldenen Krone. Die Wurzeln der Vorstellung liegen wohl bei den Azteken.«

»Sag bloß«, staunte ich wieder. »Davon hatte ich keine Ahnung.«

»Santa Muerte hat sogar ihren eigenen Feiertag«, fuhr Richard fort. »Día de los muertos. Anfang November. Ein fröhliches, farbenfrohes Fest. Die Menschen verkleiden sich und feiern nachts auf den Friedhöfen. Sie nehmen die Lieblingsspeisen ihrer Verstorbenen mit; manchmal schlafen sie neben den Gräbern.«

»Verrückt!« Ich schüttelte den Kopf. »Bei uns wäre das ein Sakrileg, ein Skandal, der Gipfel der Perversität. Es würde den meisten Menschen einen Schauder über den Rücken jagen. Ist es nicht unheimlich?«

»Nein, überhaupt nicht. Ich habe so eine Nacht einmal miterlebt in Managua. Essende und feiernde Menschen am

Grab ihrer Liebsten. Kerzen, bunte Papierblumen und Girlanden. Die Toten und die Lebenden rücken zusammen. Ich habe an Katharina gedacht und an die Beerdigung, die du damals gehalten hast. Es war, als fiele eine Last von mir ab. Die Menschen dort gehen unbefangener mit dem Tod um als wir, sie haben keine Berührungsängste. Der Tod ist etwas Natürliches, eine Tür zu einer weiteren Station des Lebens, kein eiskalter, grausamer Schnitt wie bei uns. Das Bild von Santa Muerte passt dazu.«

Ich versank in Schweigen. Der Tod eine Frau, eine Tödin. Das Pendant und zugleich eine freundlichere Variante vom Schnitter Tod. Eine Gestalt, nicht schwarz, sondern rot, nicht hartherzig und brutal, sondern weich und mitfühlend, vielleicht fröhlich.

Schließlich sagte ich gedankenverloren: »Wenn mein Ende naht, kommt Santa Muerte, legt mir den Arm um die Schulter und führt mich weg. Sie findet den richtigen Zeitpunkt und sorgt dafür, dass ich keine Schmerzen habe. Ist es das, was sich die Menschen in Lateinamerika vorstellen?«

»Das hast *du* gesagt«, lächelte Richard, »möglich.«

»Eine Schwester Tod«, murmelte ich, »vielleicht eine Mutter.«

Ich spürte, wie die Faust, die sich seit vorhin um mein Herz krampfte, den Griff lockerte. Vielleicht war Els nicht erbarmungslos aus ihrem Leben herausgerissen, sondern behutsam hinweggetragen worden.

Es gab keinen Trost an diesem Abend, aber das Bild von Santa Muerte war einer.

Ich betrachtete Els' Hand, die ich nicht mehr anfassen sollte, und hätte nichts lieber getan, als sie zu streicheln. Ich erinnerte mich an die Handcreme mit der Veilchen-Duftnote, die ich morgens – war es wirklich erst an diesem Morgen gewesen? – im Drogeriemarkt für Els gekauft hatte, und plötzlich hatte ich eine Idee.

»Warte mal«, sagte ich zu Richard und stand auf. »Ich komme gleich wieder.«

Ich rannte hinüber ins Pfarrhaus, jagte die Treppen zur Wohnung hoch. Auf dem Flurschränkchen lag die Handcreme-Tube und sah noch genauso aus, wie ich sie morgens gekauft hatte, neu und unversehrt. Wie haltbar im Verhältnis zu allem Lebendigen sind doch die »toten« Dinge: Handcreme-Tuben, Möbel, Haushaltsgegenstände. All die leblosen Sachen sind unverwundbarer als die Lebenden und fähig, sie zu überdauern.

In einer Küchenschublade musste noch eine Packung Einweghandschuhe sein.

Mit der Tube und der Packung in der Hand kehrte ich in Els' Wohnzimmer zurück und ließ mich vor ihr nieder.

»Was hast du vor?«, fragte Richard.

»Eine Art letzte Ölung«, sagte ich. »Mit Veilchenduftnote.«

»Willst du das wirklich machen? Sie anfassen? Trotz ärztlicher Warnung?«

»Mit Handschuhen. Im Übrigen – die Warnung kam zu spät. Ich habe doch Els eh schon angefasst, du übrigens auch, *so what*?«

Ich kniete mich vor Els hin, streifte mir eine zweite Haut über die Hände und öffnete die Tube. Frühlingsduft, der sich mit dem der Freesien auf dem Tisch mischte! Ich tupfte mir einen Klecks Creme in die Handfläche, der butterig und appetitlich aussah und auch so roch. Dann nahm ich Els' Hand, die mehr und mehr zu Keramik wurde, und begann sie einzucremen. Erst den Handteller, liniert in seiner ganz eigenen, unverwechselbaren Symmetrie, dann die Handoberfläche, auf der sich das Delta

der Venen vollkommen in ein unsichtbares Flussbett zurückgezogen hatte, und schließlich jeden Finger einzeln.
Selbst durch den Latex der Handschuhe hindurch spürte
ich die Kälte von Els' Hand. Die Hand war immer noch
Els', auch wenn sie sich nicht so anfühlte; ihr Gesicht dagegen, das sich vorhin, als wir sie gefunden hatten, noch
ähnlich gewesen war, mutierte zusehends zu einer Maske,
die ihr nicht glich. Während Els' Anwesenheit, bevor der
Arzt und die Sanitäter gekommen waren, noch spürbar,
fast greifbar im Raum gestanden hatte, hatte sie sich jetzt
verflüchtigt, die Nabelschnur war durchschnitten. Tot ist
nicht gleich tot, erst jetzt war Els richtig gestorben.

»Das ist nicht mehr meine Els, das ist gar nicht mehr
Els, sondern nur noch ihr Körper, das Leben ist weggegangen, wo ist das Leben hingegangen?« Meine Stimme fror.

»Ich glaube, ich bin der Falsche, um darauf eine Antwort zu wissen«, sagte Richard.

Ich ergriff Els' andere Hand, die verkrampft war, und
versuchte sie ebenfalls einzucremen. Es war schwierig,
und Els, die mir immer bei allem geholfen hatte, half mir
nicht. So mühte ich mich, cremte und cremte, denn erst
wenn ich nichts mehr zu tun hätte, würde ich weinen.

11

Auf einmal stand Joachim im Zimmer. Wir hatten die Haustür gehen hören, und dann erschien eine Silhouette, die aussah wie seine, neben dem Kachelofen, und ich dachte, ich spinne.

»Wie kommst du denn hier rein?«, fragte ich. Mein Gesichtsausdruck muss ziemlich dämlich gewesen sein.

»Durch die Tür«, sagte Joachim. Er trug Jeans und eins seiner mondgelben Hemden, und selbst in diesem Moment, der ein Puzzlespiel war, in dem nichts zusammenpasste, dachte ich: Er sieht unverschämt gut aus.

Sein Blick wanderte zwischen Richard, Els und mir hin und her. Er fragte und klang dabei auch nicht eben intelligent: »Was machst du da?«

»Das siehst du doch«, sagte ich. *Ich creme die Hände einer Toten ein.*

Ich runzelte die Stirn. »Was willst du hier?«

Komisches Fragespiel! Was in aller Welt läuft hier ab?

Joachim machte drei Schritte auf unser Trio zu. Wieder blieb sein Blick an Richard hängen. Auch er versuchte, Puzzleteile zusammenzusetzen.

Dann allerdings sagte mir sein Gesichtsausdruck, mit dem er auf Els hinunterblickte, dass hier vielleicht doch etwas ineinanderpasste, von dem ich bis jetzt keine Ahnung gehabt hatte. Joachim schaute auf Els, wie man auf jemanden schaut, mit dem man eine Vergangenheit teilt, die irgendwann, ehe sie Gegenwart wurde, abgebrochen ist.

»Ich habe einen Anruf von der Polizei bekommen«, erklärte Joachim. »Hast du …«, sein Blick ging wieder zwischen Els, Richard und mir hin und her, »habt ihr sie gefunden?«

»Sieht so aus«, sagte ich, »aber …«

»Elsbeth ist meine Mutter«, sagte er. Und dann, nachdenklich, in die lange, sehr lange sprachlose Stille hinein, die folgte: »Das hat sie dir wohl nicht gesagt.«

Els ist Joachims Mutter.

Nein.

Nein.

…

Doch.

Natürlich.

Mein Gott, bin ich doof.

Zu verdattert, um zittrig zu sein, schraubte ich den Deckel auf die Handcremetube und legte sie auf den Nierentisch. Dann streifte ich mir die Einweghandschuhe von den Fingern.

»Du hast mir auch nichts gesagt.« Etwas anderes als dieser kurze, vorwurfsvolle Satz fiel mir nicht ein. Meine Verblüffung wich einer Benommenheit, als wäre ich mit dem Kopf gegen eine Glasscheibe gedonnert, neben der ich jahrzehntelang gelebt hatte, ohne sie zu sehen, wie in einem Traum.

»Nein«, sagte Joachim. Es klang kleinmütig, reuevoll, fast kläglich.

Achim, dachte ich, Els' Sohn heißt Achim. Achim, den sie hat Gitarre lernen lassen, ein Instrument, auf dem man mehrstimmig spielen kann. Achim, Joachim. Bin ich blöd.

»Du siehst ihr nicht ähnlich«, sagte ich wie zur Verteidigung.

Er sieht ihr ähnlich. Er sieht ihr sogar verdammt *ähnlich.*

»Oder vielmehr nur dann, wenn man es weiß.«

Stimmt auch nicht. Ich dachte daran, wie ich ein paar Stunden zuvor ein Foto von Joachim herangezoomt und betrachtet hatte.

Er gleicht jemandem, wem bloß?

Der Lederton von Els' und Joachims Haut. Dass Els' Haar einmal so dunkel gewesen war wie Teer oder schwarzer Lack, ehe es vor einigen Jahren den helleren Ton von Zinn angenommen hatte, hatte ich fast vergessen. Els' hohe Backenknochen fanden sich auch bei Joachim wieder, doch ihm fehlte das Urwüchsige, das mich bei Els immer an eine Schamanin hatte denken lassen. Trotz aller Unterschiede ließ sich nicht leugnen, Joachim war eine jüngere, unverbrauchte männliche Ausgabe von Els und dieser so ähnlich, wie ein Sohn seiner Mutter nur ähnlich sein kann. Nicht ähnlich sah er dem Bild, das ich mir von Els' Kindern gemacht hatte. Aus unerfindlichem Grund hatte ich sie mir hellhäutig und hellhaarig vorgestellt, farblose Wesen ohne Tiefe wie auf einem vergilbten Foto, und ihr Anspruch, wirklich zu sein, war dadurch, dass sie nie in der Realität aufgetaucht waren, allmählich verjährt.

»Els hat nie über ihre Kinder gesprochen«, sagte ich. »Mit mir nicht und mit niemand anderem. Dass ausgerechnet du nun ihr Sohn bist …«

»Ich war ihr Sohn, bis ich zwölf war. Wir waren eine ganz normale Familie, Vater, Mutter, zwei Kinder, ich und meine jüngere Schwester.«

»Dolores.«

»Richtig.«

»Und dann?«

»Dann?«

Auf einmal war es so spannend wie in einem Western, wenn die Helden um einen Tisch sitzen und pokern und sich nichts an ihnen bewegt außer den Augäpfeln. Man weiß, es bleibt nicht so langsam, nicht so träge, gleich ändert sich der Rhythmus, die Schießerei geht los, und die Fetzen fliegen.

»Eines Tages hat Elsbeth einen anderen Mann kennengelernt.« Sein Blick ging zu dem Foto auf dem Kaminsims.

Nach einer Pause fuhr er fort: »Martin war ein paar Jahre jünger als meine Mutter und viel jünger als mein Vater. Mein Vater, unendlich verletzt und bitter, hat sie ...« Er stockte wieder und ich fragte leise: »Vor die Wahl gestellt?«

»Noch nicht einmal das.« Joachim zupfte sich am Ohrläppchen, einmal, zweimal, während sein Blick im Zimmer umherwanderte. »Rausgeworfen, vor die Tür gesetzt hat er sie, zusammen mit ihrem Plattenspieler und ihren Schallplatten, dem Sideboard, dem Nierentisch, den Ohrensesseln, mehr mitzunehmen hat er ihr nicht erlaubt. Die Möbelstücke mochte er nicht, sie waren damals schon aus der Mode, und er hat sie einfach vor die Tür gestellt. Er hat Elsbeth das Haus verboten und verhindert, dass sie Kontakt zu uns Kindern hielt. Wenn sie bei uns anrief und zufällig Dolores oder mich an die Strippe bekam, hat er uns den Hörer aus der Hand genommen und aufgelegt. Unser Vater hat uns von der Schule abgeholt, um zu verhindern, dass sie uns dort abpassen konnte.«

Wieder schwieg Joachim längere Zeit und sagte dann: »Wir haben unsere Mutter nicht mehr gesehen; unser Vater sagte, eine Frau, die mit anderen Männern anbändelt, taugt nicht als Mutter. Meine Eltern wurden geschieden, Elsbeth hat Martin geheiratet und es wohl eine Weile gut mit ihm gehabt, bis er dann gestorben ist, ziemlich bald, er war noch nicht mal fünfzig.«

»Und weiter?«, murmelte ich.

»Das war's schon fast. Als ich fünfundzwanzig war, starb mein Vater. Eine Weile waren beide tot, Vater und Mutter. Erst vor ein paar Jahren gab es eine Art Wieder-belebung, eine Auferstehung, wenn du so willst. Eines Tages habe ich Elsbeth angerufen, und wir haben uns wieder ein kleines bisschen angenähert, zumindest, was sie und mich angeht. Dolores wollte bis vor Kurzem nichts von ihr wissen.«

»Wie schade.«

»In den letzten drei Jahren wurde aus dem kleinen biss-chen Kontakt zwischen Elsbeth und mir noch ein kleines bisschen mehr«, sagte Joachim.

»Dann kam der Tipp, dass ich singe und Mundhar-monika spiele, damals, als du Ersatz für die Band gesucht hast, von Els.«

»Stimmt. Wir haben telefoniert, zuerst sehr selten, später etwas häufiger, und sie hat mir von dir erzählt.«

»Joachim spielt in meiner Band mit«, erklärte ich Richard. »Oder besser gesagt, ich in seiner.«

Richard nickte, als wüsste er Bescheid.

»Und Sie?«, fragte ihn Joachim. »Sind Sie auch ein Nachbar von Elsbeth?« In seinem Puzzle fehlte noch ein Teil. »Sie hat einmal gesagt, sie hätte eine gute Nachbar-schaft.«

»Richard ist ein alter Bekannter von mir«, sagte ich rasch.

»Ach so.« Er ließ den Blick zwischen Richard und mir hin- und herwandern, ehe er hinter Els' Kopf in die Hocke ging. Ich beobachtete ihn und entdeckte eine Traurigkeit in seinen Augen, die ich noch nie gesehen hatte. Dann schaute ich auf seine Hände, die so versiert Gitarrensaiten schlugen und zupften, die mich beim Tanzen zu »Are You Lonesome Tonight?« an Kanos Geburtstag so souverän geführt hatten. Jetzt wussten sie nicht so richtig, wohin.

»Nimm meine Handschuhe, wenn du sie berühren möchtest«, sagte ich, »der Arzt meinte, sie könnte Corona gehabt haben. Er konnte nicht genau sagen, woran Els gestorben ist.«

Ich erhob mich, griff nach dem Umschlag auf dem Tisch, den der Notarzt dagelassen hatte, und reichte ihn Joachim.

»Herzversagen«, las er, »die Allerweltsdiagnose.«

Er ließ das Blatt sinken und starrte vor sich hin.

»Was ist?«, fragte ich. Hatte ich ihn mit dem Wort Corona erschreckt?

Joachim räusperte sich. »Elsbeth war schon länger krank«, sagte er. Nach einer Pause fuhr er fort: »Sie hatte Darmkrebs.«

Das saß. Ich wusste nichts zu sagen. Joachim las in meinem Gesicht und wurde wieder nachdenklich.

»Das hat sie dir wohl auch nicht gesagt.« Es klang nicht von oben herab, sondern fast entschuldigend.

»Das macht nichts«, sagte ich. Schnell, wie eine automatische Beschwichtigung, kam der Satz heraus. Joachim nickte, wobei ihm seine Haartolle über die Augen fiel, die heute von einem eher stumpfen Schwarz war. »Nein, das macht nichts.«

Els hatte Darmkrebs gehabt. Ich dachte an ihre Müdigkeit in all den Monaten zuvor, an eine Begebenheit kurz nach Weihnachten, die ich vergessen hatte. Els hatte mich eines Morgens angerufen und gebeten, ihr etwas aus der

Apotheke zu besorgen. Sie hatte mich an der Haustür empfangen, ihre Finger hatten sich am Türrahmen festgekrallt. Etwas mit ihrer Verdauung stimme nicht und sie sei so kaputt, hatte sie gesagt, war vor mir her durch ihr Wohnzimmer ins Schlafzimmer getaumelt und dort auf ihr Bett gesunken.

»Was hast du, Els«, hatte ich besorgt gefragt, worauf sie abgewunken hatte, »ach nichts, Darmgrippe, wird schon vorbeigehen.«

»Hol mir Kohletabletten, Ellinor«, hatte sie mich gebeten, »das wird schon wieder, das löst sich ganz von allein.« Ich hatte ihr also Kohletabletten gekauft und Kartoffelbrei gekocht, und tatsächlich war es Els ein paar Tage später wieder besser gegangen, nur müde war sie geblieben und hatte von da an viel Kartoffelbrei gegessen und dabei immer mehr abgenommen.

Wieder dachte ich: Bin ich dämlich. Bin ich blöd. Wie fern muss man einem Menschen sein, um trotz alledem nichts zu merken? Oder wie nah? War ich Els nah oder fern gewesen? Ich kannte mich nicht mehr aus. Wir hatten uns nie dazu hinreißen lassen, Bekenntnisse irgendwelcher Art vor uns auszubreiten, und einander auch nicht ausgefragt. Es war nicht wichtig gewesen, anderes hatte uns beschäftigt, und irgendwie hatte ich immer gespürt, dass ich Els näher sein konnte, wenn ich nicht in sie drang, nicht wissen wollte, was sie mir nicht aus freien Stücken erzählte. Nie hatte ich den Eindruck gehabt, dass Els unglücklich war, selbst in den letzten Wochen nicht. Sie lebte im Einklang mit der Natur und der Musik, ihrem Trost und ihrer Freude, wie sie einmal sagte, und fand Frieden und vollkommene Genüge darin. Glücklich machten sie frisches Brot, Mozart, Muscheln, Maiglöckchen, Löwenzahnwiesen im April und Hexenringe von Semmelstoppelpilzen im November. Ihr Glück färbte ab auf andere; wenn ich mit ihr unterwegs war, fühlte ich mich immer wie in einem Schüttelbecher, in dem sich Farben, Durklänge, die Gerüche von Korn und Erde, Moos und Laub, Meer und Regen zu einem Elixier des Lebens mischten und mit mir eins wurden.

»Du hattest eine wunderbare Mutter«, wollte ich zu Joachim sagen, ließ es aber bleiben, es klang zu bevormundend schwärmerisch für seine Ohren, als wüsste ich etwas, was er nicht wusste, und dabei wusste ich es nicht. Ich wusste nur, dass Els Dean eine wunderbare zweite Mutter und mir eine wunderbare Freundin gewesen war.

Mit ihrem Sohn hatte sie ein Geheimnis gehabt, das Geheimnis, mich zu kennen, ohne dass ich wusste, dass sie sich kannten. Ein Geheimnis, das, indem sie es nur mit Joachim teilte, ein winziges bisschen verloren gegangene Intimität zwischen Mutter und Sohn wiederhergestellt hatte. Es war wenig genug und ich nahm Els ihr Verschweigen nicht übel.

»Wir lassen euch jetzt allein«, erklärte ich. *Euch*, sagte ich, als ob Els noch lebte. Meine Stimme ließ sich Zeit, eine Stimme, die mit jedem meiner Lebensjahre ein wenig tiefer geworden war. Ich spürte Joachims Zaudern, die Distanz zwischen ihm und seiner Mutter, die der Tod, nachdem sie in den letzten Jahren geschrumpft war, wieder vergrößert hatte. Joachim konnte noch weniger mit dem Tod anfangen als ich und musste es doch. Ich betrachtete seine Hände, die sich nicht trauten, den Menschen anzufassen, der seine Mutter gewesen war, und dachte daran, wie er damals nach dem Abend bei Kano an der Straßenbahnhaltestelle mit der Schuhspitze Halbmonde auf den Asphalt gemalt und mich dabei nicht angeblickt hatte. Ich dachte daran, wie er heute Morgen unser Frühstückstreffen abgesagt hatte, und er tat mir leid mit seiner Feigheit, seiner Hilflosigkeit und seinem Zögern.

»Gehen wir«, sagte ich zu Richard. Er hatte die ganze Zeit geschwiegen und sich im Hintergrund gehalten. Ich überlegte, ob ich selbst Els noch einmal berühren wollte, und dachte, nein, ich hatte meine Zeit, jetzt ist Joachim dran. Auch er sollte seine Zeit haben, eine Insel zum Innehalten, ein Fleckchen, auf dem er sich noch einmal erinnern und Nähe herstellen konnte, ehe Els' Tod zu einem Todesfall wurde, einem Fall für Behörden und Ämter, auf denen ihr Ableben registriert und verwaltet wurde, Standesamt, Friedhofsamt, Bestattungsdienst. Es würde an Joachim hängen bleiben, das Leben seiner Mutter abzuwickeln, ein Leben, von dem er vieles nicht wusste, an ihm lag es, Schreibkram zu erledigen, Trauerkarten zu verschicken, einen Sarg auszusuchen, alles Dinge, die ich froh war, nicht tun zu müssen.

Joachim begleitete uns zur Haustür und blieb einen Moment im Türrahmen stehen, mit in die Seiten gestemmten Händen – der neue Eigentümer von Els' kleinem Haus. Dann ging er auf dem Gartenweg, der zur Straße führte, neben uns her.

»Danke, dass du da reingegangen bist«, sagte er, mit einer Kopfbewegung hinter sich weisend, als wir schon fast am Törchen waren, »dass *ihr* da reingegangen seid.«

Ich wusste nichts zu sagen und schwieg. Auf der anderen Straßenseite versuchte jemand ein Auto zu starten, betätigte immer wieder den Anlasser, um es wiederzubeleben, aber nichts geschah. Ich wünschte, der Wagen würde nicht anspringen und der Fahrer sich damit abfinden. Ich konnte keinen Lärm ertragen in diesem Moment, noch weniger als sonst; und ich konnte nicht ertragen, dass irgendetwas Materielles, eine Maschine oder ein Apparat sich lebendig gebärdete oder zum Leben erweckt würde an dem Abend, nachdem Els gestorben war. Es war dämmrig mit einer Spur Helligkeit im Nordwesten und würde jetzt jeden Abend länger hell sein. Der Specht in Els' Pflaumenbaum hatte seine Arbeit am Frühling für heute eingestellt, und ich war ihm dankbar dafür und auch den Amseln, dass sie einfühlsam schwiegen. Durfte es einen Frühling geben, an dem Els nicht mehr teilhatte?

»Leider zu spät«, sagte ich zu Joachim.

Alles war zu spät an diesem Abend, ich selbst, Joachim, der Frühling, der sich so viel Zeit gelassen hatte, dass Els ihn nicht mehr erlebte und nun der letzte Wintertag zum letzten Tag ihres Lebens geworden war.

»Wenn das Leben ein Drehbuch wäre«, sagte ich, mehr zu Richard als zu Joachim, »dann wäre das hier ein völlig verunglückter Dreh, denn Els hätte, wenn überhaupt, zum Beginn des Winters sterben sollen und nicht an seinem Ende.«

Dann suchte ich nach einem Wort, mit dem ich mich von Joachim verabschieden konnte: Mach's gut! Alles Gute! Viel Kraft! Worte, die man sich schenkt zum Trost oder zum Geburtstag. Nichts passte.

12

»Er ist nett«, sagte Richard, als Joachim ins Haus zurückgegangen war. Wir standen auf dem Gehweg im Lichtkegel der einzigen Straßenlaterne.

»Er ist nett und er passt nicht zu dir.«

Ich warf ihm einen Blick zu.

Ein dicker Brummer rotierte über uns um die Laterne, pausenlos auf immer der gleichen Bahn, als wäre er an einem unsichtbaren Faden befestigt und führe Kettenkarussell.

»Nein«, sagte ich, »Joachim passt nicht zu mir.«

Richard verfolgte das Orbital des Brummers und sagte: »Für Maikäfer ist es doch noch viel zu früh. Und viel zu kalt.«

»Ja.« Ich machte eine Kopfbewegung in Richtung Pfarrhaus. »Lass uns reingehen.«

Irgendwie war klar, dass Richard mit mir nach oben in die Wohnung kommen würde. Seit vorhin, als wir Els' Wohnzimmer betreten hatten, hatten wir uns kaum mehr angefasst. Fast schien es mir, als hätte ich den Augenblick unserer Umarmung in Els' Hausflur nur geträumt.

Und dennoch waren wir in den Stunden, in denen wir Els' Tod bewacht hatten, zusammengerückt. Es war, wie ich es in den vielen Jahren meines Berufsalltags immer wieder bei den Angehörigen eines Verstorbenen beobachtet hatte, die ich zu begleiten hatte: Der Tod hob die Distanz zwischen Menschen auf, brachte diejenigen, die er nicht mitnahm, einander nahe, näher, als es das Leben vermochte. Auch auf mich als Pastorin hatte diese Nähe abgefärbt, als eine selbstverständliche Vertrautheit, die sich unvermittelt einstellte bei Beerdigungsgesprächen zwischen mir und den Hinterbliebenen, wildfremden Menschen, die ich noch nie gesehen hatte, das letzte Mal heute Mittag mit Frau Heine. Zusammen stemmten wir uns gegen den Tod, schmiedeten eine Allianz des Lebens gegen die Vergänglichkeit.

Oben in der Wohnung ging ich mit Richard in die Küche. Ich war froh, dass ich sie erst vor Kurzem geputzt hatte. Neue Küchen wirken selten schmutzig, selbst wenn sie es sind, während man es bei alten Küchen sofort sieht, wenn sie nicht ganz sauber sind, und meine Küche war alt, noch dieselbe, die ich schon in meiner Wohnung in Stuttgart-Ost gehabt hatte, mit ein paar neuen Elementen. 2001 während unserer Affäre hatten wir manchmal auch in ihr gestanden, und wie damals fragte ich Richard: »Magst du einen Kaffee?« Er nickte und ich warf die Espressomaschine an.

Richard blickte sich um und sagte in das Räuspern des Geräts hinein: »Ist das nicht eigenartig, dass wir uns immer in Zeiten treffen, in denen etwas nie Dagewesenes das Leben komplett umstülpt und aus den Angeln hebt? Mal ist es ein Reaktorunglück, mal ein Virus, mal sind gerade zwei Flugzeuge ins World Trade Center gerast. Und dann gibt es auch noch diese Todesfälle. Mal bei dir, mal bei mir.«

»Ja«, sagte ich, »das ist sonderbar.« Ich streckte die Hand aus und fuhr die Fältchen auf seiner Stirn nach, Strichzeichnungen, die früher noch nicht da gewesen waren. Und die große Falte, die senkrecht aus seiner Nasenwurzel wuchs und sich weiter vertieft hatte.

»Das Schicksal hat in meinem Gesicht gemalt«, meinte Richard, »oder der Zufall.«

Gibt es das – Schicksalslinien im Gesicht? Und wenn ja, sind dann auch meine Züge eine Art Fibel, in der man die Weichenstellungen meines Daseins zwischen Geburt und Tod lesen kann? Wenn auch nur von hinten her, sozusagen in Spiegelschrift?

»Schicksal, Zufall«, sinnierte ich, »eigentlich mag ich die Wörter nicht. Sie kommen daher wie Götter, die Launen haben, es gut mit einem meinen oder einem übel mitspielen; die etwas wollen, die zuschlagen, regieren und besiegeln, und das völlig unvermittelt, zusammenhanglos. Dabei sind sie doch nur Joker für etwas, was man nicht erklären kann. Wortgemachter Bluff.«

Ich stellte zwei Becher unter die Auslaufdüsen und sah zu, wie der Kaffee hineintröpfelte.

Er sagte: »Jung bist du geblieben. Neununddreißig, wenn du philosophierst, neunundzwanzig, wenn du von Els erzählst und neunzehn, wenn du lachst. Ich habe dich seit Katharinas Beerdigung nicht mehr richtig weinen sehen, deshalb weiß ich nicht, wie jung du dann bist.«

»Ich glaube, wenn wir weinen, sind wir alle nicht älter als neun.«

Ich schälte uns eine Mango, schnitt Stücke davon ab und legte sie auf einen lachsfarbenen Frühstücksteller. Richard folgte mir ins Esszimmer.

»Nimm Platz«, sagte ich zu ihm und wies auf Deans Stuhl am Esstisch. Ich beobachtete ihn, wie er sich umsah in dem Raum, den ich mir nach Andreas' Auszug maßgeschneidert hatte und in dem ich mich so wohlfühlte.

»Schön hast du's«, sagte er, während ich die roten

Vorhänge zuzog. Von den Tulpen auf dem Fenstersims waren seit dem Nachmittag alle Blütenblätter abgefallen. Der Frühling in der Vase war verwelkt, und der, der draußen noch in den Startlöchern stand, würde ebenso rasch verblühen und gestern heißen.

»Kaum blüht etwas, geht es schon los mit Verwelken, In-sich-Zusammenfallen, Verdorren, Verschimmeln, Verrotten«, sagte ich, während ich eine Handvoll Tulpenblätter in die Küche trug und sie in den Mülleimer warf.

»Du kennst dich aus«, sagte Richard.

Ich setzte mich zu ihm, nahm einen Schluck Kaffee und sah ihn scharf an. »Womit? Machst du dich über mich lustig?«

»Überhaupt nicht.«

»Das hier ist todernst, mein Lieber!«

»Du kennst dich aus. Mit Botanik. Mit Werden und Vergehen.«

»Vor allem mit Vergehen.« Ich seufzte. »Gehört zu meinem Job.« Ich hielt einen Moment lang inne, um dann fortzufahren: »Els' Körper wird vergehen, verwesen, sich auflösen in seine Bestandteile, und dann wird er wieder eins werden mit der Erde. – Hast du dich schon mal gefragt, wie viele Frühlinge noch drinstehen im Abreißkalender deines Lebens?« Ich sah Richard an. »Eine zweistellige oder nur eine einstellige Zahl? Stell dir mal vor, es wären nur noch zwei oder drei! Oder der, der jetzt kommt, wäre der Letzte?«

»Das wäre schlimm«, sagte er, »jetzt, wo wir uns gerade wiedergetroffen haben.«

»Keiner von uns glaubt ernsthaft, dass er nur noch zwei oder drei Frühlinge vor sich hat. Oder dass der, der kommt, der letzte sein könnte. Wir tun alle so, als lebten wir ewig. Was den Tod angeht – oder die Tödin –, lügen wir uns alle was vor. Niemand glaubt ernsthaft, dass Santa Muerte ihn auf ihrem Merkzettel hat und nur darauf wartet, seinen Namen durchstreichen zu können. Wenn es ums Sterben geht, sind immer alle anderen vor einem dran.«

Richard machte eine Bewegung, um seine Hand auf meine zu legen, da rührte sich draußen im Flur etwas, ein Schlüssel rumorte in einem Schloss.

Dean. Mein Herz begann zu klopfen. Es schlug oft schneller, wenn die Wohnungstür ging und ich mich freute, dass mein Sohn heimkam. Jetzt aber hämmerte es einen Trommelwirbel, zum x-ten Mal an diesem Tag, doch keiner war so laut gewesen wie dieser. Ich hatte nicht damit gerechnet, dass Dean käme. Nicht gerade jetzt, während Richard hier war. Meist tauchte er erst spätabends auf, wenn ich drauf und dran war, ins Bett zu gehen, oder schon schlief.

»Das ist Dean«, sagte ich und Richard zog seine Hand zurück. Er *musste* die Aufregung hören, die in meiner Stimme mitschwang.

Schritte von Deans schweren Boots näherten sich. Die Klinke der Esszimmertür wurde heruntergedrückt, Dean kam herein und sah zugleich älter und jünger aus als am Mittag.

Er schien etwas erstaunt, mich nicht allein zu finden.

Ich sagte: »Hallo, Dean. Das ist Richard.« Und zu Richard, etwas zu förmlich: »Dean, mein Sohn.«

Die beiden Männer, der junge und der ältere, musterten einander, Richard lächelte und Dean nickte Richard leichthin zu. Sein Blick streifte den Stuhl, auf dem er saß, und die Tasse, die vor ihm auf dem Tisch stand. *Wer hat auf meinem Stühlchen gesessen? Wer hat aus meinem Becherlein getrunken?* Tatsächlich hatte ich einen von Deans Bechern erwischt, eine Tasse aus seiner Kindheit mit der Karikatur eines Einhorns und der Aufschrift *Be cool, be unicorn!*

Mehr als die Sieben-Zwerge-Frage aus Schneewittchen schien Dean allerdings etwas anderes unter den Nägeln zu brennen; eine Botschaft lag ihm auf den Lippen, mit der er nur deshalb nicht herausrückte, weil ich nicht allein war.

Ich zwinkerte ihm zu. »Hat es geklappt?«

Das glückselige Grinsen in seinen Augen zeigte mir, dass ich die richtige Frage erwischt hatte. Er nickte heftig.

»Gratuliere«, sagte ich.

»Dean hat ein schwieriges Referat hinter sich gebracht«, sagte ich zu Richard und zwinkerte Dean abermals zu. Jetzt war sein Grinsen so breit wie das eines Halloween-Kürbisses.

»Dreizehn Punkte«, sagte er komplizenhaft, worauf wir beide in Gelächter ausbrachen, Richard anerkennend nickte und Dean und ich noch mehr lachten.

Dean langte nach einem Mangostreifen auf dem Frühstücksteller und fragte: »Und was macht *ihr* hier?«

Das Lachen verdorrte mir in der Kehle.

Ach, mein lieber Dean, was soll ich jetzt bloß sagen?

Sollte ich es ihm überhaupt sagen?

Natürlich muss ich es ihm sagen. Es hat keinen Sinn, es hinauszuschieben.

Währenddessen fiel Dean ein: »Ich habe Klopapier mitgebracht, für dich und für Els. Bei Edeka gab es welches, da habe ich gleich zugeschlagen.« Ganz stolz sagte er es und schickte sich an, seine Beute zur gebührenden Begutachtung ins Esszimmer zu holen. Ich hielt ihn zurück.

»Dean, pass mal auf, Dean, also ... ich muss dir etwas sagen, Dean.«

Ich machte eine Pause, um uns Zeit zu geben, ihm, um sich zu wappnen, mir, um die richtigen Worte zu finden, die es nicht gab.

In einer Sekunde wechselte Deans Gesichtsausdruck von aufgeräumt zu besorgt.

»Stimmt was nicht?« Er wusste sofort, es war nicht nur etwas geschehen, sondern *passiert*.

»Els ist tot.«

Ich bin wirklich nicht gut im Überbringen von Todes-nachrichten. Els ist tot. Als versetzte ich Faustschläge. Womm, womm, womm.

»Mama, wie bitte?« Dean guckte verunsichert und fast flehend – *bitte sag, dass ich mich verhört habe.*

Ich legte ihm den Arm um die Hüften und sagte so sanft, so behutsam wie möglich: »Els ist gestorben.«

Dean zog den Klavierhocker an den Tisch, setzte sich und stützte die Ellbogen auf die Glasplatte. Er trug noch seine bunte Flickenjacke für draußen, ein Designerstück aus einem Onlineshop, das er sich von mir zu Weihnachten gewünscht hatte. Er blickte vor sich hin. Seine Augen, die sonst bei jeder Gelegenheit feucht wurden, blieben trocken. Schon als er ein kleiner Junge gewesen war, hatten seine Augen immer zu tränen begonnen, wenn er etwas Nasses am Menschen sah. Auch wenn man ihm von Leuten vorgelesen hatte, die weinten, hatte er sofort feuchte Augen bekommen. Heute nicht.

»Warum?«, fragte er. »Wo?«

»Drüben in ihrem Haus. Richard und ich haben sie gefunden.«

»Ihr beide?« Sein Blick blieb an Richard hängen und fragte: *Wieso er?*

Bevor Richard sich einschalten konnte, sagte ich rasch: »Richard hat mir geholfen, in Els' Haus zu kommen.

Ich habe ihn angerufen. Er ist ein … ähm … ein Freund, ein … alter Bekannter von mir.«

Ich spürte, dass ich rot geworden war, aber Dean nahm keine Notiz davon.

»Was hatte sie? Wieso haben wir nichts gemerkt?«

»Sie war krank«, sagte ich, »sie hatte Darmkrebs.«

»Woher weißt du das?«

»Els' Sohn ist gekommen und hat es erzählt.« Ich verzichtete darauf, ihm zu eröffnen, dass Joachim Els' Sohn war. Es war nicht wichtig, und Dean, der Joachim nur flüchtig kannte, würde es noch früh genug erfahren.

»Vielleicht war es besser so«, sagte ich, und als Dean mich verständnislos ansah: »Dass sie rasch gestorben ist, meine ich, dass sie nicht leiden musste und keine unerträglichen Schmerzen hatte. Vielleicht war es gut so.«

Ein Versuch, Dean Trost zu geben, auch mir selbst. Gleichzeitig ekelte ich mich vor meinem Gesülze. *Es war gut so.* Wie oft hatte ich diesen Satz schon bei Beerdigungsgesprächen gesagt oder ihn den Angehörigen nachgesprochen, heilfroh, dass sie es so sehen konnten. Ob das zum Tod gehört, zu sagen, es war gut so, obwohl in Wirklichkeit gar nichts gut ist? Gut wäre, wenn man zusammenbleiben könnte, sich nicht trennen müsste, niemals. Warum dieser Drang zu beschönigen, statt zu sagen, es ist, wie es ist, und es ist jedenfalls nicht gut. Ob der Tod nun männlich oder eine Tödin ist. Gar nicht gut. Und wird noch eine Weile genauso bleiben – gar nicht gut.

Dean hatte die Hände gefaltet und blickte auf seine langgliedrigen, ineinander geschlungenen Finger mit den kurzen, breiten Nägeln.

»Wer macht mir jetzt Dampfnudeln oder Lasagne?«, klagte er, und seine Stimme klang, als wäre er wieder fünf, höchstens sieben. »Wer kocht für uns, wenn du Beerdigung hast und ich zur Mittagsschule muss?«

Hattest du nicht gesagt, du willst mit der Schule aufhören? Dein Abi hinschmeißen?

»Ich weiß es nicht«, sagte ich. »Im Zweifelsfall du.«

»Werden wir noch Brot backen im Backhäuschen?«, fragte Dean mit kleiner Stimme.

»Ich weiß es nicht«, sagte ich wieder. »Wir werden uns durchwurschteln müssen.«

Er grub in seiner Hosentasche nach seinem Smartphone und tippte etwas hinein.

»Was ist mit Schnäuzelchen?«, fragte er.

»Sitzt drüben in dem Gehege, das du ihm gebaut hast.«

»Meinst du, wir können ihn zu uns rüberholen, also beides, das Gehege und Schnäuzelchen?«

Ich meinte, wir könnten.

»Später«, sagte er. »Nicht jetzt. Morgen.«

Sein Handy sendete ihm Botschaften. Pausenlos.

»Übrigens«, sagte er, während er Kondolenzpost seiner Freunde entgegennahm, »übrigens, deine Standuhr ist stehen geblieben.« Immer redete er von der Standuhr wie von einer Freundin, die meine, aber nicht seine war.

»Ist mir vorhin auch aufgefallen«, sagte Richard.

»Tatsächlich.« Mein Blick folgte seinem. Die Zeiger im Gesicht der Uhr zeigten auf kurz vor halb zwei. Drei Minuten vor halb zwei, genauer gesagt. Erst jetzt fiel mir auf, dass sie mir am Nachmittag nicht in den Ohren gelegen hatte.

»Komisch, dass sie stehen geblieben ist. Ich habe sie erst gestern neu aufgezogen.«

Dean tippte und tippte. Beiläufig wie zuvor und ohne vom Display seines Handys aufzusehen, fragte er: »Wann ist Els eigentlich gestorben?«

»Man weiß es nicht genau. Der Arzt hat gemeint, zwischen halb eins und halb zwei heute Nachmittag. Ihr Körper war schon ziemlich kalt, als wir sie gefun...« Ich stockte mitten im Satz. *Zwischen halb eins und halb zwei. Drei Minuten vor halb zwei.*

Dean blickte auf. Wir schauten uns an. Er legte sein Smartphone aus der Hand. »Hast du halb zwei Uhr gesagt?«

Ich nickte. Wir blickten gebannt auf das Ziffernblatt der Standuhr, auf dem die Zeiger auf ihrem Rundgang erstarrt waren, und dann wieder einander an.

Dean sagte: »Ich habe gelesen, dass Uhren manchmal stehen bleiben, wenn jemand stirbt.«

»Stimmt«, sagte Richard. »Solche Dinge geschehen. Habe ich auch schon erlebt.«

»Sind Sie auch Pfarrer?«, fragte Dean. Er betrachtete Richard mit einer anderen Aufmerksamkeit als zuvor.

Richard schüttelte den Kopf. »Nein. Wie gesagt, solche Dinge passieren. Auch ganz gewöhnlichen Menschen.« Er lächelte und fügte hinzu: »Ich bin Kameramann.«

»Kameramann? Geil.« Neugier zeichnete sich auf Deans Gesicht. Es lagen ihm jetzt andere Fragen auf der Zunge als vorhin. Er zögerte einen Moment, dann platzte er heraus: »Haben Sie ... Muss man das studieren, oder reicht eine Ausbildung dazu?«

»Geht beides«, sagte Richard. »Ich habe zuerst eine Lehre gemacht und dann Film und Sound studiert. Wahrscheinlich sind die Ausbildungswege heute ein bisschen anders als früher. Interessierst du dich dafür?«

»Ja«, sagte Dean. »Letztes Jahr zum Geburtstag habe ich mir eine digitale Spiegelreflexkamera gekauft.«

»Was für ein Modell?«

»Eine D750 von Nikon«, sagte er stolz. Es klang, als spräche er von einem Motorrad. »24,3 Megapixel.«

Richard nickte beifällig. »Gute Wahl.«

»Die günstigste von Nikon mit Vollformatsensor. Noch lieber hätte ich die D850 gehabt. Aber die konnte ich mir nicht leisten.«

»Macht nicht so einen großen Unterschied. Die 750 tut's auch. Und damit gehst du fotografieren?«

»Ja. Gewitter. Blitze. Wetterleuchten.«

»Und wenn es keine Gewitter gibt?«

»Objekte, die sonst niemand sieht. Kanaldeckel. Geflickte Gehsteigpflaster. Kamine, Bauschutt. Dinge, an denen man achtlos vorbeigeht, die niemanden interessieren.«

»Sehr gut«, Richard nickte wieder. »Manchmal erzählen sie spannende Geschichten. Spannendere als schöne Landschaften oder lachende Menschen. Man muss nur hinsehen. Den richtigen Moment erwischen. Das eigene Auge, Licht und Zeit sind das Rohmaterial für Fotografie. Viel mehr braucht es nicht. Die Technik wird meist überschätzt.«

Dean sah ihn nachdenklich an. »Das Letzte hätte auch meine Mutter sagen können. – Woher kennt ihr euch eigentlich?«, wollte er plötzlich wissen. Als wäre ihm aufgefallen, dass ich schon länger schwieg und er mit einem Fremden mehr teilte als mit mir.

Wieder beschleunigte sich mein Herzschlag.

»Von … von früher«, sagte ich. »Von einer Beerdigung.«

»Deine Mama hat meine Tochter beerdigt«, half mir Richard.

»Und damals ist Ihre Uhr stehen geblieben?«, fragte Dean.

»Die Armbanduhr meiner damaligen Frau«, sagte

Richard. »Lange her. Im Jahr von Tschernobyl. Damals war deine Mutter nur ein paar Jahre älter als du.«

»Tschernobyl. Das war dieses Kernkraftwerk, das in der Ukraine hochgegangen ist.«

Er redet wie wir, wenn wir vom Zweiten Weltkrieg sprechen, dachte ich. Es ist wahrscheinlich genauso weit weg für ihn.

»Viele sagen, Corona und das, was jetzt passiert, erinnert sie daran«, sagte Dean. »An Tschernobyl.«

»Es hat schon Ähnlichkeit mit damals«, sagte ich. »Zumindest was die Unsichtbarkeit der Gefahr angeht. Viren und radioaktive Strahlung. Und dass die meisten Leute das Risiko unterschätzen. Glaubst du immer noch an Übertreibung und Panikmache?«

»Ich weiß nicht. All die Maßnahmen, die jetzt im Halbstundentakt beschlossen werden, haben doch damit zu tun, dass nicht genügend Intensivbetten und Beatmungsgeräte für die Erkrankten da sind.«

»Man will die Leute nicht einfach sterben lassen, ja.«

»Els ist trotzdem gestorben«, sagte er.

»Ja«, sagte ich, »Els ist trotzdem gestorben.«

»Das ... das ist so traurig. Eigentlich glaube ich es nicht.« Er wischte sich über die Augen und stand auf. »Ich geh mal rüber in mein Zimmer. Und später wahrscheinlich noch weg.«

Er reichte Richard zum Abschied die Hand.

»Interessant, was Sie übers Fotografieren gesagt haben.«

»Gerne«, sagte Richard. »Da fällt mir noch eine Regel für die Fotografie ein.«

»Ja?«, fragte Dean.

»Entwickle niemals einen Film in Hühnchensuppe.«

Dean lachte. »Ist die Regel von Ihnen?«

»Bewahre. So alt bin ich noch nicht. Von Freeman

Patterson. Kanadischer Fotograf und Schriftsteller. – Du kannst Du sagen«, meinte Richard.

»Okay«, sagte Dean.

Mir fiel ein Mühlstein vom Herzen, als Dean das Zimmer verlassen hatte. Etwas in mir morste: »Entkommen, Gott sei Dank, wenn auch nur auf Zeit.« Ob Richard meine Anspannung bemerkt hatte?

»Er gleicht dir sehr«, sagte er nachdenklich und nahm den letzten Schluck aus Deans Tasse.

»Wirklich?« Ich spürte, wie ich rot wurde.

»Äußerlich und in seinen Bewegungen und der Art, wie er redet. Warum will er kein Abitur machen, wenn ihm sein Referat so gut gelungen ist? Dreizehn Punkte, das schafft man nicht alle Tage.«

»Wir haben dich angeschwindelt«, gestand ich. »Es war etwas anderes, das Dean geglückt ist, nicht sein Referat. Ein Mädchen hat sich für ihn interessiert, und heute Nachmittag hat er die Sache klargemacht. Ich weiß gar nicht, ob ich dir das erzählen darf.«

»Ach so!«, lachte er heraus. »Ich vergesse es sofort wieder.« Er nahm meine Hand. »Wollen wir etwas essen gehen? Ausgehen? Ich würde gerne mit dir ausgehen, und es ist wohl der letzte Abend, an dem das noch möglich ist.«

»Ausgehen?« Ich sah ihn zweifelnd an. »Dürfen wir das, nach diesem Tag, kurz nachdem Els gestorben ist?«

Richard meinte, wir dürften. Wir müssten.

»Und wohin?«

Er lächelte. »Lass dich überraschen!«

13

Wir fuhren mit Richards Peugeot Richtung Stadt. Er hatte mir nicht verraten, wohin er mit mir ausgehen wollte. Kurz bevor wir den Pragsattel passierten, sagte ich: »Weißt du noch, heute Vormittag?«, obwohl in der Dunkelheit nichts an unser Zusammentreffen erinnerte und die Stadt eine andere war als am Tag, herausgeputzt wie eine Lady im Abendkleid.

Hinter dem Pragsattel nahm Richard nicht den Weg in die City, sondern an der Wilhelma vorbei Richtung Osten.

»Fahren wir zu dir?«, fragte ich.

In einer Straßenbahn meinte ich den jungen Mann wiederzuerkennen, der mir morgens im Café bei der Markthalle gegenübergesessen hatte. Blau-rot gestreifter Strickpulli und Schlapphut, doch ich konnte nicht sehen, ob sein Gesicht darunter einen zufriedenen Ausdruck hatte oder nicht.

Sex ohne Liebe ist möglich, aber sinnlos. Sex ist sowieso überbewertet. Aufeinander rumhüpfen und schwitzen. Also ich bin weg davon.

Ich bin zufrieden.

»Hältst du Sex für überbewertet?«, fragte ich gedankenverloren die Windschutzscheibe, während wir die Rosensteinbrücke überquerten. Demnach fuhren wir doch nicht zu Richards Wohnung, sondern nach Bad Cannstatt.

Richard warf mir einen belustigten Blick zu.

»Sex – überbewertet? Meinst du, der Abend ist schon spät genug, um sich dieser Art von existenziellen Fragen zu widmen?«

»Ich habe schon heute Morgen um elf Uhr darüber diskutiert«, sagte ich.

»Wo?«

»In einem Café. Kurz bevor wir uns getroffen haben.«

»Mit wem? Männlich oder weiblich?«

»Wie bitte?«

»War die Person, mit der du diskutiert hast, männlich oder weiblich?«

»Ähm.«

Er blickte mich argwöhnisch an. Im Licht der Scheinwerfer eines entgegenkommenden Autos fing sein Haar Feuer.

»Ich kann mir nicht vorstellen, dass man bei so einem Thema um diese Zeit zu einer befriedigenden Antwort kommt.«

»Nein«, ich überlegte. »Vielleicht hätten wir Alkohol trinken müssen.«

»Dann lass uns jetzt mit der Diskussion warten, bis wir was Flüssiges mit Prozenten vor uns haben.«

Richard bog rechts ab und hielt vor einem Backsteingebäude. Eine Leuchtschrift blinzelte über dem Eingang.

»Hier waren wir schon mal«, sagte ich.

Die Musikkneipe, in die mich Richard 2001 eingeladen hatte, nachdem wir uns im Zug getroffen hatten. Seit unserer Trennung war ich nie wieder da gewesen. Als Fortissimo dort einmal aufgetreten war, hatte ich mich gedrückt.

Das Ambiente war noch fast das Gleiche wie damals, sogar der Lüster aus Perlenketten hing noch an derselben

Stelle. Das Lokal platzte an diesem Abend aus allen Nähten, als gäbe es kein Coronavirus. Auch die Nische, in der wir damals gesessen hatten, war besetzt. Wir fanden notdürftig einen Tisch im seitlichen Halbdunkel neben der winzigen Holzbühne. Anders als bei unserem Date 2001 war heute Musik angesagt. Jamsession. Musiker positionierten Verstärker, Mikros und Notenständer, schlugen Töne an, bliesen probeweise in Instrumente. Ich kannte niemanden, Richard dagegen das ganze Kneipenpersonal, wie es schien.

Zwei Kellner balancierten ihr Abendessen an uns vorbei zum Nebentisch, und er rief ihnen zu: »Was zaubert Costa in der Küche, lasst mal sehen.«

»Bist du oft hier?«, fragte ich.

»Seit ich wieder in Stuttgart wohne, ja.«

Er winkte einem hochgewachsenen gut aussehenden Mann Ende dreißig hinter der Bar zu. Im Revers seines blassen Jacketts steckte eine rote Rose. Als hätte er nur auf Richards Zeichen gewartet, kam er mit kleinen tänzelnden Schritten, die seinen Gang etwas affektiert wirken ließen, zu uns herüber. Augenblicklich waren wir in die Wolke eines Rasierwassers gehüllt, für das die Bezeichnung *lieblich* grob untertrieben war.

»Hallo, ihr Süßen«, sagte er leicht näselnd, und ich wusste sofort, dass er Richard meinte und keineswegs mich.

»Was ist das für ein Duft?«, Richard schnupperte. »Hast du in Erdbeerlikör gebadet?«

»Nur für dich«, der Kellner klimperte mit den Lidern. »Was sehen meine trüben Augen? Heute mit Herzdame?« Er verbeugte sich in meine Richtung und legte sich eine Hand auf die Brust: »Darf ich vorstellen, Kevin, Richards ergebener Page, Verehrer, Kavalier, Möchtegernverwöhner.

Wie haben Sie das geschafft, Mylady, den jungen Mann für sich zu entflammen? Ich versuche seit einem halben Jahr das Gleiche, leider ohne Erfolg.«

»Das liegt vielleicht an der Konditionierung«, sagte Richard trocken. »Außerdem könnte ich dein Vater sein.«

»Noch nie was von Knabenliebe gehört?«, fragte Kevin beleidigt und ich prustete los.

»Ach, Richard, du bist zu wählerisch, du nimmst es zu genau«, schmollte er. »Wenn man auf seine Prinzipien pfeift, ist das Leben noch mal so schön.« Er stieß einen Seufzer aus. »Was wollt ihr trinken, ihr Süßen?«

Wir entschieden uns für biologischen Wein. Weißherbst.

Kevin schenkte uns direkt am Tisch aus einer bauchigen Korbflasche ein.

»Lass mich nicht ewig schmoren, Süßer«, säuselte er mit einem schmachtenden Augenaufschlag in Richtung Richard, ehe er sich hinter die Bar verzog.

»Er ist nett«, sagte ich. »Er ist nett, aber er passt nicht zu dir.«

Richard warf den Kopf in den Nacken und lachte die Decke an. Er hob sein Glas, um anzustoßen.

Ich fragte: »Was ist das eigentlich, biologischer Wein?«

»Ohne Fleisch«, sagte Richard. Ich kicherte.

»Wolltest du nicht darüber reden, ob Sex überbewertet ist?«, fragte er.

»Ein bescheuertes Thema«, entschied ich, »du hast recht, vor Mitternacht macht es keinen Sinn, über Sex zu reden. Nach Mitternacht erst recht nicht. Nach Mitternacht …«

»… hat man Sex«, vollendete Richard meinen Satz und grinste dabei von einem Ohr zum anderen. »Oder man hat ihn nicht.«

»Du sagst es. Gibt es keine spannenden Themen, über die man vor Mitternacht reden kann?«

»Ich würde gerne mit dir verreisen«, sagte Richard.

»Was???«

»In den Süden. Ans Meer. Was starrst du mich so an?«

Herbst 2001

Ich sitze mit dir hier in der Musikkneipe. Dort hinten in der Nische, in der wir heute nicht sitzen. Der Perlenkettenlüster vor uns klimpert leise, die Holzdielen knarren, wenn jemand an uns vorbei zur Toilette geht. Du erzählst mir von deiner Fotoausstellung über die Tremiti-Inseln in einem Stuttgarter Kulturzentrum.

»Tremiti-Inseln«, sage ich. »Nie gehört. Klingt exotisch, nach Südsee, nach Tahiti oder Fidschi.«

»Falsch«, sagst du, »die Tremiti-Inseln liegen nördlich der Gargano-Halbinsel im Mittelmeer.«

»Italien«, sage ich. Das Gargano ist mir immerhin ein Begriff, auch wenn ich noch nie dort war.

»Fünf kleine Inseln, fast so idyllisch wie Südsee-Eilande«, sagst du. »Nur dreihundert Bewohner, drei Farben und keine Autos. Wir können sie mal zusammen besuchen«, du hältst inne und lachst über mein verdutztes Gesicht, »die Ausstellung, meine ich, wenn du Lust hast.«

Ich habe Lust. Es dauert eine Weile, bis es klappt. Die Leiterin des Kulturzentrums ist eine Freundin von Angelika, es ist heikel, dort gemeinsam aufzutauchen, wenn sie da ist.

Eines Tages ist es so weit. Wir sind ganz allein in den

Räumlichkeiten, für die du einen Schlüssel bekommen hast. Der Saal hat keine Fenster, das Licht kommt ganz von oben und verheißt südlichen Mittag, obwohl es Morgen ist, Samstagmorgen. Wir gehen von Foto zu Foto, großformatigen Bildern, auf denen Flächen miteinander spielen, grüne, weiße, blaue. Es gibt wirklich nur drei Farben, die aber in dreitausend verschiedenen Tönungen.

»Gelb, Rot und Orange tragen nur unter Wasser die Fische«, sagst du.

Du hast einen Sommer auf der Tremiti-Insel San Nicola verbracht, fotografierend, lesend, schwimmend, tauchend.

»In der Vergangenheit sind dort Verbannte, Mönche und Strafgefangene gestrandet. Heute stranden nur noch Seesterne und Aussteiger, die es gern ruhig und warm haben.«

Dein Arm liegt um meine Schultern. Du trägst ein kurzärmeliges Sporthemd im selben tiefen Blau wie das Meer auf deinen Fotos. Von deinem bloßen Unterarm mit den Härchen steigt Sommerduft auf oder was ich dafür halte. Es ist noch einmal warm geworden an diesem Oktobersamstag.

»Am liebsten würde ich mit dir dort hinreisen«, sagst du, »mit dir spazieren gehen auf Muschelkalk, der unter den Sohlen knirscht; mit dir in einem Boot sitzen, das der Scirocco von Insel zu Insel treibt, und abends, wenn die Luft schon kühl, der Stein aber noch warm ist, auf weißen Mauern sitzen und übers Wasser schauen.«

In deiner Stimme liegt Bedauern. In mir ist Bedauern ohne Stimme. Egal, was ich sage, dein Wunsch wird ein Wunsch bleiben. Ein unerfüllter Traum. Du wirst bald woandershin reisen. Du wirst reisen, aber nicht mit mir.

Vorbeugend mache ich mich schon mal aus deinem Arm los, nehme unsere Trennung vorweg. Spaziere mit vor dem Oberkörper verschränkten Armen allein an deinen Fotos entlang. Du fummelst mit einer kleinen Digitalkamera. Ich sehe es aus den Augenwinkeln.

»Fotografierst du mich?«, frage ich.

»Du stehst ja überall im Weg«, frotzelst du.

»War das jetzt eine Antwort?«

Du lässt den Apparat in deiner Hosentasche verschwinden, kommst zu mir her und nimmst mich in die Arme. Du kannst das. Du umarmst mich, wie mich noch nie ein Mann umarmt hat. Das liege an mir, war dein Kommentar, als ich es dir sagte, aber ich glaube, es liegt nicht an mir, sondern an dir. Obwohl es mich eifersüchtig macht, dass du vielleicht alle Frauen so umarmst, wie du mich umarmst. Du suchst meine Lippen. Ich kenne deine Küsse. Manchmal sind sie der Schluss von etwas, manchmal eine Pause, ein Komma zwischen zwei Sätzen, wenn du mir etwas erzählst, manchmal, so wie jetzt, eine Eröffnung.

Du drängst mich gegen die Wand zwischen deinen Fotos, hebst mich hoch, schiebst mein Kleid über meine Schenkel nach oben. Wir lieben uns, zwischen einem Pinienhain und zerklüfteten weißen Felsen. Ich meine das Zirpen von Zikaden zu hören und den bitteren Duft von Pinienzapfen zu riechen; unter dem Brandgeruch südlicher Sonne aber hat unser Liebesakt etwas Verzweifeltes, ist das Aufbäumen gegen den Beginn unseres Abschieds, den wir später am Nachmittag auf der Holzbrücke besiegeln.

»Ich möchte mit dir in den Süden fahren.« Richard hatte seine Hand auf meine gelegt. »Sobald die Grenzen wieder geöffnet sind. Schau mich nicht so erschrocken an!«

»Ich bin nicht erschrocken. Ich habe … an früher gedacht. An den Tag, als wir deine Ausstellung besucht haben. Du wolltest mit mir zu den Tremiti-Inseln reisen.«

»Ein Traum von damals. Es müssen nicht die Tremiti-Inseln sein. Es ist nicht mehr so beschaulich dort wie früher. Der Tourismus hat sie entdeckt.«

»Wohin dann?«

»Apulien. Kalabrien. Dort gibt es immer noch unberührte Ecken. Und Meer an allen Enden. Wir werden schon was finden.«

»Und was tun wir dort?«

»Wir liegen in der Sonne und schwimmen im blaugrünen Wasser.«

»Wir liegen im blaugrünen Wasser und schwimmen in der Sonne«, lächelte ich.

»Wir essen Pfirsiche.«

»Und Trauben.«

»Wir kaufen mürbe Feigen und essen sie aus der Hand auf der Stelle, ehe sie schlecht werden.«

»Wir sitzen in abgewetzten Plüschsesseln vor irgendwelchen Strandcafés. Gibt es Strandcafés in Apulien?«

Richard nickte.

»Wir trinken Cappuccino und sauren Rotwein. Wenn es welchen gibt, auch süßen.«

»Wir gehen nachts um ein Uhr Eis essen, und wenn wir noch nicht genug haben, holen wir uns den Mond vom Himmel und lecken daran. Und am nächsten Tag …«

»… liegen wir in einer einsamen Bucht, die wir lange nicht gefunden haben«, sagte ich.

»Wir machen es uns gemütlich«, fuhr Richard fort.

»Falsch. Wir liegen auf heißen Steinen, die groß, aber nicht groß genug sind, um bequem auf ihnen zu liegen.«

»Wir lesen«, sagte Richard.

»Wieder falsch. Kaum haben wir uns umständlich zurechtgelegt, kommt eine zehnköpfige Familie an, die keine Familie ist, sondern ein Clan, eine Connection.«

»Großer Gott!«

»Sie ziehen einen idiotischen Leiterwagen hinter sich her«, sagte ich, »in dem ihre Badesachen verstaut sind, Bastmatten und ein Plastikkrokodil und ein Sonnenschirm mit einer dämlichen Coca-Cola-Werbung darauf.«

»Das wird ja immer schlimmer!« Richard lehnte sich auf seinem Stuhl zurück und schlug die Beine übereinander.

»Die eine der beiden Frauen klopft Sprüche und schaut uns dabei an, als müssten wir sie kommentieren und uns freuen, dass sie sich direkt neben uns niederlassen.«

»Was für eine Folter! Und das nennt sich Urlaub?«

»Dann sind sie doch zu viele, um sich einig zu sein, wo sie sich niederlassen wollen, und die Mehrzahl von ihnen wählt einen Platz weiter weg. Wir legen uns zurück auf die unbequemen Steine, ich verziehe das Gesicht, und du sagst: ›Das Leben ist schwer, aber das Wasser ist schön.‹ Oder ich sage es und du verziehst das Gesicht.«

»Uff! Gerade noch mal gut gegangen! Wo hast du das erlebt?«

»Mit Dean in einem unserer Urlaube. Ich glaube, es war in Kroatien. Ich bin mit Dean immer in den Süden gereist. Um zu lesen.« Ich lachte. »Ich kenne Europas Süden so gut, dass ich jetzt gerne woandershin mit dir verreisen würde.«

»Wohin denn?«

»Nach ...«, ich überlegte, »nach Costa Rica, wo es Wundervögel, heiße Quellen und tropischen Regenwald gibt? Nach Managua zum Fest für die Verstorbenen und Santa Muerte?«

Richard war gegen Managua. »Es ist ein Fest der Einheimischen. Die Toten und Santa Muerte mögen es nicht, wenn sich Touristen und Schaulustige unters Volk mischen.«

»Indonesien«, versuchte ich es. »Jakarta.«

»Eine furchtbare Stadt.« Er verzog das Gesicht. »Da willst du nicht hin.«

»Wieso nicht?«

»Keine Stadt für Menschen. Nur für Autos und Geld. Es gibt keine Gehsteige, keine Metro, kaum Luft zum Atmen. Es gibt nichts zwischen Superreich und Bettelarm. Aber selbst die Superreichen stehen zu jeder Tages- und Nachtzeit im Stau. Nur das Wasser kommt noch vorwärts in Jakarta und fast ist man froh, dass die Stadt eines Tages darin verschwinden wird.«

»Ja, davon habe ich gelesen«, sagte ich. »Auch dass sie ein neues Jakarta mitten im Urwald von Borneo aus dem Boden stampfen und die Bevölkerung dorthin umsiedeln wollen.«

»Zehn Millionen Menschen«, sagte Richard, »ein Irrsinn.«

»Dann lass uns in den hohen Norden reisen«, ich gab nicht auf. »Dorthin, wo du vor drei Jahren die Reportage gemacht hast.«

»Es ist kalt dort.«

»Wir reisen im Sommer, wenn es im Winter zu kalt ist.«

»Es ist auch im Sommer kalt. Es ist im Sommer kalt und im Winter bitterkalt. Hundekalt.«

»Erzähl mir davon. Wart ihr mit Hundeschlitten unterwegs?«

»Nein. Mit Schneemobilen. Bei minus dreißig Grad haben wir nach der ersten Sonne des Jahres gesucht. Mitte Februar scheint sie nur eine halbe Stunde. *Wenn* sie scheint und einem die Witterung keinen Strich durch die Rechnung macht. Es gibt extreme Wetterwechsel, Schneestürme.«

»Nordlichter?«

»Nordlichter? Na klar. Aber es gibt auch Gletscherspalten, schmelzende Eisschollen und Fjorde, die nicht mehr zufrieren. Es gibt Eisbären und Robben, die keine Nahrung mehr finden. Es ist kalt und faszinierend und todtraurig. Ich weiß nicht, ob du wirklich dorthin willst, Ellinor.«

»Ich glaube schon. Wir fahren im Sommer nach Süden, im Winter nach Norden«, entschied ich. »Warst du … warst du allein dort oben im Norden?«

»Natürlich nicht. Wir waren ein zwölfköpfiges Team.«

»Keine Frau?«

»Neun Männer, drei Frauen.«

»Ich meine, eine Frau, die speziell mit dir gereist ist?«

»Nicht dass ich wüsste.«

»Und jetzt? Gibt es jetzt eine Frau?«

Er schüttelte den Kopf und wiederholte: »Nicht dass ich wüsste. – Und du? Musst du eine Beziehung beenden, bevor wir in den Süden fahren?«

»Nein.«

»Auch nicht mit dem mysteriösen Männlichen von heute Morgen im Café? Er war doch männlich, oder?«

»Es hat nichts angefangen mit ihm, also muss ich auch nichts beenden. Ein wildfremder Möchtegern-Philosoph mit einem schmuddeligen Schlapphut, von dem ich mich habe anquatschen lassen.«

»Kommt das häufiger vor?«

»Warum interessiert dich das? Ist das etwa ein Verhör?«

»Keineswegs. Aber man will schließlich sichergehen, dass du nicht ständig deine Zeit damit verplemperst, mit irgendwelchen hergelaufenen Hutträgern über Sex zu philosophieren, und anschließend keine Kapazität mehr für die Praxis hast.«

»Ich mag keine Schlapphüte, falls dich das beruhigt, o. k.? Und ich hasse es, wenn jemand, der halb so alt ist wie ich, schon so widerlich zufrieden ist, als hätte er die Wüste begrünt, während er in Wirklichkeit nur die Topfpflanzen im elterlichen Wohnzimmer wässert. Und auch das nur auf Befehl von Mami und nachdem er es zunächst vergessen hat.«

»O. k.«, sagte Richard, »übrigens, ich dachte, ihr hättet über Sex geredet.«

Wir hatten unser Essen bestellt und bekommen, griechischen Salat mit einer sehr roten, sehr knackigen, Schärfe verheißenden Peperoni obenauf. Richard schob seine beiseite, während ich meine in ganz kleine essbare Teile schnitt und zwischen den Salatblättern verteilte, wie schade, etwas so schönes Rotes auf dem Teller liegen lassen zu müssen.

Auf dem Podium hatte sich ein Trio zum Spielen zusammengefunden, E-Gitarre, Tenorsaxofon und Percussion. Plötzlich sah ich ein bekanntes Gesicht. Ich begann zu lachen.

»Was ist?«

»Da ist Fränk. Unser Schlagzeuger.«

Meine Stimme ging unter im Intro des Gitarristen von »The Pink Panther« und dann legten auch die anderen beiden auf der Bühne los, und es war zu laut zum Reden.

Richard rückte um die Tischecke zu mir her, legte den Arm um mich und ich meinen Kopf auf seine Schulter, die dafür genau die richtige Höhe hatte. Eine Körperhaltung, die neu war, mich an nichts erinnerte, nicht an früher, als wir entweder auf Holzbrücken gestanden oder in meinem Bett gelegen hatten.

Neu war auch, mit Richard einer Livemusik zu lauschen, während wir im Takt mit den Füßen wippten und unsere Füße sich dabei berührten, und neu war es, gemeinsam mit ihm die Musiker auf dem Podium zu beobachten, während sie spielten. Da war mein Fränk, der immer zu viel Trollinger trank, Typ Holzfäller – mit dem roten Gesicht und dem Bauch und dem grau melierten Vollbart. Der Mann fürs Grobe, wie er selbst sich immer bezeichnete. Durch das Publikum hindurchblickend wie die meisten Schlagzeuger, bearbeitete er Trommeln, Tomtom und Becken, routiniert und gleichmütig.

»Er kann auch filigran spielen«, sagte ich zu Richard nach »Money For Nothing«, wofür Fränk gleich darauf den Beweis lieferte, als der Gitarrist und der Saxofonspieler »Just the Way You Are« intonierten. Ihre Instrumente waren perfekt aufeinander gestimmt, und ihrem Lachen und den Bewegungen, mit denen sie sich einander zuwandten, merkte man an, dass sie häufig zusammen spielten.

Nach fünf Titeln machten die drei eine Pause und Fränk kam zu uns herüber.

»Du hier, Ellinor?« Er schmatzte mir auf einen Meter Entfernung drei Küsse entgegen. »Begrüßung in Zeiten von Corona.«

Ich stellte ihm Richard vor.

»Freut mich.« Fränk betrachtete ihn neugierig. »Auch Musiker?«

»Nein. Kameramann.«

»Bist du öfters hier?«, fragte ich.

»Ja. Joachim wollte eigentlich auch kommen.«

Joachim, dachte ich. Joachim hat andere Sorgen, wenn du wüsstest.

Ich überlegte, ob ich Fränk vom Tod von Joachims Mutter, die meine Els war, erzählen sollte, aber vielleicht wusste er noch nicht einmal, dass Joachim eine Mutter gehabt hatte, die er jetzt nicht mehr hatte. Jedenfalls war es Joachims Sache, das zu erzählen, und nicht meine, und so sagte ich nur: »Meine Freundin ist heute gestorben, spielt einen dicken, fetten Blues für sie in Memoriam.«

»Oh«, Fränks gutmütiges Gesicht mutierte von aufgeräumt zu bestürzt. »Das tut mir leid.« Er kraulte grübelnd seinen Rauschebart, der zu lang geworden war, um ihm gut zu stehen. »Wie wäre es mit ›Knockin on Heaven's Door‹?«

»Wäre vielleicht nicht ganz ihr Stil gewesen«, lächelte ich, »aber warum nicht?«

»Wenn dir etwas Besseres einfällt«, sagte er, und dann: »Magst du nicht singen?«

»Hm, ich weiß nicht, ob ich das kann …«

Doch ein halbes Set später, nach dem Schlussakkord von »Knockin' on Heaven's Door«, rief Fränk: »Komm auf die Bühne, Ellinor.«

»Ich habe keine Noten dabei«, zierte ich mich. »Und kein Mikro.«

»Mikro ist kein Problem.«

»Das gibt ein Gedrängel, wenn ich auch noch da vorne stehe.«

»Ich nehm dich auf den Schoß«, witzelte Fränk und ich musste lachen. Ich quetschte mich zwischen dem Saxofonisten und dem Gitarristen an den Rand der Bühne, nahm von Fränk ein Mikro in Empfang, und dann sang ich »Key to the Highway« – für Els. Zuerst war der Gitarrist ein wenig zu schnell und Fränk am Schlagzeug ein bisschen zu laut, sodass ich meinen Einsatz verpasste, aber dann fanden wir doch zusammen mitsamt dem Saxofon, und so sang ich nach »Key to the Highway« auch noch »Confessin' the Blues« für Richard und »Crazy 'bout You, Baby« für mich, und dann war es genug. Nie mehr als drei Nummern bei Jamsessions war meine Devise, und »A Day in the Life« von den Beatles konnte ich sowieso nicht sicher, also nahm ich wieder neben Richard Platz und summte den Text leise mit: *I read the news today oh boy about a lucky man who made the grade …*

»Gut machst du das«, sagte Richard an meinem Ohr und küsste es, »ich mag deine tiefe Stimme, deine Präsenz, wenn du da vorne stehst.«

»Danke«, sagte ich. »Ich singe nicht so oft bei Jamsessions. Es ist immer noch ein bisschen wie in tiefes Wasser springen und es bereuen, während man rudert wie wild und hofft, dass es einen trägt.«

»Es trägt sehr gut.«

»Es geht«, sagte ich in die Stimme des Gitarristen hinein, der zu singen begonnen hatte: *Woke up, fell out of bed, … drank a cup. And looking up, I noticed I was late …*

Was ist alles passiert, schoss es mir durch den Kopf, seit ich an diesem Morgen in der Küche Cappuccino getrunken und mich mit Verspätung auf den Weg zum Pragfriedhof gemacht habe!

»Wie viele Dinge an einem einzigen Tag geschehen«, sagte ich zu Richard, als die Nummer zu Ende war und die Musiker wieder pausierten. »Ein Virus krempelt unser Leben um, ich treffe dich wieder, Els stirbt, und Dean hat seine erste Freundin. Alles auf einmal. Wenn mich jemand fragen würde, wie es mir geht – ich könnte es nicht sagen. Ich bin genauso traurig, wie ich glücklich bin. Und außerdem bin ich auch noch verwirrt und weiß nicht, wo mir der Kopf steht. Ich komme mir vor wie eine Straßenkreuzung, auf der sich alles zur selben Zeit abspielt und der Schupo nicht mehr durchblickt. Kannst du das verstehen?«

Statt einer Antwort legte Richard den Arm um mich und drehte mich zu sich. Sein Gesicht war meinem sehr nah und ich spürte die Wärme seines Körpers.

»Ich mag dich so sehr«, sagte er. Mit seinem Zeigefinger fuhr er die Linien meiner Brauen nach, dann den Nasenrücken und meine Lippen. Und dann fragte er übergangslos: »Verrätst du mir, wie alt Dean wirklich ist?«

»Wie … was … äh … Wie meinst du das?« Ich befreite mich aus seinem Arm.

»Dean – er ist noch nicht achtzehn, nicht wahr?«

Ich schwieg.

»Wenn er schon achtzehn wäre, wärst du schwanger gewesen, damals, als wir zusammen waren. Warst du schwanger?«

Ich schüttelte den Kopf und klammerte mich an mein Glas.

»Dean ist jünger. Er sieht jünger aus. Wann – wann ist er geboren? Wann bist du schwanger geworden?«

»Mitte November 2001 … habe ich es gemerkt. Meine Periode blieb aus.«

Ich weiß nicht gleich, was mit mir los ist. Ich habe die akute Phase meiner Trauer nach unserem Abschied überwunden; auf der Wunde des Schmerzes, die wochenlang höllisch brannte, hat sich Schorf gebildet. Ich wünsche mir jetzt, ich hätte manchmal etwas Freches zu dir gesagt, auch wenn ich es nicht so gemeint hätte. Ich wünschte, ich hätte gesagt: »Du bist kein Heiliger, sondern bloß ein Feigling«, oder: »Scheiß auf Angelika, scheiß auf die Wohnung in San José«, oder wenigstens: »Eine Frau ohne Mann ist wie ein Fisch ohne Fahrrad, du kannst mich mal.« Meine Sehnsucht nach dir hat aufgehört. Fängt es so mit dem Sterben an? Oder mit dem Leben? Ich bin ein bisschen gestorben. Vom Hals abwärts bis unterhalb meines Herzens. Nicht gestorben ist mein Magen und alles, was darunter ist. Ich habe wieder angefangen zu essen. Mein Appetit ist auferstanden, manchmal habe ich sogar Fressattacken. Dann wieder ist mir übel. Nachdem ich mich eine Zeit lang ganz gut im Griff hatte, stellen sich auf einmal Stimmungsschwankungen ein – bei den geringsten Anlässen breche ich in Tränen aus. Ich schreibe den Rückfall meinem Unbewussten zu, das immer noch gegen unsere Trennung revoltiert.

Am sechsten Dezember kaufe ich mir einen Test. Pinkele über ein Röhrchen, das eine Bonbonfarbe annimmt. Positiv. Ein Nikolauspräsent besonderer Art.

Ich muss es dir sagen, geht es mir durch den Kopf. Dich anrufen. Aber ich habe die Seite mit deiner Mobilfunknummer aus meinem Notizbuch getilgt und verbrannt.

Ich gehe in die Ausstellung mit deinen Landschaftsfotos, die ich mir im Oktober mit dir zusammen angeschaut habe. Damals war deine Stimme neben mir, die mir Motive erläutert hat, Techniken. Diesmal sind nur die Bilder da und sie schweigen. Ich rede mit ihnen, ich rede mit deinen Fotos und erzähle ihnen, was ich dir nicht sagen kann. Mein Blick fällt immer wieder auf die weiße Wand zwischen der Felslandschaft und dem Pinienhain, vor der wir uns geliebt haben. Ich bin sicher, an jenem Morgen ist es passiert.

Die Dame am Tresen, vermutlich Angelikas Freundin, frage ich, ob sie eine Adresse von dir hat. Eine Telefonnummer. Sie gibt sich erst zugeknöpft, aber ich bitte sie so flehentlich, dass sie mir schließlich eine lange Ziffernfolge auf einem Zettel notiert. Es ist die Handynummer, die ich vor einem Monat verbrannt habe. Ich versuche dich anzurufen. Mehrfach. Aber du nimmst nie ab. Ich lasse es endlos klingeln. Es gibt keine Mailbox, auf der ich eine Nachricht oder eine Bitte um Rückruf hinterlassen könnte.

Nach zwei Wochen gebe ich auf. Es wird Zeit, jemandem zu sagen, was mit mir los ist, und da ich es dir nicht sagen kann, sage ich zu Andreas: »Ich bin schwanger.«

Seine Reaktion ist verhalten, aber nicht ablehnend.

»Ich dachte, du wolltest kein Kind«, meint er.

»Manchmal kommt halt trotzdem eins. Man hat nicht immer alles in der Hand, aber manches im Bauch.«

Vielleicht ist das Kind ja auch von Andreas, denke ich. Wahrscheinlich ist das nicht, aber auch nicht ausgeschlossen. Laut Frauenärztin bin ich Anfang Dezember im dritten Monat, und in der Zeit meiner Affäre mit dir habe ich mit Andreas keinen Sex gehabt. Erst später wieder, nachdem wir, du und ich, auseinandergegangen sind. Doch auch Ärztinnen irren manchmal, und da ich mit meiner Eröffnung gegenüber Andreas ohnehin die Weichen gestellt habe, mit wem mein Leben und das des Menschleins in meinem Bauch in Zukunft weitergehen wird, gewöhne ich mich an die Version, nach der Andreas der Vater meines Kindes ist oder sein wird, und freunde mich immer mehr damit an. Wir kaufen zusammen Babyklamotten und eine Wickelkommode, und als klar ist, dass Andreas willens ist, mit mir ins Pfarrhaus zu ziehen, mache ich ihm einen Heiratsantrag. Ohne Trauschein haben wir auf meiner neuen Stelle verloren. Sogar kirchlich heiraten wir, mit genau vier Gästen, unseren Müttern und unseren Trauzeugen, ich hochschwanger mit dickem Bauch unter dem kurzen weißen Kleid, irgendwann Mitte Juni, vier Tage vor Deans Geburt.

»Und weiter?«, fragte Richard.

»Nichts weiter«, sagte ich, »Dean ist am 21. Juni geboren, abends um elf, der Himmel im Westen war noch dämmerig. Wenn die Wehen nicht eingesetzt hätten, wären Andreas und ich an diesem Abend zu einem Mittsommerfest gegangen und hätten um ein Feuer getanzt.«

»Damals war ich in Ecuador«, sagte Richard. »Am Chimborazo.« Sogar im Halbdunkel des Lokals sah ich, dass er blass geworden war.

»Wenn ich gewusst hätte …«, er räusperte sich, »hätte ich doch bloß gewusst …« Er blickte vor sich hin und legte seine Stirn in die Hand.

Nach einer Weile hob er den Kopf. »Ich habe eine neue Handynummer gehabt damals in Mittelamerika.«

»Was hättest du gemacht, wenn du es gewusst hättest? Dich getrennt? Deine Familie verlassen?«

Er schwieg, ein Schweigen, das lange dauerte und das Stimmengewirr ringsum laut und unheilvoll tönen ließ.

»Ich weiß es nicht«, sagte er schließlich zur Tischplatte.

»Wenigstens bist du ehrlich.« Ich schluckte.

»Ich hätte dich nicht im Stich gelassen, bestimmt nicht.« Jetzt sah er mich an. Er nahm meine Hand, doch ich entzog sie ihm. Mir war plötzlich zum Weinen, anders zum Weinen als früher am Abend bei Els.

Natürlich hätte er seine Familie nicht verlassen, nicht, solange die Kinder klein waren, und ich hätte es auch nicht gewollt. Warum fühlte ich mich trotzdem auf einmal so elend, so bitterlich allein? Als wäre ich von der einen auf die andere Minute schwer krank geworden?

Ich hätte dich nicht im Stich gelassen, bestimmt nicht. Der Satz stach und tat weh, nicht nur wegen der vielen »i« in ihm. Auch wenn mir klar war, dass Richard Frau und Kindern damals nicht den Rücken gekehrt hätte um meinetwillen, so wünschte ich mir doch, dass er jetzt in diesem Moment andere Sätze gefunden hätte. Sätze, in denen die Worte »alles« vorkamen und »für dich«: *Du gingst mir über alles, ich hätte alles für dich getan.* Irgend so etwas. Wenigstens einbilden wollte ich mir, dass ich damals die Wichtigste für ihn gewesen war, die Frau seines Lebens, und nur ein blöder Zufall uns daran gehindert hatte, in die gemeinsame Zukunft zu springen, von der ich geträumt hatte.

»Vielleicht war es gut, dass ich dich nicht erreicht habe damals«, sagte ich, »es hätte keine glatte Lösung gegeben.«

»Ich habe nie aufgehört, an dich zu denken«, sagte er.

»Ich schon«, entgegnete ich kühl. Ich wollte ihm wehtun. »Was ist eigentlich aus den Fotos geworden, die du damals bei dem Besuch im Kulturzentrum von mir gemacht hast? Hast du sie noch?«

Er nickte. »Natürlich. – Weiß es Dean?«, fragte er. »Weiß er, wer sein Vater ist?«

»Er weiß, wer sein Vater nicht ist«, sagte ich trocken.

»Und ich weiß, dass er es weiß. Allerdings erst seit heute Nachmittag. Das ist übrigens auch der tiefere Grund, weshalb wir Stress miteinander haben.« Ich räusperte mich und sagte abrupt: »Lass uns zahlen, ich möchte nach Hause, es ist spät.«

Richard widersprach nicht, hob die Hand und winkte nach einem der Kellner. Die gelöste, fast flapsige Stimmung von vorhin hatte sich verflüchtigt. Ich merkte plötzlich, wie stickig die Luft im Raum war.

Richard hielt mir meinen Mantel hin und zog, als ich hineingeschlüpft war, den Reißverschluss seiner Lederjacke zu. Die Fransen seines Schals schauten unten heraus. Wir winkten zu Fränk am Tisch der Musiker hinüber und er warf eine Kusshand in unsere Richtung. Kevin an der Bar blies ebenfalls ein Küsschen, aber das ging ausschließlich an Richard.

»Wenn es nicht klappen sollte mit der Herzdame«, rief er, »du weißt ja, wo du mich findest.«

Richard zuckte mit den Schultern und grinste schief.

Den Weg zum Auto brachten wir mit Corona-Abstand hinter uns, die Heimfahrt mit Corona-Schweigen. Richard machte keinen Versuch, mir nahezukommen.

Als er vor dem Pfarrhaus hielt, blieben wir einen Moment im Dunkeln sitzen, bei laufendem Motor.

»Wie geht es jetzt weiter?«, fragte er und blickte auf seine Hände, die auf dem Steuer lagen.

»Weiter womit?«

»Mit dir und Dean, mit dir und mir, mit allem.«

»Keine Ahnung.« Meine Stimme klang zugeknöpft und trauriger als beabsichtigt. »Ich weiß es nicht.«

»Möchtest du, dass es weitergeht?«

In meiner Kehle bildete sich ein Kloß. Hatten wir nicht früher am Abend bereits Urlaubspläne geschmiedet?

»Keine Ahnung«, wiederholte ich. »Lassen wir es offen.«

Als ich schon ausgestiegen war, sagte er: »Wir hätten einen Weg gefunden, zusammen zu sein, damals. Irgendeinen Weg hätten wir gefunden.«

14

Hinter der Wohnungstür brannte Licht im Flur, das Dean zu löschen vergessen haben musste, als er weggegangen war. Die Tür zu seinem Zimmer war angelehnt und auf der Kommode lag ein aus einem Schulheft herausgetrennter linierter Zettel. *Hallo, Mama, ich habe versucht, deine Standuhr aufzuziehen, aber sie will nicht, wahrscheinlich ist eine Feder kaputt, du musst sie reparieren lassen. Sei nicht traurig, auch wenn du traurig bist, bis später, Dean.*

Ein sanfter, freundlicher Gruß, anders als in den vergangenen Wochen, in denen wir uns manchmal tagelang nur mittels dieser Zettelbotschaften verständigt hatten. Die Kommode als Kommunikationscenter: *Bin bei einer Beerdigung, mach dir den Bohneneintopf auf der Anrichte warm. Liebe Grüße, Mama. – Bin heute Abend nicht da. Komme erst spät. Gruß Dean.*

Auf dem Papier war Dean als Erstes zu mir auf Distanz gegangen. In seinen Nachrichten, auf Fresszettel eilig hingeschmiert, hieß es nicht mehr: Liebe Grüße, Dein Dean – wie früher, wenn er mir SMS geschickt hatte. Die lieben Grüße magerten zu Grüßen, dann zu einem einsamen Gruß ab, irgendwann entschied sich Dean, nicht mehr *mein* Dean, sondern nur noch Dean sein zu wollen, und manchmal ließ er den Namen ganz weg.

Die Zettelnachricht dieses Abends klang, als sei Dean

binnen weniger Stunden erwachsen geworden. Nicht genug, dass er in ganzen Sätzen an mich schrieb, er hatte neben die herausgerissene Heftseite auch noch eine der beiden Kasperlemäuse seiner Kindheit gesetzt.

Mir wurde warm bei seiner Nachricht, die eine Botschaft war, dennoch wusste ich nicht, ob ich mich freuen durfte, solange Tatsachen unausgesprochen zwischen uns standen, von denen Dean annehmen musste, dass ich sie ihm absichtlich vorenthalten hatte.

Andrà tutto bene, sagten die Italiener dieser Tage und hatten den Satz in farbigen Lettern auf große Spruchbänder gemalt, die sie über Balkone und Hauswände hängten. *Andrà tutto bene* – würde alles gut werden? Wenn nicht zwischen Richard und mir, so doch wenigstens zwischen Dean und mir?

Ich hatte schon wieder das Bedürfnis nach einer Selbstgedrehten aus Deans Vorräten.

Im Esszimmer öffnete ich die Balkontür. Es war kalt. Ich steckte mir die Zigarette an und lehnte mich mit dem Rücken gegen das Geländer. In meine Atemzüge, mit denen ich inhalierte, mischte sich der Ruf eines Käuzchens oben am Waldrand. Ich legte den Kopf in den Nacken. Sterne. Jemand hatte am Himmel rumpoliert und das Tafelsilber auf Hochglanz gebracht. Freundlich war das Gesicht dieser Nacht, die damit hätte enden sollen, dass ich mich in den Schlaf lächelte, oder jedenfalls ganz anders als mit dem Gemisch aus Ernüchterung und Bedauern, das sich in mir ausgebreitet hatte.

Wie geht es jetzt weiter? Willst du, dass es weitergeht? Warum hatte Richard nur Fragen gestellt? Mir die Entscheidung hingeschoben, anstatt zu sagen: Wir werden das schon zusammen rocken, Baby, du und ich!

Ich dachte daran, wie ich morgens in der Küche gestanden hatte, an meine Kaffeetasse geklammert, und hatte das Gefühl, um ein Vielfaches einsamer zu sein als zu Beginn dieses unglaublichen Tages. Ich hatte Richard gefunden und sofort wieder verloren. Ich hatte Dean schon seit einer Weile verloren und wusste nicht, ob sein Heranrücken am vergangenen Mittag Bestand haben würde. Ich hatte Els verloren und würde sie nicht wiederfinden, nicht, ehe mein Leben eines Tages aus der Zeit fallen würde wie ihres. Ob es dort, wo Els jetzt war, im Reich von Santa Muerte, auch Einsamkeit gab? Drüben in den Fensterviereckchen ihres Häuschens brannte noch Licht. Dort machte jetzt Joachim das, was Kinder machen, wenn ihre Eltern gestorben sind. Sie kramen in Schubladen nach Übriggebliebenem, nach Schriftlichem, das ihnen etwas über den Letzten Willen mitteilen könnte, über den zu reden mit ihrem Verstorbenen sie zu dessen Lebzeiten versäumt haben. Ich fragte mich, wie viel Joachim über das Leben und den letzten oder vorletzten Willen seiner Mutter wusste, und ob es mehr war, als ich wusste.

War Els' noch im Haus? Oder war ihr Körper mittlerweile von einem Bestattungsunternehmen abgeholt worden? Ich sehnte mich nach ihr, nach der lebendigen Els, nach ihrer Stimme: »Lass mal, gemach, gemach, es ist noch nicht aller Tage Abend, das löst sich ganz von allein.«

Unten auf der Straße näherte sich Motorenlärm, ein Geräusch, das ich an diesem Tag schon einmal gehört hatte. Gleich darauf bog der dazugehörige Wagen um die Ecke und auch er war früher am Tag schon einmal bei mir vorbeigekommen. Der Porsche Boxster von Milena Heine. Aber jetzt war das Verdeck geöffnet und aus dem Radio tönte leise Musik. Der Wagen drosselte das Tempo und blieb unter der Straßenlaterne vor dem Pfarrhaus, die auf die Nacht aufpasste, stehen. Milena Heine winkte zu mir hinauf und rief halblaut: »Hallo!« Auch jetzt trug sie ihren Mundschutz als hellen Fleck, der den unteren Teil ihres Gesichts verbarg.

Ich winkte zurück, lächelte. Ich fragte mich nicht, was Frau Heine um diese Nachtzeit hierhergetrieben hatte. Nach den Dramen dieses Tages konnte mich nichts mehr verblüffen.

Frau Heine stieg aus, ließ die Fahrertür ins Schloss fallen und kam näher. Sie trug nicht mehr ihren Moosmantel vom Nachmittag, sondern einen Norwegerpulli mit eingestrickten Sternen und Rentieren. Sie war offenbar genauso wenig überrascht, mich um diese Zeit auf dem Balkon anzutreffen, wie ich über ihr Auftauchen vor meinem Haus. Sie hob den Kopf und sagte: »Die Dinge ändern sich gerade mit Lichtgeschwindigkeit, finden Sie nicht? Soeben war die Welt noch in Ordnung, im nächsten Moment steht sie Kopf. Im einen Augenblick ist man noch mit dem Tod beschäftigt und dann verlangt plötzlich das Leben sein Recht. Alles greift ineinander. Vor ein paar Stunden war es noch Winter, auf einmal ist der Frühling da.«

»Frühling?«, fragte ich halblaut. »Ich friere wie ein Schneider, sind Sie sicher?«

Sie nickte eifrig. »Heute Nachmittag auf der Heimfahrt von Ihnen habe ich einen Schwarm Zugvögel gesehen, Kraniche oder Gänse. In der Eisdiele am Marktplatz mir den ersten Amarena-Becher des Jahres genehmigt, stellen Sie sich das vor! Heute Abend war ich schon im Bett, aber ich konnte nicht einschlafen. Ich habe mich ins Auto gesetzt, das Verdeck aufgemacht und bin losgefahren. Ins Blaue, einfach so. Ich kam bei Ihnen vorbei, vielleicht war es Zufall, wahrscheinlich aber nicht … Sie sagten, Sie würden gerne mal mitfahren. Wollen Sie?«

»Jetzt – um diese Zeit?« Ich sah auf die Uhr. Kurz vor eins. Ich sehnte mich nach Wärme – ein Königreich für ein heißes Bad, ein warmes Bett! Aber das Bad musste ich mir erst einlassen und unter der Bettdecke würde ich auf nichts als meine eigenen Gedanken stoßen. Ich zögerte.

»Es gibt eine Sitzheizung im Auto«, sagte Frau Heine.

Auf der Straße näherte sich eine Gruppe junger Leute, Spätheimkehrer, die die letzte Straßenbahn ausgespuckt hatte und die sich über etwas amüsierten. Ihr Lachen schwappte zu uns herüber als fröhliche Welle, als sie vorbeigingen.

»Frühlingsnächte sind nicht zum Schlafen da«, behauptete Milena Heine. Ich ahnte ihr Grinsen unter ihrer Maske und gab mich geschlagen. »Okay. Ich komme. Einen Augenblick.«

Ich werde jetzt sowieso nicht schlafen können.

Ich schloss die Balkontür und sagte zur Standuhr, die mich mit versteinertem Gesicht ansah: »Ich komme bald wieder.«

Im Flur packte ich mich in meinen wattierten Anorak, für den der Winter zu warm gewesen war, und schnappte Schal und Handschuhe. Das Flurlicht ließ ich brennen, weil die Knopfaugen von Deans Kasperlemaus nicht ins Dunkle blicken sollten, während ich weg war.

Gerade als ich aus der Haustür trat, kam Dean auf seinem Mofa angeknattert. Ich blieb stehen und wartete, bis er das Fahrzeug abgestellt hatte. Er nahm den Helm ab und schüttelte seine braune Lockenmähne.

»Gehst du noch mal weg?«, fragte er.

Ich nickte.

»Ich muss dich etwas fragen«, sagte er.

»Ja«, sagte ich. *Ich weiß.*

»Bist du länger draußen?«, wollte er wissen. Offenbar nahm er an, dass ich gerade zu einem Nachtspaziergang aufbrach.

»Ich … bin zu einer Spritztour eingeladen worden«, erklärte ich mit einer Kopfbewegung zu dem am Straßenrand geparkten Porsche mit dem offenen Verdeck. Frau Heine stand daneben und klimperte mit dem Schlüssel.

»Was, jetzt um diese Zeit?« Deans Blick folgte meinem, dann sagte er: »Wow, ein Boxster!« Er machte ein paar Schritte auf den Wagen zu und strich ehrfürchtig über die glänzende Fläche der Motorhaube, in der sich das Licht der Straßenlaterne spiegelte.

»Welches Baujahr ist der?«, wollte er wissen. »2003?«

»Knapp daneben«, sagte Milena Heine, »2004.«

»Das Jubiläumsmodell«, sagte Dean, »195 KW, 265 PS. Früher habe ich mir immer gewünscht, so einen mal zu fahren.«

»Du kennst dich aber gut aus«, sagte Frau Heine. »Hast du einen Führerschein?«

Dean nickte – in seinem Lächeln mischten sich Verlegenheit und Stolz.

Milena Heine zögerte einen Moment, überlegte. Und dann tat sie etwas Unglaubliches, Verrücktes, das ich ihr niemals vergessen würde.

Sie hielt Dean den Autoschüssel hin und fragte: »Willst du?«

Er meinte, sie scherze, und stotterte: »Was?«

»Willst du eine Runde fahren?«

Dean warf erst ihr, dann mir einen unsicheren Blick zu, der mich fragte: Meint sie das ernst? Darf ich Ja sagen? Ich zuckte mit den Schultern.

»Wirklich?«, fragte Dean Frau Heine. »Wie … wer sind Sie? Wieso …?«

»Ich heiße Milena! Alles andere kann dir deine Mutter erzählen.«

Sie drückte ihm die Schlüssel in die Hand, öffnete die Fahrertür und lud Dean mit einer ermunternden Handbewegung ein, Platz zu nehmen. »Na los!«

Ich beobachtete ihn. Sein Gesicht war das eines kleinen Jungen vor der Bescherung an Heiligabend. Aber da war etwas, was ihn zurückhielt.

»Meine Mutter muss mitfahren«, sagte er. »Ich darf nur mit Begleitung fahren.«

»Klar fährt sie mit. Wo ist das Problem?«

»Ich meine … wir können nicht zu dritt … Es ist ein Zweisitzer.«

»Ich zeige dir alles und ihr fahrt zusammen eine Runde – du und deine Mutter«, sagte Milena Heine munter. Nicht die Spur eines Zögerns war in ihrer Stimme.

Ich unterdrückte meinen Impuls, zu protestieren. Es war großartig und doch nicht richtig, dass Milena uns beiden den Wagen überließ. Wahrscheinlich wäre Dean lieber mit ihr gefahren als mit mir, doch nur Andreas und ich waren in Deans Prüfungsbescheinigung als Begleiter eingetragen. Ich wollte meinem Sohn nichts verderben, deshalb blieb ich still.

Dean war in den Wagen gestiegen und legte den Sicherheitsgurt an. Dann machte er sich mit Schaltern und Knöpfen vertraut. Scheinwerfer, Blinker, Scheibenwischer.

»Kommst du zurecht?«, fragte Frau Heine, die sich neben ihn gesetzt hatte.

»Ich glaube schon. Es ist fast genauso wie in dem Porschemodell, das mir mein Vater mal zum Geburtstag geschenkt hat.«

Mein Vater, sagte er, und ich spürte einen kleinen Stich in der Herzgegend. Dean betätigte währenddessen den

Schaltknüppel und testete die Gangschaltung. »Sechs Gänge hat er, nicht wahr?«

Milena Heine nickte. »Zwischen dem zweiten und dritten ist die Schaltung ein wenig ruppig.« Sie ließ Dean noch ein bisschen herumprobieren, dann fragte sie: »Kann's losgehen?«

»Ich glaube schon«, wiederholte Dean.

Milena ließ mich einsteigen. Ich sank neben meinem Sohn auf den Beifahrersitz und verriet nicht, dass ich mich fühlte wie beim Seifenkistenrennen oder in einem Boxauto auf der Kirmes, mit dem Hintern nur Zentimeter vom Boden entfernt.

Dean sah mich erwartungsvoll an, und ich fragte: »Was ist?«

»Fasten your seat belt, please!« Er grinste. Nach einem Moment fast feierlicher Stille drehte er den Schlüssel im Zündschloss und ließ den Motor an. Er hielt einen Augenblick inne und lauschte andächtig dem satten Geräusch, ehe er den Fuß auf den Gashebel setzte.

»Genießt es«, sagte Frau Heine und trat auf dem Bordstein zurück, »bis gleich.«

Ich mummelte mich bis zum Kinn in meinen Schal und hob die Hand. Der Wagen rollte an und machte zu viel Lärm für die schlafende Siedlung. Vorsichtig lenkte Dean den Boxster an Reihen parkender Autos vorbei.

»Wohin soll ich fahren?«, fragte er an der Kreuzung. »Ins Graue oder Grüne? Stadt oder Wald?«

»Ins Dunkle?« Ich zuckte die Schultern. »Wohin du willst.«

»Wie weit darf ich fahren?«, fragte Dean. »›Bis gleich‹, hat sie gesagt.«

»Einmal zum Schloss Solitude und wieder zurück?«, schlug ich vor.

»Okay.« Er runzelte die Stirn, überlegte einen Moment, dann bog er nach links ab.

Die Bar am Ortsausgang hatte noch geöffnet. Die Reklame über der Fensterzeile wechselte die Farben wie ein Chamäleon. Lichter in Neonfarben, Pink, Grün, Gelb und Blau, die nachts am längsten durchhielten.

Auf einem Straßenpfosten hockte ein Kauz. Er wandte uns seinen ins Gefieder wie in eine Fliegerhaube verpackten Kopf zu und schaute uns an, mit einem so intensiven forschenden Blick, als hätte er auf uns gewartet, um uns die Beichte abzunehmen. Besser gesagt, mir.

»Käuze haben als Einzige unter den Vögeln ein Gesicht«, sagte Dean. Ich war erstaunt, dass er trotz der Fahrpremiere, die er gerade absolvierte, noch Augen für die Umgebung hatte. Seit jeher pflegte er nicht nur zu Hunden, sondern zur Tierwelt im Allgemeinen ein spezielles Verhältnis und war mit ihr im Austausch. Bei einem Besuch in der Stuttgarter Wilhelma hatte er einmal zu dem großen Königspython in einem der Terrarien gesagt: »Findest du das nicht schrecklich, ganz ohne Arme und Beine zu leben?« Und bei der Betrachtung eines als Teil von grobkörnigem Kiessand getarnten Steinbutts in einem Aquarium: »Es kann im Leben ja nützlich sein, dass man seiner Umgebung ähnlich wird, aber ist es auch der Sinn?« Damals war er fünfzehn oder sechzehn gewesen.

Verstohlen betrachtete ich sein Profil, während er die Kehren bergaufwärts nahm, seine Züge, Wangen und Kinn, das in den letzten Monaten kantiger geworden war. Ob er immer noch nach dem Sinn des Lebens fragte wie damals? Mir selbst war diese Frage irgendwann abhandengekommen, an welcher Stelle wusste ich nicht, vielleicht war es im Zusammenhang mit Deans Geburt gewesen, erst im Nachhinein merkte ich, dass sie nicht mehr da war. Im Autoradio lief »Satisfaction« von den Stones. Die einen sehnten sich nach Befriedigung, die anderen nach Sinn und wieder andere nach Glück.

»Bist du glücklich?«, fragte ich.

»Glücklich?« Dean warf mir einen belustigten Blick zu. »Im Moment finde ich es affengeil, wenn du das meinst.«

Er drückte aufs Gas. Die Luft wurde frischer, je weiter wir hinaufkamen, aber von unten gab die Sitzheizung gut warm.

»Hast du schon mal heimlich geübt, einen Sportwagen zu fahren?«, fragte ich. »Du stellst dich ziemlich geschickt an.«

Darauf gab Dean keine Antwort.

»Woher kennst du sie?«, fragte er stattdessen.

»Kenne ich wen?«

»Milena.«

»Sie war heute Mittag zum Beerdigungsgespräch bei mir. Ihr Partner ist gestorben.«

»Ach so.« Er räusperte sich. »Wie hältst du das bloß aus, die vielen Toten, die vielen Beerdigungen?«

»Ich weiß nicht. Gewöhnung?« Ich zuckte die Schultern. »Viele habe ich nicht gekannt, das macht es leichter.«

»Ich mag nicht, wenn etwas endet«, sagte er.

»Der Tod und das Ende, vielleicht ist das nicht das Gleiche«, gab ich zurück.

»Meinst du?« Er warf mir einen skeptischen Blick zu.

Oben auf der Anhöhe ließen wir das Schloss rechts liegen. Ich konnte den Frühling nicht hören, denn falls eine Nachtigall schlug, wurde ihr Gesang vom Röhren des Boxsters übertönt. Aber riechen konnte ich ihn, den Frühling, der morgen ins Land gehen würde, so wie man den Regen manchmal in der Luft riechen kann, noch ehe Tropfen fallen. Ich dachte an Els, mit der ich öfters hier oben auf der Höhe unter den schütteren Kronen uralter Eichen und Buchen umhergewandert war, staunend wie in einem Museum. Dean bog auf die Schnellstraße Richtung Autobahn ein, doch an der nächsten Ausfahrt wendete er und fuhr zurück. Nach zwanzig Minuten Fahrt landeten wir wieder vor dem Pfarrhaus.

Milena Heine stand auf dem Gehweg, genau dort, wo wir sie verlassen hatten, und rauchte.

»Na, wie war's?«, fragte sie, während wir ausstiegen.

»Es war mega«, sagte Dean und blieb vor ihr stehen, »einfach mega. Darf ich dich …«, er zögerte, »darf ich Sie umarmen?«

Milena nickte. Dean räusperte sich und vergewisserte sich: »Trotz Corona?«

Als Milena noch einmal nickte, legte er die Arme um sie. »Danke«, sagte er und bekräftigte: »Das war wirklich geil, megacool.«

»Gerne wieder mal.«

»Wirklich?« Er strahlte.

»Aber sicher.«

»Warum trägt sie einen Mundschutz?«, wollte Dean wissen, als der Boxster mit Milena Heine in der Nacht verschwunden war.

»Es fehlen ihr Zähne.«

»Ach so.«

Wir schlenderten langsam den Weg zum Hauseingang entlang. Die Lichter in Els' Wohnung waren erloschen.

Vor der Haustür blieben wir stehen.

Dean kramte umständlich seinen Tabak aus der Hosentasche und begann sich eine Zigarette zu drehen. Ich suchte in meiner Tasche nach dem Hausschlüssel.

»Ich muss dich etwas fragen«, sagte Dean.

EPILOG

Els war mit dem Coronavirus infiziert. Das ergab ein Abstrich nach ihrem Tod. Wir wissen nicht, ob sie an dem Virus gestorben ist oder mit ihm. Letztlich spielt es auch keine Rolle.

Ich stelle mir vor, eine Frau mit langem Kleid und einer Krone auf dem dunklen Haar ist gekommen, ihr Name war Santa Muerte oder auch Santa Corona. Sie hat Els die Hand gereicht und mit sanfter, warmer Stimme zu ihr gesagt: »Komm mit.« Und Els ist aus ihrem Leben geschlüpft, hat die Hand der Kronenfrau ergriffen und ist mit ihr gegangen.

Wir mussten in Quarantäne, Richard und ich. Richard verbrachte sie in seiner Wohnung, ich im Pfarrhaus.

Dean blieb ebenfalls zu Hause. Er isolierte sich – vor allem von mir.

Am Abend nach unserer Ausfahrt mit Milena Heine fragte er mich nach seinem Vater.

Mitten in der Nacht saßen wir am Esszimmertisch mit einer Flasche Whisky vor uns, die erst nach altem Leder, dann nach Medizin und später nach Betäubung und Schlaf roch. Ich erzählte Dean meine Geschichte mit Richard. Ich versuchte zu erklären, wie geworden ist, was war, ohne etwas zu beschönigen. Ich hoffte, Dean würde mich verstehen und mir mein langes Schweigen nicht nachtragen.

»Siehst du Richard wieder?«, fragte er nach einer Pause. Nicht: Sehen *wir* ihn wieder?

Ich zuckte die Schultern. »Ich weiß es nicht. Möchtest du ihn wiedersehen? Ihn kennenlernen?«

Dean blickte vor sich hin und nagte an seiner Unterlippe. »Ich kenne ihn doch schon.«

»Du hast ihn einmal gesehen, ja.«

»Er hat auf meinem Stuhl gesessen und aus meinem Becher getrunken«, nörgelte er.

»Er hat mit dir über Fotografie geredet«, erinnerte ich ihn.

Er wisse nicht, fuhr er nach einer Weile fort, ob er mit fast achtzehn noch mal einen neuen Vater haben, noch mal von vorn anfangen wolle, als wäre alles, was davor war, ein Versuchsballon gewesen, ein misslungenes Experiment.

»Das ist etwas viel verlangt, findest du nicht?« Er fegte mit einer leichten Handbewegung sein leeres Glas um wie einen matt gesetzten König am Ende eines Schachspiels und erhob sich. Er war ziemlich betrunken, drückte im Bemühen um einen sicheren Gang das Kreuz durch und verließ den Raum.

Er igelte sich in seinem Zimmer ein, tagelang, rauchte wie ein Schlot und verließ seine vier Wände nur, um zur Toilette zu gehen und zu duschen. Er ignorierte mich und skypte halbe Tage mit Jana.

Ich ließ ihn in Ruhe und skypte mit niemandem. Zweimal telefonierte ich mit Richard, nur kurz. Er rief mich an und wollte wissen, wie es mir ging. Ich blieb einsilbig und sagte, mir fehle nichts. Nicht die Gottesdienste, die ich nicht mehr halten durfte, nicht die Trauungen, die in meinem Terminkalender standen, nicht Besuche bei meinen Gemeindemitgliedern. Vom einen auf den anderen

Tag hatte uns Corona all dies verboten und das kirchliche Leben quasi auf Eis gelegt. Trauerfeiern durften nur noch im ganz kleinen Kreis ausschließlich im Freien abgehalten werden, weshalb Milena Heine die Bestattung ihres Theo absagte und auf einen späteren Zeitpunkt verlegte. Ein Datum für Els' Beerdigung wurde erst gar nicht festgelegt: Ihr Leichnam wurde verbrannt, die Beisetzung aufgeschoben, denn Joachim war ebenfalls in Quarantäne und wünschte sich, dass ich bei der Trauerfeier ein paar Worte sagen würde.

Abgesehen von meinen dienstlichen Pflichten fehlte mir alles. Mir fehlte Els mit ihrer Wärme, mir fehlte Dean, der zwar nebenan, gefühlt aber auf einem anderen Stern lebte. Mir fehlte die Band, mir fehlte Richard. Allen Versuchen zum Trotz, mein Herz zu isolieren, zu schützen, zu wappnen: Der eine Tag, den er und ich zusammen verbracht hatten, hatte genügt, um mich neu zu infizieren.

Vier Tage nach Els' Tod bekam ich Kopfweh. Lass mal, sagte Els' Stimme in mir, lass mal, das wird schon wieder, aber ich wusste, dass es nicht würde, es war ein anderes Kopfweh als sonst, schwer und klebrig. Als es ging, machte es Platz für Schüttelfrost, Fieber, Halsweh, Husten, alles auf einmal. Dean sagte ich nichts davon. Eher hätte ich mir die Zunge abgebissen, als ihn um Hilfe zu bitten. Es war leicht, es vor ihm zu verbergen, da er mich mied. Er suchte die Küche ausschließlich dann auf, wenn er sicher sein konnte, mir nicht zu begegnen, und nahm die Mahlzeiten mit in sein Zimmer. Ich klapperte mit den Zähnen und verkroch mich unter zwei Bettdecken übereinander. Ich schlief und trank heiße Zitrone in einer Messingkanne mit drei Füßen, die ich mir auf den Nachttisch gestellt hatte. Meine Beine trugen mich kaum mehr zur Toilette. Es wurde Abend, es wurde Morgen, ein Tag verging, vielleicht waren es auch zwei. Ich war allein mit den Schatten, die in den Zimmerecken lauerten, und versuchte verzweifelt, wach zu bleiben, denn ich musste sie im Auge behalten, damit sie nicht näher kamen und mich fraßen.

Irgendwann klopfte Dean bei mir an und fragte, ob ich gestorben sei.

»Noch nicht«, röchelte ich, worauf er den Kopf durch die Zimmertür steckte.

»Ach du dickes Ei«, sagte er und schaltete die Deckenlampe ein. Seine Stimme und das Licht verjagten die Schatten und ließen das Leben ins Zimmer zurückkehren.

Dean gab seine Isolation auf. Er machte mir Wadenwickel und füllte mich mit Ingwertee ab. Er bat Jana, für ihn zur Apotheke zu gehen, und packte einen Medikamentenladen neben mir aus.

Es half nichts. Meine Temperatur stieg und stieg, ich schwitzte mehrere Schlafanzüge durch, mein Atem ging mühsam. Ich fantasierte und redete wirres Zeug. Nachts hatte ich Fieberträume. Santa Corona stand mit goldenem Zepter, umgeben von einer Aureole aus Licht, an meinem Bett; ich konnte die Augen nicht von ihr abwenden, betrachtete sie gebannt und wartete darauf, dass sie mir Zeichen geben würde, mit ihr zu gehen. Aber sie schüttelte den Kopf, schenkte mir ein breites Lächeln und wandte sich ab. Mein Blick folgte ihrem majestätischen Gang, bis ihre Gestalt mit dem langen Kleid und der Krone auf dem wehenden Haar mit der Dunkelheit verschmolz.

Am Morgen darauf saß Richard an meinem Bett. Dean hatte einen Anruf von ihm auf meinem Handy entgegengenommen und ihm von meinem Zustand berichtet. Ich sah ihn und murmelte etwas von Kontaktsperre. Richard sagte, »scheiß auf Kontaktsperre, wenn Santa Muerte dich holt, kann sie mich gleich mitnehmen.«

»Mach dir keine Sorgen«, sagte ich mit einem schwachen Lächeln, »Santa Muerte will mich noch nicht.«

Richard blieb bei uns. Er bezog das Gästezimmer und wechselte sich mit Dean beim Kochen ab. Die beiden Männer päppelten mich mit fettiger Rinderbrühe und Corona-Witzen auf, die täglich zu Dutzenden im Internet kursierten.

Auch Richard bekam Symptome, die aber viel milder ausfielen als bei mir. Dean infizierte sich nicht, obwohl er mich zusammen mit Richard pflegte. Er vermisste seine Freunde und lechzte danach, Jana wiederzusehen, *face to face, heart to heart*. Als er die Quarantäne endlich hinter sich hatte, trafen er und Jana sich beim Einkaufen, und auf meine Frage, was sie dann täten, antwortete er: »Knutschen.«

In der Woche vor Ostern konnte ich zum ersten Mal wieder aufstehen. Ich saß auf dem Balkon und hielt das Gesicht in die Sonne, während Dean und Richard mit ihren Kameras unterwegs waren. Während ich krank war, hatte Corona dem Frühling die Tür aufgehalten – er war ins Land spaziert, übermalte das kahle Wäldchen hinter dem Pfarrhaus mit täglich dichter werdendem Grün und ließ gelbe, blaue und rote Kleckse in die Gärten tropfen.

An Gründonnerstag fabrizierte Dean Maultaschen nach einem Rezept von Els, und Richard drehte einen Online-Ostergottesdienst mit mir, bei dem ich allein vor leeren Kirchenbänken predigte.

Mittlerweile waren die Verordnungen für Trauerfeiern etwas gelockert worden. Dennoch hatte sich nur eine kleine Runde versammelt, als wir in der Woche nach

Ostern Els beerdigten: Joachim mit seiner Freundin, seine Schwester Dolores, Nadja und eine weitere Freundin von Els, Dean, Richard und ich. Es war ein eigenartiges Bild: die über den Rasen verteilten Trauergäste, die zusahen, wie der Bestattungsbeamte Els' Urne im Grab ihres zweiten Mannes Martin versenkte. Zuvor fand die Trauerfeier statt, ohne Musik, aber mit Worten, von denen wir anfangs nicht viele machen wollten und die dann doch immer mehr wurden. Jeder von uns erzählte etwas über Els. Wie sie Teig geknetet, mit den Pflanzen in ihrem Garten gesprochen oder ein Lied von Mozart mitgesummt hatte. Von ihren Backnachmittagen, ihrem Faible für Blumen, Wälder, Tiere, Brot, Dinge, die aus der Erde hervorgingen und wieder in sie zurückkehrten, Dinge, die schmückten und schmeckten und nährten. Dean schwärmte von ihren Dampfnudeln und ihrer Grießklößchensuppe, und wie Els ihm vorgelesen hatte, als er ein kleiner Junge gewesen war. Aus unseren geteilten Erinnerungen schien uns Els entgegenzulächeln, die Trauer kam zurück und mit ihr der Trost, indem wir überlegten, was schlimmer gewesen wäre als dieser jähe, unvorhergesehene und ungefragte Abschied von Els aus ihrem und unserem Leben. Schlimmer wäre gewesen, wenn Els ihre Tage abgeschnitten von der Welt in einem Klinikum hätte beschließen müssen oder in einem Pflegeheim, wo in Zeiten der Pandemie niemand sie besuchen durfte. Nicht auszudenken, wenn der Rest ihres Lebens ein langes, langsames Sterben gewesen wäre, bei dem wir sie nicht hätten begleiten dürfen. Es war uns erspart geblieben, das Ende von Els' Dasein herbeisehnen zu müssen, und ich war froh darüber.

Dean siedelte Els' Goldhamster zu uns um, das x-te Schnäuzelchen in einer Ahnenreihe von Haustieren, Nagern, die sich über kurz oder lang davonmachten oder das Zeitliche segneten. Ich betete darum, dass nicht auch dieses Schnäuzelchen sofort wieder entlaufen oder heimwehkrank werden und sterben würde.

»Später kaufe ich mir einen Hund«, sagte Dean, wie schon so oft, und ich verzichtete darauf, ihm zu sagen, ein Hund läuft dir vielleicht nicht weg, aber auch ein Hund kann sterben, oder, noch schlimmer, er kann es nicht, und dann muss man ihm dabei helfen, man muss ihn einschläfern, du kannst den Lauf der Welt nicht aufhalten. Immer wird es enden mit Tod und Trauer, ob ein Leben nun fertig ist oder nicht. Es ist nicht Logik, schon gar nicht dein Verdienst, sondern bloßes Glück, wenn du davonkommst auf Zeit; wenn Santa Muerte an dir vorübergeht, dich überleben lässt: den Sprung vom Zehner, das Schuljahr, die erste Liebe, die große Liebe, vierzig Grad Fieber, den Siegeszug eines Virus, den Alltag.

Es ist bloßes Glück, wenn du stattdessen in den Genuss eines Bilderbuchfrühlings kommst, wie er nie da gewesen ist: klare Luft, klares Wasser, Grün, das nur für sich grünt, Stille, leere Straßen, ausgestorbene Städte, ein makelloser Himmel ohne die beständigen Kritzeleien der Flugzeuge. Das alles wochenlang. Die Zeit döst in der Sonne, macht Urlaub von sich selbst.

»Man fühlt sich wie in Jules Vernes Roman *Zwei Jahre Ferien*«, sagte Richard einmal. Er lachte und gab mir einen Kuss. Wir waren ausnahmsweise nicht draußen im Grünen, sondern lagen in seinem Bett mit Blick auf den Fernsehturm, den das große, frisch geputzte Dachfenster seines Schlafzimmers freigab.

Schon vor Ostern, als wir beide genesen waren, hatte mich Richard eines Tages mit in seine Wohnung nach Stuttgart-Ost genommen. Ein geräumiges Apartment über den Dächern von Stuttgart mit breiten Fenstern, hellen Möbeln und Teppichen, mit Regalen voller Mitbringsel und mit Fotos seiner Kinder und seiner Reisen an den Wänden. In seinem Schlafzimmer ein Schnappschuss in einem Metallrahmen: ich in dem Kulturzentrum, in dem Richards Aufnahmen der Tremiti-Inseln gehangen hatten. Ich stand in einem kurzen roten Kleid vor einem Bild mit sehr viel Blau, und meine Augen träumten; weniger traurig, als ich es gewesen war, blickten sie durch das großformatige Foto hindurch auf etwas anderes.

Bei diesem ersten Mal in Richards Wohnung blieben wir nicht im Schlafzimmer, sondern nahmen das breite Liegesofa neben dem Kamin im Wohnzimmer in Besitz. Richard zog mir meine Kleider aus; er tat es sehr langsam und erlaubte nicht, dass ich selbst mit Hand anlegte. Zum ersten Mal seit unserer Trennung 2001 schliefen wir wieder miteinander. Es war das Wiederfinden von etwas Totgeglaubtem, und während er sich in mir bewegte, sein Gesicht und sein Atem über mir, dachte ich: So war das also, und: So ist das also. An diesem Tag besiegten wir den Tod endgültig und auf Zeit.

»Du lachst immer noch nach dem Höhepunkt«, stellte Richard fest, als wir nach der Liebe, noch miteinander verstöpselt, beieinanderlagen, »wie damals.«

»Und du knabberst immer noch an meinem rechten Ohr, sodass hinterher kleine Stücke davon fehlen und ich beten muss, dass der liebe Gott sie mir nachwachsen lässt«, gab ich zurück. »Wie früher.«

Später träumten wir von der Zukunft, aber nur ein bisschen. Kein Mensch weiß, was wird. Und doch – mit Richard und mir wird es weitergehen, auch ohne die Pläne, die wir schmieden – so oder so oder so. Wir können es uns leisten, in den Tag hineinzuleben, uns an Kleinigkeiten zu freuen. Am Blühen des Waldmeisters, am Erröten der Erdbeeren. Wie lange muss man warten, bis die Dinge reif werden! Bis Geheimnisse geteilt werden dürfen. Bis ein junger Mann weiß, was er will. Wie lange dauert es, bis zwei Menschen endgültig zusammenfinden! Bis ein Virus eingedämmt ist! Wie werden wir eines fernen oder auch nicht so fernen Tages auf diesen verrückten, surrealen Frühling zurückblicken? Wird die Welt noch die Gleiche sein wie vorher? Vielleicht werden wir so über diesen besonderen Frühling reden, wie wir jetzt über jenen Tag reden, an dem alles kulminierte, aus den Fugen geriet und Richard und ich uns wiedertrafen: *Ein Tag, an dem alles auf einmal geschieht. Ein Tag wie ein Brennglas, das Strahlen sammelt und durch den Brennfleck Gegenstände in Brand setzt. Ein Tag, an dem der Abend ein Leben weit vom Morgen entfernt ist. Kann man solche Tage vorhersehen? Els konnte es …*

 DANKSAGUNG

Bedanken möchte ich mich bei all meinen Erstleserinnen und Erstlesern für Lob und Ermutigung, Fragen, konstruktive Kritik und Anregungen.

Bei meiner Agentin Mimi Wulz und dem Team der Elisabeth Ruge Agentur für das Zutrauen in meinen Roman und die Begleitung bis zur Vermittlung.

Bei meiner Lektorin Kathrin Wolf für die kompetente Betreuung und die intensiven und fröhlichen Telefonate, bei denen wir mehr als einmal an existenziellen Themen schürften.

Bei meiner Redakteurin Angela Küpper einmal mehr für ihre unglaublich einfühlsame Redaktion, den intensiven Austausch und die kluge Beratung, die mir insbesondere bei diesem Roman unendlich wertvoll waren.

Ella Cornelsen, im März 2024